U0540107

海倫・費爾汀 Helen Fielding——著 李佳純——譯

Bridget Jones:
The Edge of Reason

BJ 單身日記 *2*
———理性邊緣

獻給其他布莉琪們
To the other Bridgets

致謝
Acknowledgments

感謝以下人物及公司的的啟發、回饋和支持：Gillon Aitken、Sunetra Atkinson、Peter Bennet-Jones、Frankie Bridgewood、Richard Coles、Richard Curtis、Scarlett Curtis、Pam Dorman、Ursula Doyle、Breene Farrington、Nellie Fielding、費爾汀一家人、First Circle Films、Andrew Forbes、柯林・佛斯（Colin Firth）、Paula Fletcher、Piers Fletcher、Henrietta Perkins、Tracey MacLeod、Sharon Maguire、Tina Jenkins、Sara Jones、Emma Parry、Harry Ritchie、Sarah Sands、Tom Shone、Peter Straus、Russ Warner 及 Working Title Films。

特別感謝 Kevin Curran。
前期研究由 Sara Jones 完成。

目次

1 ──從此幸福快樂　　　　　　　　9
2 ──脫韁水母　　　　　　　　　35
3 ──完蛋！　　　　　　　　　　75
4 ──勸服　　　　　　　　　　　123
5 ──達西先生，達西先生　　　　153
6 ──義大利任務　　　　　　　　179
7 ──情緒波動的單身人士　　　　201
8 ──哦，寶貝　　　　　　　　　223
9 ──社交地獄　　　　　　　　　257
10 ──火星與金星在垃圾桶裡　　　289
11 ──泰式外賣　　　　　　　　　319
12 ──奇異時代　　　　　　　　　359
13 ──啊！　　　　　　　　　　　391
14 ──同甘共苦？　　　　　　　　419
15 ──聖誕氣氛過剩　　　　　　　437

1／從此幸福快樂
Happy Ever After

1月27日星期一

58.5公斤（完全是個脂肪槽），男友1個（萬歲！），性愛次數3次（萬歲！），卡路里2100，性愛消耗掉的卡路里600，所以總卡路里1500（堪為楷模）。

7:15 a.m. 萬歲！流浪曠野的日子結束了。四個星期又五天以來，跟一名成年男性保持正常的戀愛關係，證明自己不是先前擔心的愛情賤民。感覺超棒，就像潔米瑪‧戈德史密斯[1]那樣，明豔動人的新婚妻子，戴著頭紗出席癌症醫院的開幕，而大家想像的都是她和伊姆蘭‧汗在床上的樣子。哦，馬克‧達西剛動了一下，說不定他會醒來跟我討論我的看法。

7:30 a.m. 馬克‧達西還沒醒。我知道了，我要起床為他做一頓豐盛的油煎早餐，有香腸、炒蛋和蘑菇，也許做個班尼迪克蛋或是佛羅倫斯蛋。

7:31 a.m. 可能要看班尼迪克蛋或佛羅倫斯蛋到底是什麼。

7:32 a.m. 可是沒有蘑菇也沒有香腸。

7:33 a.m. 也沒有蛋。

7:34 a.m. 其實——仔細想想——也沒有牛奶。

---

[1] 潔米瑪‧戈德史密斯（Jemima Goldsmith, 1974- ），英國社交名媛，曾任記者及製片人，致力於慈善活動，1995年與巴基斯坦板球明星暨政治家伊姆蘭‧汗（Imran Khan, 1952- ）結婚，2004年離婚。

7:35 a.m. 他還沒醒。嗯,他真好看,喜歡看他睡著的樣子,性感的寬肩,多毛的胸膛。不是把他當成滿足性慾的對象什麼的,是對他腦子裡的東西感興趣。嗯嗯嗯。

7:37 a.m. 還是沒醒。不能吵到他,不過或許可以透過思想感應微妙地叫醒他。

7:40 a.m. 還是我來放……啊啊啊啊!

7:50 a.m. 馬克・達西忽然坐得直挺挺的,大吼,「布莉琪,可不可以,不要,該死的,在我睡著的時候盯著我看?去找別的事做。」

8:45 a.m. 在銅板咖啡店喝卡布奇諾,吃巧克力可頌,抽菸。可以大大方方地抽菸,不必顧及行為表現,真是一種解脫。其實家裡有個男人還真是複雜,因為妳無法隨心所欲地在浴室待上需要的時間,或把它搞得像毒氣室一樣,畢竟還要顧慮另一個人,怕他上班遲到或急著尿尿。還有,晚上看到馬克把內褲整齊摺好也讓我很不安,現在連把自己的衣服堆在地上都覺得莫名尷尬。而且他今晚也會過來,所以我得在上班前或下班後去一趟超市。嗯,也不是非去不可,但可怕的真相是,我竟然很想去。這好像一種奇怪的基因倒退行為,這點我絕對不會跟雪倫坦白。

8:50 a.m. 嗯。不知道馬克・達西會是什麼樣的父親?(我意思是他親生小孩的父親,不是我本人的父親。否則就太變態了,像伊底帕斯那樣。)

8:55 a.m. 總之,不能再沉溺或胡思亂想了。

9 a.m. 不知道尤娜和傑佛瑞・厄康伯利會不會讓我們把婚禮帳蓬搭在他家草坪上——啊啊啊！

是老媽，她大搖大擺走進我在的咖啡店，穿了一件 Country Casuals 牌子的百褶裙，搭配金色鈕扣蘋果綠外套，活像一個闖進下議院的外星人，一邊噴灑黏液，一邊若無其事地在第一排座位坐定。

「哈囉，親愛的，」她高聲說。「我正要去德本漢姆百貨，想到妳常來這裡吃早餐，就順道過來看看妳什麼時候要去做色彩諮詢。哦，我想喝杯咖啡。妳覺得他們會幫忙把牛奶加熱嗎？」

「媽，我跟妳說過，我不想做什麼色彩諮詢。」我低聲說，臉漲得通紅，周圍的人都盯著我看。一個忙得焦頭爛額的臭臉女服務生匆匆走過來。

「哦，親愛的，別這麼死板嘛。妳需要表現出自己的風格！別老是穿這些不上不下、混濁得像泥漿的顏色。哦，妳好啊，親愛的。」

老媽換上了她那慢條斯理又親切、像是「試圖跟服務生當好朋友，成為整家咖啡店最特別的客人（但完全沒有理由）」的語調。

「好，我看看哦。妳知道嗎？我來杯咖啡好了。早上我跟我先生科林在格拉夫頓安德伍已經喝了好多杯茶，簡直受夠了。但妳能幫我把牛奶加熱一下嗎？我沒辦法喝咖啡加冰牛奶，會消化不良。然後我女兒布莉琪要⋯⋯」

啊啊啊。為什麼做父母的都這樣？為什麼？是因為絕望的成年人渴望他人的關注和肯定，還是我們這個都會世代都太忙又互相猜疑，導致無法對彼此敞開心胸，友善相待？我記得剛到倫敦的時候，我還會對所有人微笑，直到一個男的在地鐵手扶梯上對著我的外套背面打手槍。

「濃縮咖啡？濾泡？拿鐵？卡布奇諾要低脂牛奶還是低咖啡因？」女服務生不耐煩地問，迅速把旁邊桌上的盤子收掉，還用一種責備的眼神看著我，彷彿我媽是我的錯一樣。

「一杯低脂低咖啡因卡布奇諾，一杯拿鐵。」我小聲又抱歉地說。

「真是個脾氣暴躁的女孩，她不會說英語嗎？」老媽對著服務生的背影氣呼呼地說。「這地方真奇怪，不是嗎？難道她們早上起來都不知道自己要穿什麼嗎？」

我順著她的目光，望向隔壁桌那些時髦的富二代。其中一個正用筆電打字，腳上穿著 Timberland 靴子配襯裙，戴著拉斯塔法里大毛帽配刷毛外套；另一個穿 Prada 高跟鞋，搭配登山襪、衝浪短褲、長到拖地的羊駝毛大衣，還有一頂有護耳的不丹牧民羊毛帽，對著行動電話的耳麥大喊：「我是說，他說如果再發現我抽大麻，就要把公寓收回去，我心想，『他媽的，老爸！』」而她的六歲小孩坐在一旁，滿臉不情願地戳著一盤薯條。

「那女孩用那種語言自言自語嗎？」老媽說。「妳住的地方還真奇怪，跟普通人當鄰居不是更好嗎？」

「她們就是普通人。」我憤憤地說,邊點頭邊往路邊看的時候,不巧有位穿棕色修女服的修女,正推著雙人座嬰兒車經過。

「妳看,所以妳才會把自己搞得一團糟。」

「我才沒有把自己搞得一團糟。」

「妳就是有啊,」她說。「不管怎樣,跟馬克進展得如何?」

「好極了。」我用夢幻的口氣說,她聽完瞪了我一眼。

「妳不會跟他做那件事吧?他不會娶妳,妳知道的。」

啊啊啊。啊啊啊。我才剛開始跟那個她努力了十八個月試圖撮合給我的男人約會(「親愛的,麥爾康和伊蓮的兒子,離婚了,很寂寞,又很有錢。」),就覺得自己像在參加什麼國防義勇軍障礙賽,翻越圍牆和鐵網,就為了替她帶回一個綁著蝴蝶結的銀色大獎杯。

「妳知道他們事後會怎麼說吧?」她繼續嘮叨。「『哦,她很容易到手。』梅兒・羅伯蕭跟帕西瓦開始約會的時候,她媽媽就說:『一定要確保他那東西只用來尿尿。』」

「媽──」我提出抗議。這話從她嘴裡說出來也太諷刺了。六個月前,她自己才跟一個拿著男士手提包的葡萄牙籍旅行社經理跑來跑去呢。

「哦,我有跟妳說過嗎?」她打斷我,無縫接到另一個話題,「我和尤娜要去肯亞。」

「什麼！」我大喊。

「我們要去肯亞！想像一下，親愛的！前往最黑暗的非洲！」

我的腦袋開始像果汁機一樣轉個不停，尋找各種可能的解釋，最後終於停下來：老媽變成了傳教士？老媽又租了《遠離非洲》回家看？老媽突然想起《獅子與我》那部片，決定養獅子了？

「是啊，親愛的。我們想參加狩獵旅行，見見馬賽族人[2]，然後住海灘飯店！」

果汁機戛然停止，腦海中顯示出一連串年長德國女士與當地年輕人在海灘上做愛的不雅影像。我平靜地望著老媽。

「妳不會又要開始胡搞了吧？」我說。「爸才剛從朱力歐的事走出來。」

「我說真的，親愛的！大家到底在大驚小怪什麼？朱力歐只是朋友，一個筆友！親愛的，我們都需要朋友。就算在最美滿的婚姻裡，光靠一個人也無法滿足所有需求：人需要各種年齡、種族、信仰和部落的朋友。每個人都要擴展自己的意識，有機會就要……」

「妳們什麼時候去？」

「哦，我也不知道，親愛的。這只是一個想法。總之，我得走了。掰掰！」

---

[2] 馬賽族（Masai），非洲著名的游牧民族，大多活動於東非肯亞及坦尚尼亞邊界。

討厭，現在已經 9：15。晨間會議要遲到了。

11 a.m. 《早安英國》辦公室。運氣好，開會只遲到了兩分鐘，而且還成功把外套捲成一團避人耳目，裝作已經到公司待了好幾個小時，只是因為跨部門的緊急事務才在大樓裡的其他地方耽擱了。故作從容地經過可怕的開放式辦公室，到處散落著日間爛電視節目的痕跡，這邊有個底部破洞的充氣綿羊，那邊有張克勞蒂亞・雪佛[3]的身體配上馬德琳・歐布萊特[4]頭部的大型照片輸出，還有一塊大紙板寫著：「女同性戀！滾！滾！滾！」我朝著理查・芬奇走過去，他留著絡腮鬍、戴著賈維斯・卡克[5]風格的黑框眼鏡，圓滾滾的身軀塞在一件 70 年代的復古狩獵夾克裡，正對著一群二十多歲的研究團隊大吼大叫。

「又來了，邋遢鬼布莉琪又遲到了，」他看到我走近就大聲嚷嚷。「我付妳錢可不是讓妳把外套捲成一團裝無辜，我是付妳錢叫妳準時上班想點子。」

我說真的。日復一日不被尊重的感覺，已經超過人類忍受範圍。

「好了，布莉琪！」他咆哮著。「我現在想做的是新工黨女性，我在想她們的形象和角色。我要芭芭拉・佛萊特[6]到攝影棚來，

---

[3] 克勞蒂亞・雪佛（Claudia Schifferm, 1970- ），德國籍超模。
[4] 馬德琳・歐布萊特（Madeleine Albright, 1937-2022），1997 至 2001 年擔任美國國務卿，是美國第一位女性國務卿。
[5] 賈維斯・卡克（Jarvis Cocker, 1963- ），英國樂團 Pulp 主唱，常戴著招牌黑框眼鏡。
[6] 芭芭拉・佛萊特（Barbara Follett, 1942- ），曾代表工黨當選為英國下議院議員。

讓她給瑪格麗特・貝克特[7]來個大改造，挑染、黑色小洋裝、絲襪。我要看到瑪格麗特變成性感尤物。」

有時候，理查・芬奇提出的要求荒謬得像是沒有極限。總有一天，我會被派去說服哈麗葉特・哈曼[8]和蒂莎・喬維爾[9]站在超市裡，讓採買的人分辨誰是誰，或是試圖說服一位狩獵領主一絲不掛地被一群惡狐追逐著穿越鄉間。我必須找一份更有意義和成就感的工作。也許當護士？

11:03 a.m. 辦公桌前。好吧，只好打電話給工黨公關部。嗯……腦袋一直回想昨晚做愛的畫面。希望馬克・達西早上不是真的覺得煩。現在打去他辦公室會不會太早了？

11:05 a.m. 對，就如同《如何得到你想要的愛情》裡面說的——還是其實是《讓愛陪你走一段》？——男女之間的結合是一件微妙的事情，男人必須主動追求，所以我還是等他打給我吧。也許我最好還是先看看報紙，了解一下新工黨的政策，以防瑪格麗特・貝克特真的接起電話……啊啊啊！

11:15 a.m. 理查・芬奇又在大吼。我被派去報導獵狐的專題，不做工黨女性了，還得去萊斯特郡做現場直播。不能慌，我是個自信、適應力強、從容且富有內涵的女性。我的自我認同源自內心，而不是世俗的成就。我是個自信、適應力強……天啊，外面

---

[7] 瑪格麗特・貝克特（Margaret Beckett, 1943-），英國工黨政治人物。曾任英國貿易和工業大臣、英國下議院領袖和環境大臣。
[8] 哈麗葉特・哈曼（Harriet Harman, 1950-），英國工黨政治人物。
[9] 蒂莎・喬維爾（Tessa Jowell, 1947-2018），英國工黨政治人物。

正下著傾盆大雨。不想走進這個像冰箱加上游泳池的世界。

11:17 a.m. 其實可以做訪問是非常好的事，這可是重責大任——相對來說啦，當然比不上決定要不要射飛彈到伊拉克，或在手術中握住主動脈瓣膜的止血鉗。但這是個在鏡頭前審問「狐狸殺手」的機會，可以像傑瑞米・派克斯曼[10]對伊朗——或伊拉克——大使那樣，提出一個尖銳的問題。

11:20 a.m. 說不定還會受邀為《新聞之夜》做一集試播節目。

11:21 a.m. 或是做一系列專題報導。萬歲！對了，最好趕緊拿出剪報資料⋯⋯哦，電話。

11:30 a.m. 本來不想接，但想想可能是受訪者雨果爵士閣下——波因頓狐狸殺手——來電說明路線，飼料倉跟豬舍在左手邊什麼的⋯⋯所以還是接了。結果是瑪格姐。

「嗨！布莉琪，我打來是要說⋯⋯尿在小馬桶！小馬桶！尿在小馬桶裡！」

電話那頭傳來劇烈的撞擊聲，緊接著是流水聲，然後是像穆斯林被塞爾維亞人屠殺那樣的尖叫聲，還有「媽咪要打人！她要打人了！」在背景裡循環播放。

「瑪格姐！」我大喊。「回來！」

「抱歉，親愛的，」她終於回到電話上。「我打來是要說⋯⋯壓

---

[10] 傑瑞米・派克斯曼（Jeremy Paxman, 1950- ），英國節目主持人、記者、作家。

住鳥鳥放在小馬桶裡！你不壓著就會噴到地上！」

「我在上班，」我懇求地說。「再兩分鐘我就要出發去萊斯特郡……」

「好啊，了不起啊，妳就繼續對著痛點戳啊，妳們都光鮮亮麗又重要，就我跟兩個還沒學會講英文的小鬼困在家裡。反正啦，我只是打來說，我安排了我的裝潢師傅明天過去幫妳裝書架。抱歉用婆婆媽媽的瑣事打擾到妳。他叫蓋瑞・威爾蕭。掰了。」

還來不及回撥，電話又響了。是茱德，哭得氣若游絲。

「沒事了，茱德，沒事。」我說，一邊用下巴夾住話筒，一邊努力把剪報塞進手提包裡。

「是卑鄙李察，嗚嗚嗚。」

老天。聖誕節過後，我和小雪說服了茱德，告訴她如果她**又**發瘋跟卑鄙李察談他的承諾問題，她就要被強制送進精神病院；這樣一來，他們兩個幾年內都別想再談什麼短途旅遊、感情諮商或未來的可能性，一切得等到她被放出來交給社區關懷計畫再說。

在一場愛自己的偉大行動中，茱德甩了他，剪短頭髮，開始穿起皮夾克和低腰牛仔褲去她那位在市中心的古板辦公室上班。每一個曾經好奇過茱德套裝下是什麼模樣的條紋襯衫雨果、強尼、傑瑞斯，全都被撩得興奮無比，而她似乎每天晚上都跟不同的人通電話。但不知怎地，提到卑鄙李察的話題還是會讓她傷心。

「我剛在整理他留下來的東西，準備要丟掉，結果我找到一本勵

志書，叫做……叫做……」

「沒事，沒事。妳可以跟我說。」

「叫做《如何跟年輕女性約會：給三十五歲以上男性的行動指南》。」

老天。

「我就是覺得心情很糟……」她說。「……我再也無法忍受約會地獄了……那是一片不可能穿透的海洋……我要單身一輩子了……」

在努力平衡友情的重要性，以及在不可能用負時間抵達萊斯特郡的現實之間，我只給了一些保護自我認同的初步急救建議，像是「他可能是故意把東西留在那裡的」、「妳才不會單身一輩子呢」之類的。

「噢，謝謝妳，小琪，」茱德說，好像冷靜了一些。「今晚可以碰面嗎？」

「呃，那個，馬克要過來。」

一陣沉默。

「好吧，」她冷冷地說。「好。沒事，祝妳玩得開心。」

天啊，有了男友之後，覺得很對不起茱德和雪倫，我幾乎像個背叛了陣營、臨陣倒戈的游擊隊員。和茱德改約明晚見面，還要找

小雪，今天晚上就先在電話上細聊這件事，好像還算順利地讓她接受了。好，現在得快點打給瑪格姐，確保她不會覺得自己無聊，也讓她明白我的工作一點也不光鮮亮麗。

「謝了，小琪，」講了一會之後瑪格姐說。「只是小孩出生後，我真的感覺很低落沮喪。傑瑞米明天晚上又要加班。妳會不會想過來？」

「嗯，那個，我已經跟茱德約在192餐廳碰面了。」

電話那頭陷入意味深長的停頓。

「所以妳們大概不歡迎一個無聊的、沾沾自喜的已婚人士吧？」

「哪會，來啊來啊，一定會很棒！」我過度補償了。茱德一定會不高興，因為這樣就沒法專心聊卑鄙李察，但也只好晚點再解決了。現在我真的超級來不及了，沒時間再讀獵狐剪報就得趕去萊斯特郡，也許可以趁等紅燈的時候讀一下。要不要很快打個電話跟馬克・達西說我要去哪裡？

嗯。不要好了。這樣不太明智。但萬一我很晚才回來呢？

最好還是打一下。

11:35 a.m. 哼。對話如下：

馬克：哈囉？我是達西。

我：我是布莉琪。

馬克：（停頓）好。呃。沒事吧？

我：沒事。昨晚很愉快，對吧？我是說，我們在那個的時候……

馬克：我知道，對，近乎完美。（停頓）我現在正和印尼大使、國際特赦組織負責人，以及貿易工業部副部長在一起。

我：哦，抱歉。我正要去萊斯特郡。我想說讓你知道一下，以防我發生什麼事。

馬克：以防發生……什麼？

我：我是說以防我……晚回來。（回答得很心虛。）

馬克：好。嗯，等妳辦完事再打電話給我，告知妳預計到達的時間吧？好極了。再見。

嗯。我不該打電話的。《如何理智地愛一個分居中的男人》裡面明確說過，男人最不希望的，就是在忙的時候接到無關要緊的電話。

7 p.m. 回到公寓。惡夢般的一天。經歷塞車和下雨的不順路程，抵達被雨襲擊的萊斯特郡，敲響一棟被馬車包圍的方形大房子的門，距離直播時間只剩三十分鐘。門忽然打開，一個穿燈芯絨褲、寬鬆性感毛衣的高個子男人站在門口。

「哼，」他上下打量了我一眼。「妳最好快進來，妳的同事都在後面等著。妳到底為什麼該死的這麼慢？」

「我才從一個重要的政治新聞現場被派來這裡。」我高傲地說，跟著他走進一間有很多狗和馬鞍的大廚房。他忽然轉身怒視著我，用力捶了一下桌子。

「還說什麼自由的國家。現在連星期天都該死的不讓我們打獵，接下去還能幹什麼？呸！」

「呃，蓄奴的人可能也這樣想吧？」我小小聲說。「或是給貓剪耳的人。在我看來，一群人和狗為了娛樂而追逐一隻受驚嚇的小動物，不太算是紳士的行為。」

「妳有沒有該死的見過狐狸是怎麼對付雞的？」雨果爵士怒吼著，臉漲得通紅。「如果我們不獵狐，整個鄉村會被狐狸侵佔！」

「可以開槍打牠們啊，」我說，凶狠地瞪著他。「以人道的方式。星期天可以追逐別的東西，例如舉辦獵犬賽跑。把一個沾染狐狸氣味的絨毛小動物固定在鐵絲上。」

「開槍打牠們？妳試過開槍打狐狸嗎？到時候就會滿地都是妳那受驚嚇、被打得遍體鱗傷的小狐狸！什麼絨毛小動物。吼！」

他忽然抓起電話撥號。「芬奇，你這個混蛋！」他怒吼。「你是派了一個該死的小左翼分子來嗎？你是不是打算下週日宣傳Quorn 牌素肉啊……」就在這時，攝影師探頭出來，不滿地說，「哦，妳來了啊？」然後看了一眼他的錶。「不必勉強跟我們解釋了。」

「芬奇要跟妳說話。」雨果爵士說。

二十分鐘後，在可能被開除的壓力下，我騎上馬入鏡，準備訪問也騎著馬的頤指氣使雨果爵士閣下。

「好，布莉琪，十五秒後就到妳了，走走走！」理查・芬奇從倫敦透過耳機對我喊。我按照指示夾了一下膝蓋。但不幸的是，馬就是不願意前進。

「走走走走走！」理查咆哮。「我以為妳說過妳該死的會騎馬！」

「我是說我對騎術有天分。」我低聲說，一邊死命地夾著膝蓋。

「好，萊斯特，鏡頭跟緊雨果爵士，直到該死的布莉琪搞定為止，五、四、三、二……走！」

就在這時，那位紫臉閣下用宏亮的嗓音開始發表支持打獵的宣傳演說，而我繼續死命夾緊膝蓋，直到馬神經質地直立起來，側身小跑進到畫面裡，我緊緊抱住牠的脖子。

「哦我的媽，收尾！快點收尾！」理查大吼。

「好的，今天節目時間就到這裡，接下來把畫面交還給攝影棚！」我高聲說，馬又轉過身來，開始倒退朝著攝影師衝過去。

工作人員竊笑著離開後，我尷尬地走回屋裡拿我的東西，結果差點就撞上打嗝巨人閣下。

「哈！」他低吼著。「看來那匹種馬替妳上了一課。要不要來個血腥的？」

「什麼?」我說。

「血腥瑪麗?」

我努力抗拒大口灌下伏特加的衝動,挺直了腰。「你是說你故意破壞我的報導?」

「也許吧。」他賊笑著。

「這實在太可恥了,」我說。「完全不符合貴族該有的格調。」

「哈!很帶勁,我就喜歡女人帶勁。」他沙啞地說,猛然朝我撲過來。

「走開!」我喊,一邊迅速躲開他。說真的,他到底在想什麼?我是專業人士,不是去那邊被調戲的,任何形式都不行。不過,這剛好證明了,男人越覺得妳對他們不感興趣,他們的興致越高。好好記住,以後可以派上用場。

在特易購城市店逛了一圈,拖著八個購物袋辛苦上樓,現在剛進門。好累。哼,為什麼總是我去超市?好像我得身兼職業婦女跟家庭主婦,就像活在十七⋯⋯哦!答錄機的燈在閃。

「布莉琪,」是理查・芬奇。「明天開晨間會議之前,九點到我辦公室。是早上九點不是晚上九點,再說一次,早上,白天。我不知道還能怎麼說了。反正妳他媽的給我到就對了。」

他聽起來真的很生氣。希望到時我不會發現,要保有現在很棒的公寓、很棒的工作和很棒的男友,其實是不可能的事。不管怎樣,

明天我要和理查‧芬奇好好談談記者的操守是什麼，沒錯。差不多要來做飯了，真的好累。

8:30 p.m. 夏多內白酒幫助我恢復了一點精力，把亂七八糟的東西先推到一邊，點燃了壁爐和蠟燭，泡了澡，洗了頭髮，化了妝，穿上非常性感的黑色牛仔褲和細肩帶上衣。其實不太舒服，褲襠和細肩帶都勒得很緊，但看起來好看就好，這最重要。潔芮‧霍爾[11]說過，女人必須要在廚房裡是廚師，在客廳裡是蕩婦。或不管哪個房間都行。

8:35 p.m. 萬歲！今晚一定會是個溫暖又性感的夜晚，有美味的義大利麵──口味清淡但營養──和壁爐火光。我真是個超棒的職業女性兼完美女友。

8:40 p.m. 他到底該死的在哪？

8:45 p.m. 呃啊啊。如果他想幾點來就幾點來，那我像熱鍋上的跳蚤一樣忙東忙西又有什麼意義？

8:50 p.m. 該死的馬克‧達西，我真的……門鈴響了。萬歲！穿著上班西裝、把襯衫最上面幾顆釦子解開的他，真的好迷人。他一進門就把公事包放下，把我抱在懷裡，用性感的舞步帶著我轉了一圈。「看到妳真好，」他貼著我的頭髮喃喃地說。「我真的很喜歡妳的報導，精彩的騎術。」

「別說了，」我說，一邊退開。「糟糕透了。」

---

[11] 潔芮‧霍爾（Jerry Hall, 1956-），美國超模及女演員。

「太厲害了，」他說。「幾個世紀以來，人們都只是正著騎馬，然而一名女性卻獨自在一個重要報導裡，徹底改變了英國馬術的面貌——或者該說是屁股。這真是石破天驚、空前的勝利。」他疲憊地在沙發坐下。「我累壞了，那些該死的印尼人。他們所謂的人權突破，就是向某人的後腦勺開槍的同時，順便宣讀逮捕令。」

我倒了一杯夏多內白酒給他，用詹姆士‧龐德電影裡的女主人風範，帶著鎮定的微笑說，「晚餐很快就好。」

「我的天，」他驚慌地環顧四周，好像微波爐裡面藏著遠東武裝民兵一樣。「妳做飯？」

「對。」我忿忿不平地說。還以為他會開心呢！而且他對我的蕩婦打扮一句話都沒說。

「過來，」他拍拍沙發說，「我逗妳的。我一直都想跟瑪莎‧史都華[12]約會。」

摟摟抱抱很舒服，可是義大利麵已經煮了六分鐘了，再煮就會糊掉。

「我去處理一下義大利麵，」我說，一邊起身。就在這時，電話響了。我出於以為是他打來的習慣，一個箭步衝過去接。

「嗨，我是雪倫。妳跟馬克怎麼樣了？」

---

[12] 瑪莎‧史都華（Martha Stweart），美國家喻戶曉的企業家、媒體人和作家，以其在生活風格和家庭生活領域的專業知識而聞名。

「他在這裡。」我悄聲說，嘴巴和牙齒保持不動，避免馬克從嘴形讀出我說什麼。

「什麼？」

「『阿』在『咋』。」我咬著牙小聲說。

「沒事，」馬克安慰地點點頭。「我知道我在這裡。這種事我們沒必要向對方隱瞞。」

「好。聽聽這個，」小雪興奮地說。「『不是所有男人都會出軌，但所有男人都想著出軌，男人隨時被這種慾望折磨。我們努力克制我們的性衝動……』」

「小雪，其實我在煮義大利麵。」

「哦，『在煮義大利麵』是吧？希望妳不要變成那種『我有交往對象了』的沾沾自喜人士。先聽我說，妳待會測試他一下。」

「妳等一下，」我說，緊張地瞥向馬克。我把義大利麵從火爐上移開，回到電話上。

「好，」小雪興奮地說。「有時候本能會凌駕更高層次的思維。一個男人如果跟大胸部的女人在一起，他會去看、去接近，或跟一個小胸部的女人上床。妳可能不覺得多樣性是生活的調劑，但相信我，妳男友是這樣想的。」

馬克開始用手指敲著沙發扶手。

「小雪……」

「等等……等一下!這本書叫《男人要什麼》。聽好,『如果妳有個漂亮姊妹或朋友,保證妳男友一定**對她有性幻想**』。」

電話那頭沉默了一下,似乎在等我的反應。馬克開始對著我比出割喉跟拉沖水手把的動作了。

「很噁心吧?男人是不是很……?」

「小雪,我晚點回電給妳好嗎?」接著小雪開始指責我,說我明明應該當個女性主義者,可是卻沉迷在男人身上。於是我說,如果她對男人這麼不感興趣,幹嘛還看一本叫做《男人要什麼》的書?情況演變成極不女性主義、為了男人的爭吵,我們才意識到這有多麼可笑,最後約了明天見面再說。

「好了!」我開心地湊到沙發上,在馬克旁邊坐下。只是很不幸,因為坐到了某樣東西而必須再站起來,結果發現是一個 Müller 低脂優格的空盒。

「怎麼樣?」他說,把優格從我屁股上拍掉。應該沒有沾到那麼多優格啦,要拍也不必那麼用力,但感覺很不錯。嗯嗯嗯。

「吃晚餐吧?」我說,盡量把注意力集中在眼前的事務。

才剛把義大利麵裝進碗裡,倒上醬汁,電話又響了。決定等吃完再說,但答錄機開始啟動,聽到茱德綿羊般的聲音傳出來,「小琪,妳在家嗎?快接電話。拜託,小琪,拜託妳──」

我接起電話，馬克重重拍了自己額頭一下。但事情是這樣的，這麼多年來，在我還沒遇見馬克之前，茱德和小雪一直都對我那麼好，所以現在我當然不該對她們置之不理，放著讓答錄機接聽。

「嗨，茱德。」

茱德剛在健身房讀到一篇文章，裡頭把超過三十歲的女孩叫做「翻新貨」。

「寫文章的人說，那種二十幾歲時不願意跟他出去的女生，現在願意和他約會了，但他已經不要她們了，」她悲傷地說。「他說她們都一心想結婚生小孩，他現在挑女生的原則是『不能超過二十五歲』。」

「拜託哦！」我大笑，試著壓抑住胃裡突然冒出的不安全感。「真是狗屁。沒有人會覺得妳是翻新貨啦，最近不是有好幾個金融男一直打電話給妳嗎？史特西和強尼呢？」

「呵，」茱德說，她聽起來比較有精神了。「我昨晚跟強尼還有他在瑞士信貸的朋友一起出去。有人講了一個笑話，說有個人在印度餐廳喝太多，昏倒在優格咖哩醬裡[13]。強尼沒聽出雙關語，他竟然說，『老天！真是太糟糕了。我認識一個人，他有一次吃太多印度菜，結果得了胃潰瘍！』」

她笑了起來，危機顯然已經過去了。其實沒什麼特別嚴重的，她只是有時會想太多而已。我們又聊了一會，等到她似乎恢復自信

---

[13] 優格咖哩是 korma，跟 coma（昏厥）發音近似。

之後，我回到餐桌旁找馬克，卻發現義大利麵跟計畫中的不太一樣：麵條在白色的水狀醬汁裡晃啊晃的。

「我喜歡，」馬克很支持地說，「我喜歡細麵，我也喜歡牛奶，嗯嗯嗯。」

「還是我們叫披薩外送？」我說，感覺自己既失敗又像個翻新貨。

我們叫了披薩，一起坐在壁爐前面吃。馬克跟我說了印尼人的事，我認真聽著，給出了我的看法和建議，他說很有趣，而且令人「耳目一新」。然後我提起理查‧芬奇想開除我的那場可怕會議，他給了我非常好的建議，要我先想好我希望從會議裡得到什麼，並且盡量引導理查不去想開除的事。當我正向他解釋說，這聽起來很像《與成功有約：高效能人士的七個習慣》裡講到的雙贏心態，電話又響了。

「不要接。」馬克說。

「布莉琪，我是茱德。快接電話。我覺得我好像搞砸了。我剛打給史特西，可是他沒回電。」

我接起電話。「嗯，說不定他出門了。」

「或是跟妳一樣腦筋不正常。」馬克說。

「閉嘴。」我用氣音說，而茱德則在電話裡重新描述整個情況。「聽著，我確定他明天一定會打來。如果他沒打，妳就照《火星與金星去約會》的五個階段，往後退一個階段。他像火星橡皮筋

一樣拉開距離,妳得要讓他感覺到那股吸引力,然後再次回彈。」

我掛掉電話時,馬克正在看足球。

「橡皮筋和雙贏的火星人,」他邊說邊咧嘴對我笑。「很像胡說八道的戰略指令。」

「你不會跟朋友聊感情的事嗎?」

「不會。」他說,拿著遙控器轉台,從一場足球賽轉到另一場足球賽。我愣愣地看著他。

「你想跟小雪上床嗎?」

「妳說什麼?」

「你想跟小雪或茱德上床嗎?」

「我很樂意!妳是說一次一個還是一次兩個?」

我盡可能忽視他漫不經心的語氣,繼續追問。「你在聖誕節遇到小雪之後,有想過跟她上床嗎?」

「這個嘛,問題是,妳也知道,我當時正在跟妳上床。」

「但你有**想過**嗎?」

「嗯,當然有想過。」

「什麼?」我氣得爆炸。

「她很有吸引力。如果完全沒想過,那不是很奇怪嗎?」他露出邪惡的笑容。

「那茱德呢?」我憤憤地說。「跟茱德上床。你有『想過』嗎?」

「嗯,偶爾吧,就是個一閃而過的念頭,我想。這不就是人類的天性嗎?」

「人類的天性?我就從來沒想過要跟你們辦公室的賈爾斯或奈吉上床。」

「確實,」他喃喃地說。「我想可能也沒別人這麼想過,真是不幸。如果有,大概也只有收發室的喬絲。」

當我們收拾好碗盤,開始在地毯上親熱的時候,電話又響了。

「不要接,」馬克說。「拜託,以上帝及所有智天使、熾天使、聖徒、大天使、雲中侍從和鬍鬚修剪師之名,拜託不要接。」

但答錄機已經接通了。馬克的頭重重栽在地板上,一個男人的聲音響起。

「啊,妳好。我是賈爾斯・本威克,馬克的朋友。不知道馬克有沒有在那邊?就是……」他的聲音忽然哽咽。「就是,我太太剛跟我說她要分居,然後……」

「老天,」馬克抓起話筒,臉上出現驚慌的表情。「賈爾斯,老天。先冷靜……嗯……呃……嗯,賈爾斯,我還是把電話交給布莉琪吧。」

嗯。雖然不認識賈爾斯，但我覺得我的建議相當好。我設法讓他冷靜下來，推薦了一、兩本很有幫助的書給他。事後和馬克享受了美妙的性愛，躺在他的胸膛上感覺安心又溫暖，所有令我擔心的理論都不重要了。「我是翻新貨嗎？」我睡意濃濃地問，他翻過身來吹熄蠟燭。

「笨新貨？不是，親愛的，」他拍拍我的屁股讓我安心。「是有一點奇怪，但不笨。」

2／脫韁水母
Jellyfish at Large

1月28日星期二

58.1公斤,在馬克面前抽的菸0根(非常好),偷偷抽的菸7根,沒抽的菸47根*(非常好)。

* 亦即,差點要抽,但想起來要戒菸,所以沒抽的47根菸。這個數字不是指全世界沒被抽的菸(那肯定會是個大到荒謬的數字)。

8 a.m. 公寓裡。馬克回自己的公寓換衣服上班去了,所以我終於可以抽支菸,培養一下內在成長和雙贏心態,準備面對開除會議。我努力創造一種冷靜平衡的情緒,然後……啊啊啊!門鈴。

8:30 a.m. 原來是瑪格姐介紹的裝潢師傅蓋瑞。媽的,該死,該死該死。居然忘記他今天要過來。

「啊!太好了!你好!可以請你十分鐘後再回來嗎?我正好在忙。」我歡快地高聲說,尷尬地縮了一下身子,身上還穿著睡衣。我會是在忙什麼?忙著做愛?做舒芙蕾?還是正在做手拉胚而無法脫身,因為一起身陶土就會乾掉?

門鈴再次響起的時候,我頭髮還是濕的,但至少有穿衣服。蓋瑞竊笑的時候,一股中產階級的罪惡感湧上來,當我還墮落懶散地躺在床上,另一個世界裡勤奮打拚的人們已經起床多時,現在幾乎已經是他們的午餐時間。

「要來杯茶或咖啡嗎?」我親切地說。

「好啊,來杯茶。加四匙糖,但不要攪拌。」

我認真看著他，不知道他是不是在開玩笑，因為這有點像是某種「抽菸但不吸進肺裡」的奇怪習慣。「好的，」我說，「好的。」然後開始泡茶，蓋瑞則在餐桌旁坐下，點了一支菸。但不幸的是，倒茶時我才想起家裡沒有牛奶也沒有糖。

他不可思議地看著我，還看了看那排空酒瓶。「沒有牛奶也沒有糖？」

「牛奶，呃，剛好喝完了，然後其實，我認識的人喝茶都不加糖……但加糖當然也……很……好，」我的聲音越來越小。「我去一下店裡就回來。」

回來的時候，我以為他可能已經把工具從廂型車拿出來了，但他仍坐在那裡，還開始講起一個去亨敦附近水庫釣鯉魚的又長又複雜的故事。這感覺就像公司午餐會，所有人都離題閒聊了很久，誰都不好意思打破幻想中的愉快社交氛圍，結果完全沒辦法切入真正的重點。

最後，我插嘴打斷他那沒完沒了又不知重點的釣魚趣聞，「對了！要不要帶你看一下我要做的工程？」但我馬上意識到自己犯了粗魯又傷人的錯誤，顯得我對蓋瑞這個人一點也不感興趣，只把他當工人看待。為了彌補，只好又問起釣魚的事……

9:15 a.m. 辦公室。匆匆趕去上班，因為遲到五分鐘而歇斯底里的時候，發現該死的理查·芬奇還不見人影。不過，這其實是好事，讓我有時間進一步計畫該如何防衛。奇怪的是，整間辦公室都沒人在！很顯然，平日裡我因為遲到而慌張，想著其他人已經坐在這裡看報紙，但事實是大家也都遲到了，只是不像我那麼晚

而已。

好吧,現在寫下待會開會時我要講的重點。像馬克說的,我自己要先想好。

「理查,我作為記者的堅持和操守⋯⋯」

「理查,你知道的,我非常嚴肅看待自己身為電視記者的身分⋯⋯」

「你怎麼不乾脆自己去死一死,你這個肥⋯⋯」

不行不行。要像馬克說的,想想我要什麼以及他要什麼,還要想著《與成功有約:高效能人士的七個習慣》裡面教的雙贏心態。啊啊啊!

11:15 a.m. 理查・芬奇穿著一套外面是覆盆子色、內裡是碧綠色的加里安諾西裝,彷彿騎著馬一樣倒退著走進辦公室。

「布莉琪!好,妳表現很爛,但妳安全過關了。樓上的大頭愛死了,愛死了。我們有個提議,我想的是兔女郎,我想的是《角鬥士》,我想的是拉票的國會議員。我在想克里斯・瑟爾加上傑瑞・史賓格、加上安妮卡・賴斯、加上柔伊・波爾,再加上《夜間早餐秀》(*Late, Late Breakfast Show*)的麥克・史密斯[1]。」

「什麼?」我憤然地說。

---

[1] 克里斯・瑟爾(Chris Serle, 1943-2024),英國財經媒體專家,曾主持 BBC 晨間節目。傑瑞・史賓格(Jerry Springer, 1944-2023),美國脫口秀主持人。安妮卡・賴斯(Anneka Rice, 1958-)、柔伊・波爾(Zoe Ball, 1970-)及麥克・史密斯(Mike Smith, 1972-),都是英國知名主持人,但風格各異。

原來他們想了一個很侮辱人的計畫，叫我每週嘗試一種不同的職業，穿著工作服搞砸一切。我當然跟他說，我是一個認真專業的記者，絕不願意用那種方式出賣自己。結果他竟然擺出一張臭臉，說他要重新評估我對節目的價值，如果有的話。

8 p.m. 蠢到無以復加的一天。理查・芬奇命令我穿著熱褲、站在穿健身服的菲姬[2]人形看板旁邊，上鏡頭進行報導。我努力製造雙贏心態，說我不敢當，或許找一個真正的模特兒比較適合。這時，設計部的性感男神麥特拿著人形看板走進來說，「要我們在橘皮組織周圍加一圈動畫嗎？」

「好啊，可以的話，也幫菲姬加上。」理查・芬奇說。

夠了。真的夠了。我跟理查說，我的合約條款裡不包括在螢幕上被羞辱，我死也不幹。

回到家已經又晚又累，結果發現裝潢師傅蓋瑞還沒走，而且家裡一團亂：瓦斯爐架底下有烤焦的吐司，到處都是髒碗盤，《釣魚郵報》和《淡水漁夫》雜誌散落一地。

「妳覺得怎麼樣？」蓋瑞說，自豪地朝著他的手工成品點了個頭。

「太棒了！太棒了！」我誇張地說，感覺嘴巴變成了奇怪的緊繃形狀。「只是有個小問題，你覺得這些支架可以對齊嗎？」

書架以一種瘋狂不對稱的方式上牆，到處都有支架，每一層支架

---

[2] 菲姬（Fergie, 1975-），美國歌手、演員，曾經是「黑眼豆豆」團員。

的位置都不一樣。

「對,這個嘛,問題在於妳家的電線。如果我在這裡打洞,整個線路就會短路。」蓋瑞開始說明。這時,電話響了。「哈囉?」

「妳好,是約會作戰中心嗎?」馬克用行動電話打給我。

「我唯一能做的就是把它們拆掉,然後用鉚釘在支架上加固⋯⋯」蓋瑞含糊不清地不知道在說什麼。

「有人在妳那邊?」收訊品質不佳,還加上交通噪音。

「沒什麼,那只是⋯⋯」我正要說是裝潢師傅,但又不想冒犯蓋瑞,於是改口說,「是蓋瑞,瑪格姐的朋友。」

「他在那邊做什麼?」

「當然了,妳會需要新的裝置⋯⋯」蓋瑞繼續說著。

「聽著,我在車上。妳今晚想出來跟賈爾斯一起吃飯嗎?」

「我跟朋友約好要見面了。」

「哦,老天,我猜我大概會被妳們大卸八塊、進行解剖,然後徹底分析一遍。」

「不會啦⋯⋯」

「等等,我在西路下面,」一堆雜訊。「那天我碰到妳朋友蕾蓓嘉,她看起來人滿好的。」

「我不知道你認識蕾蓓嘉。」我呼吸急促地說。

蕾蓓嘉其實不算是我的朋友,只是常常跟我和茱德一起出現在192。但蕾蓓嘉這個人的問題就是,她是一個水母型人物。跟她聊天時,彷彿一切都愉快又友善,忽然間卻感覺被蟄了一下,也不知道是哪裡來的。妳可能跟她在聊牛仔褲,她會說,「嗯,如果妳的兩條腿全都覆蓋了橘皮組織,最好還是穿像 Dolce & Gabbana 這種剪裁精良的牌子。」——而她自己的大腿跟剛出生的小長頸鹿一樣細。然後話鋒一轉,她又聊起 DKNY 的卡其褲,彷彿剛才什麼事也沒發生過。

「小琪,妳還在嗎?」

「你在⋯⋯在哪裡見到蕾蓓嘉的?」我用又尖又嘶啞的聲音問。

「昨晚在巴奇・湯普森的派對上,她有自我介紹。」

「昨晚?」

「對,我下班的時候順道去了一下,因為妳會晚到。」

「你們聊了什麼?」我問,一邊意識到蓋瑞嘴裡正叼根菸,對著我偷笑。

「哦,妳知道的,就問起我工作上的事。她還說了妳很多好話。」馬克隨口說。

「她說了什麼?」我用氣音問。

「她說妳是個自由的靈魂⋯⋯」通話突然中斷了一下。

自由的靈魂？用蕾蓓嘉的語言來解釋，相當於是：「布莉琪常隨便跟人上床，而且吸食迷幻藥。」

「我想，我可以安裝一根 RSJ 鋼樑，把它們懸吊起來。」蓋瑞又開口，彷彿電話那頭的對話完全不存在。

「好吧，如果妳家有別人在，那我還是先掛斷好了，」馬克說。「玩得開心。我晚點再打給妳？」

「好，好，晚點再說。」

我掛上電話，感覺頭暈目眩。

「他在追別人哦？」蓋瑞在最不恰當的時機居然講了一句人話。

我瞪了他一眼。「架子怎麼辦⋯⋯？」

「這個嘛，如果妳要支架通通對齊，我只好移開電線線路，也就是說，要刮掉牆面灰泥，除非我用一塊三乘四的中密度纖維板來固定。要是妳早跟我說妳要對齊不就好了嗎？我現在應該是可以弄一下啦。」他環顧了廚房。「妳家有什麼吃的嗎？」

「架子沒問題，這樣很好看！」我急著說。

「如果妳願意幫我煮一碗義大利麵，我可以⋯⋯」

為了瘋狂的書架，我付給蓋瑞現金 120 鎊，打發他離開。天啊，我要大遲到了。幹，幹，電話又響了。

9:05 p.m. 是老爸——很奇怪，因為他通常把打電話這種事交給老媽。

「打來問問妳好不好。」他的語氣聽起來很怪。

「我很好，」我疲憊地說。「你呢？」

「非常好，非常好。忙著做園藝，妳知道的，很忙，雖然冬天沒什麼可做的⋯⋯一切都好嗎？」

「都很好，」我說。「你也一切都好吧？」

「哦，是啊，是啊，非常好。呃，妳的工作呢？工作怎麼樣？」

「工作沒問題。嗯，我是說，當然很悲劇了。但你還好嗎？」

「我嗎？哦，很好啊。當然啦，雪花很快就會啪嗒啪嗒地落下來。妳一切都還好，是吧？」

「對，很好。你呢，最近怎麼樣？」

死胡同般的對話循環了幾分鐘之後，我有了突破：「老媽好嗎？」

「啊。嗯，她⋯⋯她啊⋯⋯」

一陣漫長而痛苦的沉默。

「她要去肯亞。跟尤娜一起去。」

最糟糕的是，上次她跟尤娜去度假後，就惹出了那個葡萄牙旅行社負責人朱力歐的事。

「你會一起去嗎?」

「不,不,」老爸憤慨地提高音量。「我一點也不想待在什麼可怕的飛地,曬出皮膚癌,邊喝鳳梨可樂達[3]邊看上空舞者在早餐自助吧前跳舞,出賣自己給一些老不修看。」

「她有邀你一起去嗎?」

「啊。這個嘛,沒有。妳媽會說她是獨立的個體,我們的錢就是她的錢,她有權利隨心所欲去探索世界,探索自己。」

「呃,我想她如果只把探索範圍限制在世界和自己就沒問題。」我說。「她是愛你的,爸。你也看得出來,」差點說出「上次」,趕快改為「像在聖誕節的時候。她只是需要一點刺激感。」

「我知道,但是布莉琪,還有別的事。相當令人震驚的事。妳稍等一下,」

我瞄了一眼時鐘。我人原本應該已經在192了,但到現在還沒機會跟茱德和小雪說瑪格姐也會去。我是說,光是要把婚姻狀態截然不同的朋友湊在一起已經是棘手的事了,何況瑪格姐還剛生了一個小孩。我擔心這對茱德的心情沒有幫助。

「抱歉,我剛去關門,」老爸回來了。「總之,」他接著說,口氣神祕。「我今天稍早聽到妳媽在講電話。好像是跟肯亞的飯店,她說……她說……」

---

[3] 鳳梨可樂達(pina colada),也稱椰林飄香,由蘭姆酒、椰漿和鳳梨汁混合的調酒,通常裝飾著鳳梨角。

「說吧,沒關係,她說了什麼?」

「她說,『我們不要雙胞胎,也不要五英尺以下的。我們去那邊是要好好享受的。』」

老天。

「我是說,」可憐的老爸幾乎在啜泣了,「我真的要眼睜睜讓自己的老婆一到肯亞就付錢找牛郎嗎?」

我一度不知道該說些什麼。我讀過的勵志書裡,沒有一本講到當自己的母親可能有僱用牛郎的習慣,該如何給自己的父親建議。最後我決定試著幫助老爸提升自尊,建議他先保持冷靜一段時間,明天早上再跟老媽討論這件事——這種建議我自己根本完全無法遵守。

但這時的我已經不是遲到可以形容了。我跟老爸解釋說,茱德正碰上一個危機。

「快去,快去!等妳有空再說。別擔心!」他說得太過興奮,有點不自然。「最好趁雨停的時候,去花園做點事。」他的聲音聽起來奇怪又沙啞。

「爸,」我說,「現在是晚上九點鐘。而且是隆冬。」

「啊,也對,」他說。「很好,那就來杯威士忌好了。」

希望他會好好的。

1月29日星期三

59公斤（啊啊啊！但可能是因為體內有一堆酒），菸1根（非常好），工作1份，公寓1間，男友1個（做得好，繼續維持下去）。

5 a.m. 只要我還活著，這輩子再也、再也不喝酒了。

5:15 a.m. 昨晚的片段陸陸續續浮現在腦海，讓人感到不安。

氣喘吁吁冒著雨抵達192，發現瑪格妲還沒到，感謝老天。然後茱德的思緒已經進入一個「滾雪球」狀態，把小事情推論成巨大的末日情景，完全就是《別為小事抓狂》裡明確警告不要做的事情。

「我這輩子都不會有小孩了，」她面無表情，目光直直盯著前方。「我是個翻新貨。那傢伙說，超過三十歲的女人只是行走的卵巢。」

「哦，拜託哦！」小雪哼了一聲，伸手去拿夏多內白酒。「妳沒讀過《反挫》[4]嗎？那傢伙只是個毫無道德可言的惡劣寫手，拿那些貶低女性、中世紀風格的東西老調重彈，把女性當成奴隸一樣打壓。我希望他提早禿頭。」

---

[4] 《反挫：誰與女人為敵？》（*Backlash: The Undeclared War Against American Women*），作者為蘇珊・法露迪（Susan Faludi），1991年出版的女性主義書籍，詳述提到美國自1970年代以來保守派和傳統價值觀如何透過媒體、政治和社會，試圖扭轉女性在職場、教育和家庭中取得的進步女權主義遭受媒體驅動的「反彈」。台灣於1993年出版過中譯本，現已絕版。

「可是現在叫我去認識一個新的人,花時間建立關係,然後說服對方生小孩,機會太渺茫了啊,因為男人都是有了小孩之後,才會想要小孩。」

真希望茱德不要在公共場合聊生理時鐘。這種事當然大家私下會擔心,同時還得裝出這種有損尊嚴的情況不會發生。但在192提起這檔事只會讓人恐慌,感覺自己像個活生生的刻板印象。

小雪樂得開始發飆。「太多女人在二十、三十、四十幾歲浪費青春生小孩,她們該做的是把重心放在事業上,」她大吼。「看看巴西那個六十歲才生孩子的女人。」

「萬歲!」我說。「沒有人永遠都不想要小孩,但這是那種妳會希望再等兩、三年的事!」

「想得美,」茱德陰沉地說。「瑪格姐說,甚至她跟傑瑞米結婚之後,只要她一提到小孩,他就態度很奇怪,還說她太認真了。」

「什麼,連婚後還這樣?」小雪說。

「對。」茱德拿起手提包,氣沖沖走去洗手間了。

「我想到一個很棒的主意,」小雪說。「幫茱德凍一顆卵當作生日禮物怎麼樣?」

「噓。」我咯咯笑。「這要當作驚喜有難度吧?」

就在這時,瑪格姐走了進來,時機很糟糕,因為(1)我還沒來得及向她們預告,(2)看到她時,我嚇了一大跳——自從瑪格

姐生了第三胎以後,我只見過她一次,而她的肚子還沒消下去。她穿著一件金色襯衫,頭戴絨布髮圈,跟其他人身上的都會戰鬥服／休閒服裝扮明顯格格不入。

我幫瑪格姐倒一杯白酒時,茱德從洗手間回來,看看瑪格姐的肚子再看看我,然後狠狠瞪了我一眼。「嗨,瑪格姐,」她粗聲粗氣地說。「預產期什麼時候?」

「我五個星期前就生了。」瑪格姐說,下巴在顫抖。

我就知道把不同類型的朋友湊在一起是錯的,我就知道。

「我看起來有那麼胖嗎?」瑪格姐小聲問我,彷彿茱德和小雪是敵人。

「沒有,妳看起來很棒,」我說。「容光煥發。」

「是嗎?」瑪格姐說,又開心起來。「只是要花點時間⋯⋯消風罷了,哦,然後妳知道的,我還得了乳腺炎⋯⋯」

茱德和小雪抖了一下。為什麼那些沾沾自喜的已婚女人總是這樣,為什麼?隨口就是割傷、縫合、血啊、毒藥啊、蠑螈啊,天知道還有什麼的小趣聞,彷彿這些是輕鬆愉快的社交閒聊話題。

「總而言之,」瑪格姐繼續說著,一邊咕嚕咕嚕灌下白酒,就像剛出獄一樣,開心對著朋友們微笑。「沃妮叫我放兩片甘藍菜葉在胸罩裡,一定要用皺葉甘藍才行哦,過大約五小時之後,感染的問題就好了。當然是會變得有點髒啦,因為流汗啊、乳汁啊,

還有分泌物等等。傑瑞米受不了我上床睡覺的時候下面還在流血，胸罩裡又是濕淋淋的菜葉，但我感覺好多了！我幾乎用掉了一整顆甘藍菜！」

場面頓時靜默無聲。我焦慮地看看大家，但茱德彷彿忽然開心起來，撫平身上 Donna Karan 短版上衣，露出誘人的臍環和平坦的小腹，而小雪則在調整她的魔術胸罩。

「總之，我的事說夠了。妳們過得怎麼樣？」瑪格妲說，語氣像是剛讀過報紙廣告裡的溝通祕笈，配圖是年紀五十多歲男性和一行標題大字：**你是否無法掌握說話的藝術？**「馬克怎麼樣？」

「他很迷人，」我開心地說。「他讓我覺得很⋯⋯」茱德和小雪互相交換了一個眼神。我意識到自己可能聽起來有點太自滿了。「只不過⋯⋯」我話鋒一轉。

「怎樣？」茱德問，傾身靠了過來。

「可能沒什麼吧，但他昨晚打電話給我的時候，說他認識了蕾蓓嘉。」

「**什麼？？？**」小雪爆炸了。「他好大的膽子，在哪裡？」

「昨晚的派對。」

「他昨晚去派對幹什麼？」茱德大叫。「而且是跟蕾蓓嘉去，還不是跟妳？」

萬歲！我們馬上又回到老樣子，仔細分析他在電話裡的語氣、給

人的感覺，還有這事可能代表的重要性：馬克肯定是在派對結束後直接到我家，卻過了整整二十四小時才提起派對和蕾蓓嘉。

「這就是嘴巴管不住想法。」茱德說。

「什麼東西？」瑪格姐說。

「哦，妳知道啊，就是明明和話題無關卻一直提到某人的名字：『蕾蓓嘉又說了什麼什麼』，或是『蕾蓓嘉也開同樣的車』。」

瑪格姐不說話了，我完全知道為什麼。去年她一直跟我說她覺得傑瑞米怪怪的，後來她發現他跟城裡一個女孩子外遇。我遞給她一根絲卡香菸。

「我完全懂妳的意思，」她把菸放進嘴裡說，對我感激地點點頭。「為什麼他總是去妳那邊？他不是在荷蘭公園大道有一間大房子。」

「呃，是有，但他比較喜歡……」

「嗯，」茱德說。「妳們讀過《不再與無法做承諾的男人繼續共存關係》嗎？」

「沒有。」

「待會來我家，我拿給妳們看。」

瑪格姐抬頭看著茱德，樣子就像盼望能和小熊維尼和跳跳虎一起去郊遊的小豬。「他大概只是不想買菜跟洗碗，」她急切地說。

「我碰過的男人裡頭,沒有一個不是心裡覺得自己應該被顧得好好的,就像他的老媽照顧他的老爸那樣,無論他們裝作自己有多麼進步。」

「完全沒錯!」小雪咆哮著說,瑪格姐聽了一臉驕傲。不幸的是,話題很快又回到茱德的美國人還沒回她電話這件事,一說到這個,瑪格姐瞬間又把自己努力的結果一筆勾銷。

「我說真的,茱德!」瑪格姐說。「我實在不懂,妳面對盧布崩盤都能處變不驚,贏得全交易所的熱烈掌聲,為什麼要為了一個白痴男人陷入這種狀態?」

「呃,問題是,瑪格,」我試著緩和局面,「處理盧布比處理男人容易多了。盧布的變化有清楚明確的規則。」

「我覺得妳應該先放一、兩天,」小雪深思過後說。「盡量不要太執著,等他打來,就表現得一派輕鬆、裝作很忙,說妳沒空講話。」

「先等一下,」瑪格姐插話。「如果妳想跟他講話,那妳等了三天,卻說妳沒空跟他講話有什麼意義?妳為什麼不乾脆直接打給他?」

茱德和小雪倒抽一口氣,不敢相信沾沾自喜已婚人士會提出這種瘋狂建議。人人都知道安潔莉卡‧休斯頓從來不打給傑克‧尼克

遜[5]，男人都受不了自己不是主動追求對方的那個人。

情況變得越來越糟，瑪格姐發表天真的言論，說等到茱德遇見對的男人，一切都會像「葉子從樹上落下」那麼簡單。到了十點半，瑪格姐突然跳起來說，「嗯，我該走了！傑瑞米十一點會到家！」

「妳幹嘛約瑪格姐來？」她一走出聽力範圍，茱德立刻說。

「她很寂寞。」我心虛地回答。

「最好是啦，就因為傑瑞米有兩小時的時間不在她身邊。」小雪說。

「她不可以魚與熊掌都要。她不可以既身為一個沾沾自喜已婚人士，又抱怨她不是都會單身家族的一員。」茱德說。

「說真的，如果那女孩忽然被丟進激烈競爭的現代約會場景裡，她肯定會被生吞活剝。」小雪碎碎念。

「**警告，警告，蕾蓓嘉出現了。**」茱德發出核彈警報。

我們順著她的視線望向窗外，一輛三菱都會吉普車靠邊停了下來，車上的蕾蓓嘉一手扶著方向盤，另一手拿著行動電話貼在耳邊。

蕾蓓嘉緩緩伸出長腿，對著膽敢在她講電話時從旁走過的路人翻了個白眼。過馬路的時候完全不看車，車子發出刺耳的急煞聲緊

---

[5] 安傑麗卡‧休斯頓（Anjelica Huston、1951-）和傑克‧尼克遜（Jack Nicholson、1937-）是美國演員，兩人有一段歷時 17 年的戀情。兩人認識時，傑克‧尼克遜已是好萊塢知名影星，安傑麗卡‧休斯頓才嶄露頭角。他們的關係因傑克‧尼克遜的風流而充滿波折。

急停下,她還轉過身去,彷彿在說:「都給我滾,這是我的私人空間。」接著又撞上一個推著購物手推車的女街友,但她完全忽視對方的存在。

她突然闖進酒吧,把長髮從面前往後一甩,然後亮麗飄逸的髮絲立刻像簾幕般飄回去。「好,要掛了,愛你,掰!」她對著行動電話說。「嗨嗨,」她親了我們所有人,坐下後向服務生示意要了杯酒。「妳們好嗎?小琪,跟馬克怎麼樣?終於交到男友了,妳一定很開心。」

「終於。」啊啊啊,今晚的第一隻水母。「一定開心得像在天堂吧?」她柔聲說。「他會帶妳去週五的律師協會晚宴嗎?」

馬克沒提過什麼律師協會晚宴。

「哦,抱歉,我是不是講錯話了?」蕾蓓嘉說。「他一定只是忘了,或是可能覺得對妳不太公平。但我想妳沒問題啦。他們大概會覺得妳很可愛吧。」

正如小雪事後說的,這不是普通水母,而是一隻號稱「葡萄牙戰艦」的僧帽水母了。漁夫們在漁船上圍著牠,試圖把牠拖回海灘上。

蕾蓓嘉風風火火地趕去參加別的聚會,我們三個最後搖搖晃晃地回到茱德的公寓。

「『無法做出承諾的男人不要妳進入他的世界,』」茱德唸出這句,小雪正把《傲慢與偏見》錄影帶轉來轉去,想找出柯林・佛

斯[6]跳進湖裡那一段。

「『他想進入妳的高塔，像個無拘無束的游俠騎士，之後再回到他自己的城堡。他可以在妳不知情之下，接聽或撥打電話給任何人。他把自己的家還有他自己──都保留給自己。』」

「說得太對了，」小雪喃喃說。「好了，來吧，他要跳進去了。」

我們都安靜下來，看著柯林・佛斯從湖裡濕答答地起來，身上的白襯衫變得半透明。嗯，嗯嗯嗯。

「反正，」我有點防備地說，「馬克不是『無法做出承諾的男人』，他已經結過婚了。」

「呃，不然就是他覺得妳是『暫時湊合的女孩』。」茱德打了個嗝。

「混蛋！」小雪口齒不清地說。「該死的王八蛋。哇，什麼東西啊！」

總算搖搖晃晃地回到家。滿心期待地衝向答錄機，失望地停住腳步。沒有亮紅燈──馬克沒打來。天啊，已經早上六點了，必須再睡一下。

8:30 a.m. 為什麼他還沒打給我？為什麼？哼。我是個自信、適應力強、從容且富有內涵的女性。我的自我認同源自內心，而不

---

[6] 柯林・佛斯（Colin Firth, 1960- ），英國知名演員，曾在1995年BBC電視劇《傲慢與偏見》飾演達西先生，也在電影《BJ單身日記》裡飾演馬克・達西。

是⋯⋯等一下，說不定是電話壞掉了。

8:32 a.m. 撥號音正常，我用行動電話打進去確認一下。如果電話壞掉，就表示一切沒問題。

8:35 a.m. 哼。電話沒壞。我是說，他明明確實說過他會打⋯⋯哦，耶，電話！

「哦，哈囉，親愛的。我沒把妳吵醒吧？」

是老爸。立刻充滿愧疚，感覺自己是個自私糟糕的女兒，只想著自己才談了四個星期的戀情，忘記了爸媽三十年的婚姻可能因身高五英尺以上、非雙胞胎的肯亞牛郎而岌岌可危。

「怎麼了？」

「沒事，」老爸笑笑。「我跟她提到那通電話，結果——哎呀，讓她跟妳說。」

「我說真的，親愛的！」老媽搶過話筒說。「我真不知道妳爸哪來的愚蠢想法。我跟飯店說的是床啦！[7]」

我暗暗笑著。顯然，我跟老爸的腦袋裡都裝著一些骯髒的東西。

「反正啊，」她繼續說，「都安排好了。我們二月八日出發！去肯亞！妳能想像嗎！柴堆裡只剩下一個黑鬼[8]⋯⋯」

---

[7] 見第 45 頁，Twins 可以同時指雙胞胎，也可指兩張小床。
[8] 柴堆裡的黑鬼（nigger in the woodpile）為 19 世紀美國南方用語，現已不用。為防止木柴潮濕發霉，堆柴時會預留通風空間，奴隸主認為黑奴會躲在裡頭偷懶或伺機逃亡，引申為潛藏的問題。

「媽！」我爆炸了。

「怎麼了，親愛的？」

「妳不能說『柴堆裡的黑鬼』啦，那是種族歧視。」

「我們又沒有要把誰放進柴堆裡，傻瓜！妳爸和我家裡有暖氣。」

「如果再讓那種措詞留在語言裡，會毒害人們的態度，而且……」

「唉呀！妳有時候真是見樹不見林。哦，我有沒有跟妳說過？茱麗·安德比又懷孕了。」

「聽著，我不能再講了，我……」

跟媽媽通電話到底是怎麼樣，為什麼每當你說不能再講了，她就會馬上想到十九件完全不相干的事情，非得要在那一分鐘告訴你？

「對，這是她第三胎了，」她語帶指責。「哦，還有就是，尤娜跟我決定要網路滑雪。」

「我覺得是網路『衝浪』才對，但我得……」

「滑雪，衝浪，滑雪板，不重要啦，親愛的！梅兒跟帕西瓦也在用網路。妳認識他們，就是以前北安普敦醫院燒傷科的主任。總之，另外一件事就是，妳跟馬克復活節要回來嗎？」

「媽，我真的不能再講了，我上班要遲到了！」我說。又過了沒有重點的十分鐘，最後我總算擺脫了她，感恩地躺回枕頭上。如果老媽在線上，而我卻沒有，確實會讓我感覺有一點弱。我本來有在上網，可是一間叫 GBH 的公司誤寄了 677 封內容一樣的垃圾郵件給我，到現在我還搞不清楚是怎麼回事。

1 月 30 日星期四

59.4 公斤（緊急情況：蕾絲內褲開始在身上留下印痕），試穿了美麗性感的絲滑內衣 17 件，買了超大如失禁褲般可怕難看的內褲 1 條，男友 1 個（但這完全取決於不能被他看見這條可怕的新內褲）。

9 a.m. 在銅板咖啡店。喝咖啡。萬歲！一切美好。他剛打電話來了！所以他昨晚的確有打來，但沒留言，因為原本打算晚點再打，但後來睡著了。有點可疑，不過他邀請我明天去那個律師聚會，而且他同事賈爾斯說我那天在電話裡真的很親切。

9:05 a.m. 不過那個律師聚會有點可怕。要穿正式服裝。我問馬克我該有什麼表現，他說，「哦，沒事，別擔心。只是在一張桌子旁坐下來，跟一些同事吃頓飯。他們都是我的朋友，他們一定會喜歡妳。」

9:11 a.m. 「他們一定會喜歡妳。」你看，這等於默認我會被審判，所以一定要留下好印象。

9:15 a.m. 好,我要正面看待這件事。我要散發魅力:優雅、活潑、穿得美美的。哦,不過,我沒有長洋裝。也許茱德或瑪格妲可以借我一件。

好:

律師協會晚宴倒數

第一天(今天)

預計攝取食物:

1. 早餐:水果奶昔,裡頭有柳橙、香蕉、梨子、甜瓜或其他當季水果。(注意:早餐前已經喝了卡布奇諾,還吃了一個巧克力可頌。)
2. 點心:水果,但不要太接近午餐時間,因為酵素需要一小時才能代謝。
3. 午餐:沙拉加蛋白質。
4. 點心:芹菜或花椰菜。下班後去健身房。
5. 健身後點心:芹菜。
6. 晚餐:烤雞和蒸蔬菜。

6 p.m. 剛離開辦公室。晚上跟瑪格妲一起去買內衣,以便在短期內解決身材問題。瑪格妲會借我珠寶和一件非常優雅的深藍色長洋裝,但她說洋裝需要一點「輔助」。聽說所有電影明星在首映會上,都會穿塑身衣。意思就是今晚沒辦法去健身房了,但要在短期內解決身材問題,結實耐用的塑身衣會比去健身房有效得多。

此外,我也決定,與其忽然開始天天去健身房,還不如明天先做體適能評估,再開始一套新的健身計畫。當然,不可能期待身材在晚宴前就有顯著的變化(這就是購買內衣的目的),但至少會讓人感到振奮。哦,電話響了。

6:15 p.m. 是小雪。快速跟她說了律師協會晚宴前的計畫(包括午餐吃了披薩的遺憾事件),但當我講到體適能評估的時候,她的反應很激烈。

「不要做。」她用陰森森的口氣警告我。

原來小雪做過類似的評估——一個名叫「卡波蘭登」、像會出現在《角鬥士》裡的強壯紅髮女子,把她帶到健身房中央的鏡子前,大聲咆哮:「妳的臀部脂肪下滑,把大腿兩側的脂肪推到兩側,就像馬鞍包一樣。」

光是想到像《角鬥士》裡的女人,就讓人感到厭惡。我總覺得《角鬥士》這種節目有一天會失控,角鬥士變得會吃人,然後製作人會開始安排把基督徒丟到競技場裡,餵給卡波蘭登一族。小雪說我應該取消,但我的看法是,如果像卡波蘭登所說,脂肪會有這種滑動的行為,那麼顯然應該可以把現有的脂肪塑造成更美觀的形狀,甚至根據場合需要,塑造成不同的形狀。我忍不住想,如果可以照自己的意思來形塑脂肪,那我還會想減脂嗎?我想我會希望有大大的胸部和屁股,還有纖細的螞蟻腰。但如此一來,會不會有太多脂肪要消除?多的脂肪該放哪裡好?如果腳跟耳朵過肥,但其他部分完美,這樣是不是不好?

「厚唇沒問題，」小雪說，「但不要⋯⋯」她壓低聲音，用讓人厭惡的語氣說，「⋯⋯厚陰唇。」

嗯。有時候小雪真的很嗯。好，要出門了。跟瑪格姐約六點半在瑪莎百貨見面。

9 p.m. 回到家。這次的購物經驗可說是「極具教育性」。瑪格姐堅持在我面前揮舞一些又大又可怕的塑身內褲。「來嘛，布莉琪：新世代的馬甲！想像 70 年代、Cross Your Heart[9]，還有束腰。」她說，拿了一套像是連環殺手騎自行車會穿的服裝，黑色萊卡連身短褲，還附包覆式的鋼圈胸罩。

「我不要穿那個，」我咧著嘴用氣音跟她說。「放回去。」

「為什麼不要？」

「萬一，嗯，有人摸到怎麼辦？」

「拜託，布莉琪。內衣是有功能的。假如妳穿著一件俐落的小洋裝或長褲，比如穿去上班，妳會需要展現平滑流暢的線條。去上班總不會有人摸妳吧？」

「呃，有可能啊。」我為自己辯解，想到以前跟丹尼爾・克利弗「在一起」（如果那場恐懼承諾的惡夢可以這樣形容）的時候，在辦公室電梯裡發生的情況。

「那這些呢？」我抱著希望，拿起一套看起來很美、材質像透明

---

[9] Cross Your Heart 是 1954 年就創立的美國內衣品牌。

黑絲襪的正常胸罩和內褲組合。

「不行！不行！那完全是 1980 年代。這才是妳需要的。」她說，揮舞著一件看起來像老媽的塑身衣加衛生褲的綜合體。

「萬一有人把手伸進裙子裡怎麼辦？」

「布莉琪，妳真不可理喻，」她大聲說。「妳每天早上起床，想的都是白天可能會有男人隨意把手伸進妳的裙子裡嗎？難道妳無法掌控自己的性愛命運嗎？」

「事實上，我可以。」我悍然地說，拿著一大把塑身褲大步走去試衣間。我試圖把自己擠進一件黑色橡膠般的緊身褲裡，高度剛好頂到我的胸部下方，上下兩端不斷滑落，像個失控的保險套。「萬一馬克看到我穿這個，或是摸到怎麼辦？」

「你們不會在俱樂部裡親熱。你們是去參加正式晚宴，他會忙著給同事留下好印象，而不是試圖摸妳。」

我不確定馬克這輩子是否曾經忙著給任何人好印象，因為他很有自信。但瑪格姐對內衣的看法是對的。我們必須隨著時代進步，不該陷在狹隘的內衣觀念裡。

好，今天要早睡。約了明天早上八點去健身房。我真心覺得我整個人的性格也在經歷劇烈的變化。

1月31日:決戰日

59公斤,酒6單位(2)*,菸12根(0),卡路里4284(1500),對健身評估員撒謊14次。

* 括號裡的數字代表提供給健身評估員的數據。

9:30 a.m. 新的健身房文化有個不太光明的典型特徵,就是允許沒說過希波克拉底誓詞的私人教練,表現得像醫師一樣。

「妳一個星期喝多少單位的酒?」瑞巴問,他是一個走布萊德‧彼特風格、自命不凡的年輕健身評估員。坐著的我穿著運動內衣和褲子,試圖把肚子收緊。

「14到21。」我撒謊面不改色,他竟然還做了個驚訝的表情。

「妳抽菸嗎?」

「我戒了,」我輕快地說。

這時瑞巴刻意瞥了一眼我的包包,對啊,裡面是有一包絲卡,那又怎樣?

「妳什麼時候戒的?」他一本正經地問,一邊打字輸入到電腦裡,顯然會直接寄去保守黨中央辦公室,等到下次我收到違停罰單,肯定會直接被送進某個訓練營。

「今天。」我堅定地說。

最後,我站著讓瑞巴用夾具測量脂肪。

「我做標記只是為了方便看清楚我們要測量的地方,」他霸道地說著,用簽字筆在我身上畫了一堆圈圈和叉叉。「妳用一點去漬油就可以擦掉了。」

接著是進健身房做運動,期間跟瑞巴有各種難以解釋的眼神交流和接觸,例如跟瑞巴面對面站著,雙手放在彼此肩膀上做深蹲,他的屁股猛力從墊子上反彈,而我笨拙地試著微彎膝蓋。做到最後,感覺像是和瑞巴經歷了一次漫長而親密的性愛,我們根本像在約會一樣。之後我沖了澡、換上衣服,然後有點不知所措,感覺好像應該回去問他幾點會回家吃飯。但當然,我是要跟馬克·達西吃晚飯啦。

非常期待晚宴。最近一直在試服裝,效果真的很棒,流暢滑順的線條,都要感謝可怕的塑身褲,而馬克完全沒有理由會發現。我也完全看不出自己有什麼理由不能算是一個出色的女伴,畢竟我是見過世面的職業女性。

午夜。終於抵達市政廳,馬克穿著正式的晚禮服和大衣,正在外面來回踱步。哇。我最喜歡這種感覺了,原本在一起的人忽然看起來像是極有魅力的陌生人,讓人只想趕快回家跟他瘋狂做愛,彷彿兩個人才剛認識。(當然,我的意思並不是說我平常會這麼對待剛認識的人。)他看到我的時候明顯吃了一驚,隨即微微一笑,迅速調整表情,以彬彬有禮的英式公學風範,示意我往門口走去。

「抱歉,我遲到了。」我喘著氣說。

「妳沒有,」他說,「我說的開始時間是騙妳的。」他又用奇怪

的眼神看著我。

「怎麼了？」我問。

「沒事，沒事。」他的口氣過度平靜且愉快，彷彿我是個瘋子，站在車頂上，一手拿著斧頭，另一手提著他老婆的頭。他帶領我走到門口，一位身穿制服的門房為我們打開門。

裡面是個高挑、使用暗色鑲板的入口大廳，許多身穿正式禮服的老人在低聲交談。我看到一個穿亮片上衣的女人，用奇怪的眼神看著我。馬克朝她和氣地點點頭，然後在我耳邊低聲說，「妳去洗手間看一下妳的臉。」

我立刻衝進洗手間。不幸的是，在昏暗的計程車上，我把 Mac 深灰色眼影當成腮紅，擦在臉頰上了──這種事當然可能發生在任何人身上，因為它們的包裝長得一模一樣。整理好自己，我從洗手間出來，寄放好大衣，走到一半立刻愣住了。馬克在跟蕾蓓嘉說話。

她穿了一件咖啡色低胸露背緞面洋裝，布料緊貼在她骨瘦如柴的身材上，顯然沒穿束腰。我感覺自己就像那次老爸做蛋糕送去格拉夫頓安德伍慶典活動參賽，評審結束後，我們看到蛋糕上面貼了張字條，寫著「未達比賽標準」。

「那實在太好笑了，」蕾蓓嘉說，對著馬克含情脈脈地笑。「哦，布莉琪，」我加入他們時，蕾蓓嘉說。「妳好嗎？可愛的女孩！」她親了我一下，我不自覺地繃緊了臉。「緊張嗎？」

「緊張？」馬克說。「她怎麼會緊張？她可是內在平和的化身，不是嗎，小琪？」

就在那一瞬間，我看見蕾蓓嘉臉上閃過一絲惱怒，但她迅速克制住。「哦，這麼貼心，我真替妳高興！」她優雅轉身離開，還嬌俏地回頭望了馬克一眼。

「她看起來人很好，」馬克說。「總是那麼親切又聰明。」

總是？我心想。總是？我以為他只見過她兩次面。他把手臂伸過來，危險地靠近我的束腰，我只好彈開。兩個氣勢洶洶的人走了過來，開始祝賀馬克，誇讚他做的某件跟墨西哥人有關的事情。他客氣愉快地聊了一、兩分鐘後，巧妙使出技巧讓我們脫身，往宴客廳走。

裡頭非常華麗：深色木頭裝潢、圓桌、燭光和閃爍的水晶燈。麻煩的是，每當馬克把手放到我的腰上，我就得趕緊彈開。

我們這桌已經坐滿了一群三十多歲的律師，看起來自信滿滿，高聲談笑，互相用機智妙語較勁，那些俏皮的對話顯然都暗藏了許多法律知識或當代觀察：

「你怎麼知道自己對網路成癮？」

「你發現你連自己最要好的三個朋友是什麼性別都不曉得。」哇哈哈。哈哈哈哈。

「打句號之後一定要加上 co.uk。」哇哈哈哈哈哈！

「所有工作文件都用 HMTL[10] 協議來寫。」哈哈哈哈。哇哈哈哈哈。哈哈。

大家靜下來開始用餐,一個叫露易絲‧巴頓－福斯特的女人(超級有主見的律師,想像得出是那種會逼你吃肝臟的人)開始滔滔不絕地講廢話,感覺好像講了三個月。

「但從某方面而言,」她邊說邊狠狠盯著菜單,「你也可以說整個 ER Emeuro Proto 是個 Gerbilisshew。[11]」

一切都很正常──我就靜靜坐著,吃吃喝喝──直到馬克忽然說,「我覺得妳說得一點也沒錯,露易絲。如果要我再投保守黨一票,我希望他們能先研究過我作為選民的觀點,而且能夠反映我的立場。」

我驚恐地看著他。我朋友賽門有一次在派對裡跟一群小朋友玩,結果他們的祖父出現了,竟然是羅伯特‧麥斯威爾[12]。賽門看著那些小孩,忽然發現他們全都像是迷你羅伯特‧麥斯威爾,眉毛隆起,下巴寬厚。我的感覺就類似這樣。

我知道跟一個新認識的人展開一段戀情,兩人總會有些必須適應和磨合的差異。可是我萬萬沒想到,這陣子跟我同床的竟然是一

---

[10] HMTL 應為 HTML(HyperText Markup Language),超文本標示語言,即一種用來構建網頁的標準語言。布莉琪聽成 HMTL。

[11] 該女子說的可能是「One could argue the ERM (Exchange Rate Mechanism) Euro protocol is a global issue.」(歐洲匯率機制是全球議題),布莉琪聽不懂,所以聽成了胡言亂語。

[12] 羅伯特‧麥斯威爾(Robert Maxwell, 1923-1991),英國媒體大亨、國會議員。

個投保守黨的男人。我忽然覺得我一點也不了解馬克・達西。誰知道，說不定我們在一起的這幾個星期以來，他一直偷偷蒐集戴復古繫帶帽的限量版迷你陶瓷動物（週日增刊頁面會看到的那種），或是偷偷搭巴士溜去看橄欖球比賽，還在後車窗對著路上其他駕駛脫褲子露屁股。

餐桌上的談話變得越來越高傲，越來越炫耀。

「嗯，你怎麼知道是 4.5 到 7？」露易絲大聲對著一個像穿條紋襯衫、看起來像安德魯王子的男人說。

「哦，我在劍橋修過經濟學。」

「你的教授是誰？」另一個女孩厲聲說，好像這樣吵架就會贏似的。

「妳還好嗎？」馬克用嘴角小聲問我。

「還好。」我低著頭小聲說。

「妳在⋯⋯顫抖。說吧，怎麼了？」

最後我只好告訴他。

「我投保守黨，所以怎麼了嗎？」他不可置信地看著我說。

「噓──」我悄聲說，緊張地環顧桌邊其他人。

「有什麼問題嗎？」

「只是，」我開口，真希望小雪在這裡，「我是說，如果我投給

保守黨,我會被我的朋友排擠。那就跟騎馬帶著一群獵犬出現在紅色咖啡館[13],或是參加有閃亮桌布和麵包盤的晚宴一樣。」

「妳是說像現在這種?」他笑了。

「嗯,對。」我小聲說。

「那妳都投給誰?」

「當然是工黨,」我低聲說。「所有人都投工黨。」

「嗯,我認為目前顯然已經證明不是如此,」他說。「我純粹好奇,所以為什麼呢?」

「什麼?」

「妳為什麼投工黨?」

「哦,」我想了一下,「因為投給工黨代表支持左派。」

「啊。」他好像覺得我的回答很有趣。現在全部人都在聽。

「還有支持社會主義者。」我補充。

「社會主義者。我明白了。社會主義者指的是⋯⋯?」

「工人團結起來。」

「嗯,但布萊爾可不會加強工會的權力,對吧?」他說。「妳看

---

[13] 紅色咖啡館(Café Rouge)是連鎖法式平價餐廳。

他對黨章《第四條款》的態度[14]。」

「但保守黨很糟糕啊。」

「很糟糕?」他說。「現在的經濟狀況是七年來最好的時候。」

「才沒有,」我斬釘截鐵地說。「反正他們只是把它提升起來,因為要選舉了。」

「把什麼提升起來?」他說。「把經濟提升起來?」

「布萊爾對歐洲的立場與梅傑相比如何?」露易絲加入。

「沒錯,而且他為什麼沒兌現保守黨先前的承諾,逐年實際增加醫療支出?」安德魯王子說。

天啊。他們又開始你來我往地較量。最後,我再也受不了。

「重點在於,應該是按照道德準則來投票才對,而不是在這個百分比、那個百分比的枝微末節斤斤計較。很明顯,工黨支持的是分享、善良、同志、單親媽媽和曼德拉,而不是霸道又到處亂搞的傲慢男人。那些人去巴黎麗池飯店享樂,還覺得自己有資格責罵《今日》節目主持人。」

餐桌上瀰漫著一片寂靜。

「唔,我想妳說得很精闢,」馬克笑著說,一邊揉了揉我‧的

---

[14] 東尼‧布萊爾於 1995 年修改了工黨第四條條文,放棄傳統的公有制主張,改為支持市場經濟與社會公平。

「我們無可爭辯。」

每個人都看著我們。但是他們並沒有像在正常世界那樣調侃我，反而裝作什麼事也沒發生，繼續碰杯敬酒大聲喧鬧，徹底忽略我。

我無法判斷事件的嚴重程度。感覺像在巴布亞紐幾內亞的一個部落，不小心踩到了酋長的狗，我不知道他們竊竊私語是代表沒關係，還是正在討論怎麼把我的頭做成烘蛋餅。

有人敲敲桌子，示意演講要開始了，內容真是無聊到令人想啃拳頭。演講一結束，馬克小聲對我說，「我們走吧？」

我們向大家道別，離開晚宴廳。「呃……布莉琪，」他說，「我不想讓妳擔心，不過妳的腰間有個看起來有點奇怪的東西。」

我立刻伸手去檢查。可怕的束腰不知怎地從兩邊鬆開了，在我的腰際呈圓形隆起，就像巨大的備用輪胎。

「那是什麼？」馬克問，一邊往外走，一邊對著其他桌的人點頭微笑。

「沒什麼。」我低聲嘀咕。一走出晚宴廳，我就衝向洗手間。脫掉洋裝、解開可怕的褲子，要把全套惡夢般的裝備再穿回去真的很困難。真希望我是在家裡，穿著寬鬆褲子和毛衣。

走進大廳的時候，我差點轉身又走回洗手間。馬克又在跟蕾蓓嘉說話。她附耳對他說了什麼，然後發出可怕的尖銳爆笑聲。

我走向他們，尷尬地站著。

「她來了！」馬克說。「都處理好了？」

「布莉琪！」蕾蓓嘉說，假裝很高興看到我。「我聽說妳的政治觀點讓大家印象深刻！」

真希望我能想出什麼風趣的回應，但我只是站在那裡，低著眉頭望向遠方。

「事實上，她說得很棒，」馬克說。「她讓我們所有人看起來像一群自以為是的混蛋。好，我們要走了，很高興再見到妳。」

蕾蓓嘉在 Gucci Envy 香水味的籠罩下，熱情地親吻了我們兩個，然後搖曳生姿地走回宴客廳，明顯就是希望馬克會看著她。

走向車子的路上，我想不出該說什麼。顯然他跟蕾蓓嘉在背後嘲笑我，然後還試著隱瞞這件事。但願現在能打給茱德和小雪問她們的意見。

馬克一副沒事的樣子。我們一出發，他就試著把手順勢滑上我的大腿。為什麼當妳表現得越不想上床，男人就越想跟妳上床？

「你的手不放在方向盤上面嗎？」我拚命往另一邊縮，避免他的手指碰到橡膠圈的邊邊。

「不要。我想佔有妳。」他說，猛地衝向一個路障。

我裝作很在意道路安全，設法保全自己。

「哦，蕾蓓嘉問我們，要不要找時間去她家吃晚飯？」他說。

我不敢置信。我認識蕾蓓嘉四年了,她從來沒有邀請我去吃晚飯。

「她看起來很不錯吧?那件洋裝滿好看的。」

這就是嘴巴管不住想法,正在我的耳朵旁上演。

我們到了諾丁丘。在紅綠燈前,他沒問我就逕自轉向我家的方向,遠離他家。他要維護他的城堡完好無缺。那裡大概充滿了蕾蓓嘉留的訊息,我只是「暫時湊合的女孩」。

「我們要去哪裡?」我突然爆發。

「妳的公寓。為什麼問?」他說,警覺地轉過頭。

「對啊,為什麼?」我憤怒地說。「我們已經在一起四個星期又六天了,從來沒在你家過夜。一次也沒有,從來沒有!為什麼?」

馬克徹底沉默下來。他打方向燈左轉,轉回荷蘭公園大道,一句話也沒說。

「怎麼了?」我終於開口。

他直視前方,打方向燈。「我不喜歡別人大吼大叫。」

回到他家,一切都很糟。我們沉默地走上樓梯,他開了門,撿起郵件,打開廚房的燈。

廚房挑高得像雙層巴士,櫥櫃是那種一體成型的不鏽鋼風格,根本看不出哪裡是冰箱。房間裡怪異地沒有任何雜物,三盞冷色燈光投射的光圈照在地板上。

他大步走向室內的另一端，腳步聲在空間裡迴響，像學校旅行去地下洞穴時聽到的那樣。他擔憂地盯著不鏽鋼門板，然後問，「妳要一杯葡萄酒嗎？」

「好，麻煩了，謝謝。」我禮貌地說。不鏽鋼早餐吧檯那邊有幾張現代風格的高腳椅，我努力爬上其中一張，感覺自己像戴斯‧歐康納[15]，準備跟安妮塔‧哈里斯[16]來個雙人對唱。

「好。」馬克說。他打開一扇不鏽鋼櫥櫃門，發現門內裝著一個垃圾桶，於是把它關上，開了另一扇門，驚訝地發現裡面是一台洗衣機。我低著頭，忍不住想笑。

「紅酒還是白酒？」他突然問。

「白酒，謝謝。」我忽然覺得好累，腳上的鞋讓我的痛得受不了，可怕的束褲也緊緊勒在身上。我只想回家。

「啊。」他終於找到冰箱了。

我瞥了一眼，看見其中一個櫥櫃上有一台答錄機。我的胃一陣翻騰，上面的紅燈正在閃爍。我抬起頭，看見馬克站在我面前，手上拿著康蘭風格的仿舊鐵酒瓶架，上面有一瓶酒。他看起來也很悲慘。

「聽著，布莉琪，我……」

---

[15] 戴斯‧歐康納（Des O'Connor, 1932-2020），英國男歌手。
[16] 安妮塔‧哈里斯（Anita Harris, 1942-），英國女歌手。

我從高腳椅站起來,雙手環抱著他,但他的手立刻伸向我的腰際。我退後。我得把那該死的東西脫掉。

「我先上樓一下。」我說。

「為什麼?」

「去洗手間。」我胡亂回答,穿著痛死人的鞋子踉蹌地朝樓梯走去。我走進樓上第一個房間,看起來是馬克的衣帽間,滿滿的西裝、襯衫和一排鞋子。我脫掉洋裝後,鬆了一大口氣,開始慢慢把可怕的束褲剝下來,想著待會可以披件睡袍,我們就可以舒舒服服地坐下來解決問題,但馬克忽然出現在門口。我驚嚇到不能動彈,可怕的內衣褲在他面前一覽無遺,我瘋狂地試著脫下來,他則目瞪口呆地看著我。

「等等,」他說,當我正伸手拿睡袍時,他認真盯著我的肚子。「妳在自己身上畫圈圈叉叉嗎?」

我試著向馬克解釋瑞巴的事,還有我來不及在週五晚宴前買到去漬油,但他只是看起來又累又困惑。

「對不起,我不知道妳在說什麼,」他說。「我得睡一會。我們上床睡覺好嗎?」

他推開另一扇門,打開燈。我瞄了一眼,立刻尖叫。白色的大床上,有個全身赤裸的瘦小東方男孩,怪異地笑著,手裡拿著用繩索串著的兩顆木球,還有一隻小兔子。

3／完蛋！
Doooom!

2月1日星期六

58.5公斤,酒6單位(但混了番茄汁,非常營養),菸400根(完全可以理解),出現在床上的兔子、鹿、雉雞或其他野生動物0隻(比起昨天是很大的進步),男友0個,前男友1個,世界上所剩正常且可能成為男友的人0個。

12:15 a.m. 為什麼這種事一直發生在我身上?為什麼?為什麼?唯一一次碰到一個看起來善良明理的人,也經過老媽許可,而且不是已婚、瘋子、酒鬼或蠢貨,結果竟然是個同性戀獸性變態。難怪他不要我去他家。不是他害怕承諾,或喜歡蕾蓓嘉,或我只是「暫時湊合的女孩」,而是因為他在臥房裡藏了東方男孩和野生動物。

可怕又震驚。可怕極了。我盯著那個東方男孩大概兩秒鐘,然後衝回衣帽間,迅速套上洋裝衝下樓,聽見背後臥房裡傳來美國軍隊被越共屠殺那樣的慘叫聲。我跌跌撞撞走到街上,瘋狂揮手攔計程車,彷彿一個碰到客戶想在她頭上大便的應召女郎。

也許沾沾自喜已婚人士說的是真的,剩下的單身男人之所以單身,是因為他們有著重大缺陷。所以事情才會這麼他媽的⋯⋯我不是說同性戀是缺陷,但如果騙女友說不是,就肯定是個缺陷。今年情人節要連續第四年自己過了,然後聖誕節會在爸媽家睡單人床,又是這樣。完蛋。完蛋!

如果可以打給湯姆就好了。當我需要同志觀點時,他就跑去舊金

山，每次都這樣。他跟其他同性戀者有危機的時候，都要跟我講好幾個小時的電話，要我給他建議；但當我遇上同性戀危機時，他做什麼去了？跑去**該死的舊金山**。

冷靜，先冷靜。我意識到把整件事怪在湯姆頭上，藉此舒緩心情是錯的，尤其整件事跟湯姆一點關係也沒有。我是個自信、適應力強、從容且富有內涵的女性。我的自我認同並不來自世俗的成就，而是⋯⋯啊！電話。

「布莉琪，我是馬克。對不起，真的很對不起。發生這麼糟糕的事。」

他聽起來很慘。

「布莉琪？」

「怎麼樣？」我說，盡量控制自己的手不要發抖，點燃一根絲卡。

「我知道看起來像是怎麼回事。我自己跟妳一樣受到驚嚇。我這輩子從來沒見過他。」

「呃，那他是誰？」我爆發。

「原來他是我管家的兒子。我根本不知道她有兒子。他好像患有思覺失調症。」

我聽見背景傳來喊叫聲。

「我來了，我來了。哦，天啊。聽著，我得處理一下。聽起來

他好像要掐她脖子。我待會再打給妳，好嗎？」——更多喊叫聲——「等一下……布莉琪，我早上再打給妳。」

我非常困惑。想打給茱德或小雪問問看這個藉口成不成立，但現在是半夜。也許我該試著睡一下。

9 a.m. 啊！啊！電話。萬歲！不對，完蛋！想起來發生了什麼事。

9:30 a.m. 不是馬克，是我媽。

「親愛的，妳知道嗎？我要氣炸了。」

「媽，」我堅定地打斷她。「我用行動電話打給妳，好嗎？」

昨晚發生的事如潮水般湧來。我得讓她掛斷電話，以防馬克要打來。

「行動電話，親愛的？別傻了，那是妳兩歲時玩的東西。妳還記得嗎？上面有小魚？哦，妳爸要跟妳說話，但是……好吧，他來了。」

我等著，焦急地看看行動電話又看看時鐘。

「哈囉？親愛的，」爸疲憊地說。「她不去肯亞了。」

「太好了，做得好，」我高興地說，至少我們倆其中一人沒有置身危機之中。「你怎麼辦到的？」

「我沒做什麼，她的護照過期了。」

「哈！太妙了。不要跟她說可以換新的。」

「哦，她知道，」他說。「問題是，如果要換新護照，就要換新照片。所以她不去不是出於對我的尊重，純粹是為了跟海關人員調情。」

老媽搶過話筒。「實在太荒謬了，親愛的。我拍了照片，看起來老得跟山一樣。尤娜叫我試試快照機，但是更糟糕。我決定要留著舊護照，就這樣。總之，馬克好嗎？」

「他很好，」我尖聲說，差點就補上一句：他喜歡跟東方少年上床和玩兔子，好笑吧？

「嗯，妳爸和我想邀妳和馬克明天中午來家裡吃飯。我們好久沒看到你們兩個了。我想烤個千層麵，還有豆子⋯⋯」

「我晚點打給妳，好嗎？我快遲到了，要去⋯⋯瑜珈課！」我靈光一閃地說。

我設法在異常短暫的十五分鐘收尾對話後擺脫掉她，越聽越覺得整個英國政府護照辦公室也對抗不了老媽和她的舊照片。我伸手摸出另一根絲卡，感覺孤寂又困惑。管家？我是說我知道他有個管家，但⋯⋯還有蕾蓓嘉的事。而且他投給保守黨。我還是吃點起司好了。啊！電話。

是小雪。

「哦，小雪。」我悲慘地說，脫口告訴她這個故事。

「妳停一下，」她說，我還沒講到東方男孩那裡。「停。我只說一次，妳仔細聽好。」

「什麼？」我說，心想這世界上除了我媽之外，沒辦法把某件事只說一次的人就是雪倫。

「快脫身。」

「可是……」

「快脫身。已經出現警訊了，他投保守黨。在妳還沒陷得太深之前，快脫身。」

「但是等等，那不是……」

「我的老天，」她低吼。「所有好處都是他的，不是嗎？他去妳家，妳什麼事都替他做好好的。妳精心打扮去參加他那保守黨朋友的可怕聚會，結果他做了什麼？跟蕾蓓嘉調情，看扁妳，還投給保守黨。一切都是操弄手法、父權主義……」

我緊張地看著時鐘。「呃，小雪，我用行動電話打給妳，好嗎？」

「什麼！妳怕他打來沒接到嗎？不行！」她爆炸。

這時，行動電話竟然響了。

「小雪，我要掛了，我晚點打給妳。」

我急著按下行動電話上的接聽鍵。

是茱德。「哦,我宿醉好嚴重。我好像要吐了。」她開始講起在大都會酒吧派對發生的一個好長的故事,我只好中途打斷她,因為我真的覺得東方少年的問題更緊急。我覺得自己這麼做沒錯,這不是自私。

「哦,天啊,小琪,」我講完之後,茱德說。「妳好可憐。我覺得妳處理得非常非常好。真的,妳真的進步了好多。」

我先是覺得很驕傲,接著一陣茫然。

「我做了什麼?」我說,環顧著屋裡,一下自滿地微笑,一下困惑地眨眼。

「妳做的完全就是《過度付出的愛》裡頭說的,什麼都不做,就只是抽離。我們無法替男人解決他們的問題,我們只能抽離。」

「對哦,對啊。」我認真地點頭。

「我們不詛咒他們,也不祝他們好運。我們不打電話給他們,不跟他們見面。我們就是抽離。管家兒子個屁。要是他有管家,他幹嘛老是去妳家要妳洗碗?」

「萬一真的是他管家的兒子呢?」

「好了,布莉琪,」茱德嚴正地說。「這叫做否認。」

11:15 a.m. 跟茱德和小雪約在192吃午飯。好,不能活在否認裡。

11:16 a.m. 好。我完全抽離了。看吧!

11:18 a.m. 不敢相信他到現在還他媽的沒打電話過來。我痛恨現代人約會遊戲裡的被動攻擊行為,用不溝通當作溝通方式。這真的很糟糕:明明單純只是電話響起或沒響,竟然就代表了愛情或只是友誼、幸福或再次被放逐到約會戰場的壕溝裡。經歷的情況完全一樣,只是感覺比上次還要失敗。

中午。不敢相信,就在我盯著電話的時候,它響了。彷彿我用思想振動的能量讓它響起,而這次是馬克。

「妳好嗎?」他擔心地說。

「我很好。」我說,試著抽離。

「我去接妳,我們中午吃飯聊一聊,好嗎?」

「嗯,我約了姊妹淘吃午飯。」我說,真的相當抽離。

「哦,天啊。」

「怎樣?」

「布莉琪。妳知道我昨晚是怎麼度過的嗎?那男孩在廚房裡掐他媽媽的脖子,警察和救護車都來了,出動麻醉針,開車去醫院,歇斯底里的菲律賓人擠滿了家裡。我的意思是,我真的很抱歉妳經歷了那一切,但我自己也不好過,而且根本不是我的錯。」

「你怎麼沒早點打來?」

「因為我每次抽空打給妳,不管是室內電話還是行動電話,都在

忙線中！」

嗯。抽離得不太順利，他真的過得很慘。我們約好一起吃晚飯，他說他今天下午要睡一覺。我誠心誠意地希望，他是一個人睡。

2月2日星期日

58.1公斤（好極了：快變成東方男孩），菸3根（非常好），卡路里2100（非常節制），男友又有1個（萬歲！），被重新復合的男友用不可置信的語氣大聲數出來的勵志書37本（在這種時代也是合理）。

10 a.m. 公寓裡。一切又好好的了。晚餐一開始有點尷尬，但在我決定相信他說的故事後，就好多了，尤其他說我今天應該過去看看他的管家。

但我們在吃巧克力慕斯的時候，他說，「小琪？昨晚在那些事發生之前，我就已經覺得有哪裡不對勁了。」

我的胃部好像受到重擊。其實很諷刺，畢竟我最近也覺得不太對勁。自己感覺感情關係出問題不是什麼大事，可是如果是對方開始感覺感情關係出問題，那就像有人批評你的母親一樣。而且你會開始覺得自己是不是要被甩了，除了痛苦、失落、心碎之外，還很丟臉。

「小琪？妳進入催眠狀態了嗎？」

「沒有。你為什麼會覺得不太對勁？」我小聲說。

「哦，因為我每次要碰妳，妳就躲開，好像我是個老色鬼。」

大大鬆一口氣。我解釋說是因為那個可怕的束褲，他放聲大笑。我們點了餐後酒，兩人都有點喝醉，最後回到我家享受美好的性愛。

今天早上，我們在爐火前面閒躺著看報紙，我在想是否該提蕾蓓嘉的事，還要問他為什麼老是待在我家。但茱德說我不應該提，因為吃醋對異性來說超級不吸引人。

「布莉琪，」馬克說，「妳好像陷入了恍惚狀態。我剛問妳，這個新的書架是怎麼回事？妳在冥想嗎？還是這個書架的支架系統跟佛教有關？」

「是因為電路。」我含糊地說。

「這些都是什麼書？」他站起來看。「《如何跟年輕女性約會：給三十五歲以上男性的行動指南》？《如果佛祖也約會》？維克多‧金姆的《大膽下注》？」

「那些是我的勵志書！」我護著說。

「《男人要什麼》？《不再與無法做承諾的男人繼續共存關係》？《如何理智地愛一個分居中的男人》？妳知道嗎，妳收藏的異性行為理論知識書大概是全宇宙最多的。我開始覺得自己好像一隻實驗室動物！」

「呃……」

他衝著我笑。「這些書要搭配著讀嗎?」他從書架上抽出一本。「才能兩邊都顧到?《享受單身》配上《如何在三十天內找到理想伴侶》?《輕鬆學佛法》配上維克多‧金姆的《大膽下注》?」

「不是,」我憤慨地說。「是一本一本讀。」

「妳為什麼要買這種書啊?」

「嗯,其實我有一個理論,」我興奮地說起來(因為實際上我真的有一個理論)。「你想想其他的世界宗教,像是……」

「其他的世界宗教?相對於什麼的其他?」

啊啊啊。有時候真希望馬克不是這麼該死的律師思維。

「相對於勵志書。」

「對,我就知道妳會這麼說。布莉琪,勵志書不是一種宗教。」

「但明明就是啊!這是一種新形式的宗教。人類就像是水流,如果面前出現障礙物,他們就會冒著泡泡繞過去,找到別的出路。」

「冒著泡泡繞過去,小琪?」

「我的意思是說,如果宗教組織垮了,人們會開始尋找另一套規則。如同我剛說的,你看勵志書裡有很多概念跟其他宗教是共通的。」

「像是⋯⋯？」他打了個手勢，鼓勵我說下去。

「哦，佛教，還有⋯⋯」

「不，我是說概念？」

「嗯，」我開始說明，但有一點慌張，我的理論目前不幸尚未發展完全，「正向思考。《EQ：決定一生幸福與成就的永恆力量》裡面談到樂觀，一切都會好好的，這個最重要。然後當然還有要相信自己，《情感自信》裡有講到。你看基督宗教⋯⋯」

「是的⋯⋯？」

「唔，婚禮上會唸的那段也一樣：『如今常存的有信、望、愛這三樣。』還有活在當下的概念，《心靈地圖》和佛教徒都有說過。」

馬克看著我，彷彿我瘋了。

「⋯⋯還有寬恕，《創造生命的奇蹟：影響五千萬人的自我療癒經典》裡說，執著於怨恨對身心有害，要寬恕他人。」

「所以那又是哪個宗教？我希望不是穆斯林。我不認為在一個偷麵包就要砍掉手的信仰裡頭，能找到寬恕。」

馬克搖搖頭，盯著我看。他似乎完全不明白這個理論，但也可能是因為馬克的心靈開發得還不夠，這可能會是我們關係中的另一個問題。

「『爾免我債,如我亦免負我債者!』」我義憤填膺地說。這時電話響了。

「肯定是妳的約會作戰中心,」馬克說。「或是坎特伯里大主教打來的!」

是老媽。「妳怎麼還在家?快點,快點。妳跟馬克不是要過來吃午飯?」

「可是媽……」我很確定我沒說要過去吃午飯。馬克翻了個白眼,打開電視看起足球賽。

「我說真的,布莉琪。我做了三個蛋白霜水果甜餅,但其實做三個跟做一個一樣簡單,千層麵也拿出來退冰了……」

我可以聽見老爸在後面說,「由她去吧,潘姆。」她繼續生氣地說,退冰的肉拿回去冷凍有多不好,然後他接了電話。

「別擔心,親愛的,我敢說妳沒跟她說要回來。這是她自己想的。我會安頓好情況。總之,壞消息就是她要去肯亞了。」

老媽搶過話筒。「護照的事解決了。我們在克特陵的婚紗店拍了很好看的照片,妳知道那邊,就是烏蘇拉·科林伍德帶凱倫去拍照的地方。」

「有修圖嗎?」

「沒有!」她憤憤地說。「他們可能有用電腦做了什麼,但沒有用筆刷。總而言之,尤娜跟我下週六出發。去十天而已。非洲!

妳能想像嗎！」

「爸怎麼辦？」

「我說真的，布莉琪！人生就是要用來享受的，如果妳爸只想在高爾夫球場和花棚之間過生活，那是他的選擇！」

有了馬克站在一旁鼓勵（他一手拿著捲起來的報紙，另一手指一指他的手錶），最後總算掛上電話。我們過去他家，現在我完全相信他了，因為管家跟她的十五個親戚正在清理廚房，他們似乎都把馬克當神來膜拜。接著，我們在他家過夜，臥房裡點了很多蠟燭。萬歲！應該都沒事了。對，絕對沒事了。我愛馬克・達西。他有時有點嚇人，但私底下善良又貼心。這是好事，我想。

尤其再過十二天就是情人節了。

2 月 3 日星期一

57.6 公斤（非常好），酒 3 單位，菸 12 根，距離情人節還有 11 天，花在擔心女性主義者不該執著於情人節的時間大約 162 分鐘（差勁）。

8:30 a.m. 希望老爸會沒事。如果老媽週六出發，表示她丟下他一個人過情人節，這不是很好。也許我該寄一張卡片給他，裝作是祕密愛慕者寄的。

不知道馬克會做什麼？他至少會寄張卡片吧。

我是說，他一定會寄的。

也許我們會外出吃晚飯，或有什麼別的享受。嗯。總算有個男友一起過情人節，真好。啊，電話。

8:45 a.m. 是馬克。他明天要去紐約兩個星期。他聲音聽起來其實有點冷漠，說他晚上太忙無法見面，因為要趕著辦證件什麼的。

我設法和顏悅色，只說了，「哦，很好啊，」一直等到掛上電話才吶喊，「但下週五就是情人節了，是情人節！」啊啊啊！

總之，這樣很不成熟。重要的是感情關係，不是虛偽的行銷手段。

2月4日星期二

8 a.m. 在咖啡店喝卡布，吃巧克力可頌。看吧！我讓自己脫離了消極思考的泥沼，其實馬克出遠門大概是好事，讓他有機會像火星橡皮筋先彈開，就像《火星與金星去約會》裡說的，然後才會真正感覺到吸引力何在。我也有機會改善自己，處理些一直還沒做的事情。

馬克不在這段期間的計畫
1. 每天去健身房。
2. 跟茱德和小雪共度很多愉快的夜晚。
3. 繼續好好地整理公寓。

4. 趁老媽不在，多跟老爸相處。
5. 努力工作以增進自己的地位。

哦，當然還要再減 3 公斤。

中午。辦公室。平靜的早晨，被分配到綠能汽車專題。「是環保綠能的綠，布莉琪，」理查・芬奇說，「不是綠色的綠。」

沒多久就知道綠能汽車的專題報導絕對不會執行，放任自己想著馬克・達西，用不同字形和顏色設計自己的專屬信紙，一邊想著做什麼專題報導會讓我受到矚目……啊！

12:15 p.m. 該死的理查・芬奇大吼：「布莉琪！這裡不是該死的社區關懷聚會，現在是電視製作單位的會議。如果妳要看著窗外，至少不要把那支筆一直放進嘴巴裡又拿出來。妳做得到嗎？」

「可以。」我不爽地說，把筆放在桌上。

「不是問妳能不能把筆從嘴裡拿出來，是問妳能不能找一個來自英格蘭中部、年過五十、擁有自用住宅，而且抱持支持態度的中產階級選民？」

「可以，沒問題。」我隨口答應，心想待會再問帕楚莉到底是支持什麼。

「支持什麼？」理查・芬奇說。

我給了他一個意味深長的笑容。「我覺得你已經回答自己的問題

了,」我說。「男性還是女性?」

「都要,」理查惡狠狠地說,「各一個。」

「異性戀還是同性戀?」我回擊。

「我說了英格蘭中部,」他冷冷地咆哮。「現在就去打該死的電話,還有以後記得穿裙子來上班,妳讓我的團隊分心了。」

我說真的,他們會注意才怪,那些人一心只想著自己的事業,而且我的裙子才沒那麼短,只是坐下的時候不小心捲上去了。

帕楚莉說是支持歐元或單一貨幣,她認為兩者是同樣的東西。哦,幹。好吧。啊,電話。一定是影子財政部新聞處打來的。

12:25 p.m.「哦,哈囉,親愛的。」啊啊啊,是我媽。「妳有沒有無肩帶上衣?」

「媽,我不是說過,除非是急事,否則不要打電話到我辦公室嗎?」我用氣音說。

「哦,我知道啊,但問題是我們週六出發,現在店裡賣的還是冬天的衣服。」

我忽然間有個想法,但花了點時間才讓她明白。

「拜託,布莉琪,」我解釋完後,她說。「我們可不希望德國來的卡車半夜把我們的黃金都搬走。」

「但是媽,妳又可以上電視了耶!想想妳的觀眾。」

一陣沉默。

「這對非洲人民的貨幣也有幫助。」我不確定是不是真的，但隨便啦。

「也許會吧，但我沒空上電視，我還要打包行李。」

「聽著，」我繼續用氣音說，「妳到底還要不要借無肩帶上衣？」

12:40 p.m. 萬歲！我不只找到兩個英格蘭中部選民，我找到了三個。尤娜想跟老媽一起來，她們要翻一下我的衣櫃，再去迪肯斯與瓊斯百貨，然後傑佛瑞想上電視。我真是頂尖的研究員。

「怎麼樣，很忙哦？」吃完午餐的理查‧芬奇渾身是汗，一副大搖大擺的模樣。「正在規劃瓊斯版本的有效單一貨幣政策是嗎？」

「嗯，不算是。」我用很酷的自嘲微笑低聲說。「但我找到你要的抱持支持態度的英格蘭中部選民，事實上我找到了三個。」我輕描淡寫地補了一句，一邊翻閱我的「筆記」。

「哦，他們沒跟妳說嗎？」他露出惡意的笑容。「那個題目不做了。現在要做炸彈威脅。妳從英格蘭中部找兩個保守黨通勤族，要那種對愛爾蘭共和軍抱持同情立場的。」

8 p.m. 唉。在狂風呼嘯的維多利亞車站花了三小時，企圖操弄通勤族觀點，讓他們站在愛爾蘭共和軍那邊，導致我開始害怕自己會不會當場被抓進梅茲皇家監獄。回到辦公室，滿腦子擔心老

媽和尤娜會在我的衣櫃找到什麼，還得聽理查・芬奇大聲笑我，「妳還以為真的能找到人哦？白痴！」

我一定、一定要換工作。哦，耶，電話。

是湯姆。萬歲！他回來了！

「布莉琪！妳瘦了好多！」

「有嗎？」我開心地說，才想起來我們是在講電話。

湯姆開始興致勃勃地講起舊金山之旅。

「海關那個男生實在太迷人了。他問我，『有什麼要申報的？』我說，『除了這身過分的古銅色肌膚之外，沒有！』總之，他給了我他的電話號碼，我們就在三溫暖做了！」

瞬間又對同志性愛感到一種熟悉的羨慕，他們只要想，隨時能找人上床，沒有人會擔心要先約會三次什麼的，或是上床之後要等多久才能打電話。

他花了四十五分鐘概述越來越誇張的性冒險，然後說，「總之，妳也知道我不喜歡講自己的事。妳好嗎？那個小屁股很堅實的馬克怎麼樣？」

我跟他說馬克在紐約，但決定之後再提兔子男孩的事，我怕他會太興奮。於是繼續講了工作的無聊事。

「我一定要換工作，它真的削弱了我的尊嚴和自尊心。我需要能

夠讓我好好發揮天賦和能力的工作。」

「嗯。我懂妳的意思。妳覺得性工作怎麼樣？」

「很好笑。」

「妳怎麼不兼職做新聞工作？像是用閒暇時間做一些訪問啊？」

這主意真不錯。湯姆說他會跟《獨立報》的朋友亞當聊聊，看能不能安排我做訪問或寫篇評論什麼的！

以後我就是頂尖記者，案件和額外收入都會越來越多，就可以辭掉工作，抱著筆電坐在沙發上就好了。萬歲！

2月5日星期三

剛打給老爸，問他想不想情人節一起做點什麼。

「哦，妳真貼心，親愛的。但妳媽說我需要拓展我的意識。」

「所以呢？」

「我要跟傑佛瑞去斯卡布羅打高爾夫球。」

好耶，很高興他心情好多了。

2月13日星期四

58.5公斤，酒4單位，菸19根，去健身房0次，情人節前的表示0次，男友提到情人節的次數0次，男友不提情人節而情人節

的意義為 0。

我受夠了。明天是情人節，馬克卻完全沒吭聲。我也不懂為什麼他整個週末都要待在紐約。法律事務所肯定沒有開啊。

馬克不在期間達成的目標

去健身房 0 次。

跟茱德和小雪共度的傍晚 6 個（看來還要加上明晚）。

跟老爸相處了 0 分鐘。聽老爸抒發心情 0 分鐘。在傑佛瑞大聲咆哮的背景音中，聽老爸聊高爾夫球 287 分鐘。

寫了新聞報導 0 篇。

體重減了 0 公斤。

體重增加 0.9 公斤。

我還是寄了情人節禮物給馬克。心形巧克力，寄到他的飯店，上面寫著「二月十四日才能打開」。他應該會知道是我寄的。

2 月 14 日星期五

59 公斤，上健身房 0 次，收到的情人節花束、小飾品或禮物為 0，情人節的意義為 0，情人節跟其他日子的差異為 0，活著的意義：不確定，因為沒有情人節而過度反應的可能性：一點點。

8 a.m. 真的不在乎情人節這種東西了。跟大局比起來真的不重要。

8:20 a.m. 去樓下看看郵件來了沒。

8:22 a.m. 郵件還沒有來。

8:27 a.m. 郵件還是沒來。

8:30 a.m. 郵件來了！萬歲！

8:35 a.m. 是銀行對帳單。沒有馬克寄來的東西，什麼都沒有，沒有，沒有。

8:40 a.m. 不敢相信情人節又要一個人過了。最慘的是兩年前跟茱德和小雪去甘比亞那次，因為航班的關係，我不得不提前一天出發。去吃晚飯的時候，每棵樹上都掛了愛心，每張桌子坐的都是牽著手的情侶，我只能一個人坐著讀《學著愛自己》。

感覺非常悲傷。他不可能不知道，他只是不在乎。一定是因為我只是「暫時湊合的女孩」，就像《火星與金星去約會》裡面寫到的，如果男人認真喜歡妳，他會送妳內衣或珠寶等禮物，而不是書或吸塵器。也許這就是他說一切都結束了的方式，等他回來就會告訴我。

8:43 a.m. 也許茱德和小雪是對的，我應該在警訊出現時就脫身。你看去年的丹尼爾，要是我們第一次約會，他用很爛的理由放我鴿子時，我就抽離，而不是進入否認狀態，後來也不會在他家屋頂露台撞見那個赤裸的女人。仔細想想，丹尼爾（Daniel）這個名字其實是否認（Denial）的重組字！

這是一個模式。一直在男友的家找到裸體的人。模式重複出現了。

8:45 a.m. 我的天。透支 200 鎊。怎麼會？怎麼會？？？

8:50 a.m. 看吧，總是會有好事發生。在對帳單裡找到一張 149 鎊的奇怪支票，認不得是什麼。一定是開給洗衣店 14.9 鎊之類的。

9 a.m. 打電話到銀行詢問支票是支付給誰，對方說是「S.F.S. 先生」（Monsieur S.F.S.）。乾洗店是詐騙集團。我要打給茱德、小雪、蕾蓓嘉、湯姆和賽門，叫他們以後不要再去 Duraclean。

9:30 a.m. 哈。剛才拿了一件黑色絲質睡衣去 Duraclean 假裝要乾洗，調查「S.F.S. 先生」是誰，無法不注意到乾洗店的員工不像法國人，還比較像印度人。但說不定他是印法混血。

「請問你叫什麼名字？」我遞睡衣時，問了那個人。

「薩瓦尼。」他說，笑得可疑。

S 開頭。哈！

「妳呢？」他問。「布莉琪。」

「布莉琪。請在這裡寫上妳的地址，布莉琪。」果然非常可疑。決定寫馬克‧達西的地址，因為他家有裝保全系統。

「你認識一位 S.F.S. 先生嗎？」我說，這時那個人的態度變得很

活潑。

「不認識,但我好像看過妳。」他說。

「你別以為我不知道你在搞什麼鬼。」我說完,然後衝出店門。看吧,我好好地處理了這件事。

10 p.m. 不敢相信今天發生的事。十一點半時,一個年輕人拿著一束巨大的紅玫瑰,送到我的辦公桌。給我的!帕楚莉和可怕哈洛臉上的表情真是精彩,就連理查・芬奇也吃驚到說不出話,只可悲地擠出一句「送花給自己哦,是不是?」

拆開卡片,裡頭寫著:

> 情人節快樂,妳是我陰鬱生活中的光亮。明天上午 8 點 30 分到希斯洛機場 1 號航廈,在英國航空服務台領取魔幻神祕迷你假期的機票(訂位編號:P23/R55)。週一早上準時回去上班。我在另一邊等妳。
> (盡可能借一套滑雪服跟合適的鞋子。)

不敢相信。真是不敢相信。馬克給我的情人節驚喜是帶我去滑雪。這是奇蹟!萬歲!即將要在聖誕卡上面那種燈火閃爍的浪漫小村莊裡,像雪國之王和雪國之后般手牽著手,優雅地滑雪下山。

感覺陷入負面思考的泥沼,有點糟糕,但誰都可能會有這樣的時候,真的。

打給茱德,她借了我滑雪裝:全黑連身衣,就像蜜雪兒‧菲佛在電影裡的貓女裝扮。唯一的小問題是,我以前只在學校滑雪過一次,第一天就扭到腳踝。不過沒事的,一定很簡單。

2月15日星期六

76公斤(感覺就像一顆巨大的充氣氣球,裡頭裝滿了起司鍋、熱狗、熱巧克力等),義式白蘭地5杯,菸32根,熱巧克力6杯,卡路里8257,瀕死經驗8次。

1 p.m. 懸崖邊緣。不敢相信自己現在的處境。到了山頂上,我嚇得不能動彈,所以鼓勵馬克‧達西先出發。穿滑雪板的時候,看著他像飛魚導彈,或是被禁的殺人煙火那樣,「咻呼呼」滑下山坡。雖然被帶來滑雪很感恩,但登上山頂本身已經是一場惡夢。我也不懂為什麼要越過這些讓人聯想到集中營、充滿鐵架和鐵鍊的大型水泥建築,微彎著膝蓋,雙腳像纏了石膏,踩在不受控又一直分開的滑雪板上,像準備進入藥浴的羊群般被推著通過自動閘門,明明這時候大可舒舒服服地躺在床上。最糟的是,頭髮在高海拔地區像瘋婆一樣,這邊高起來、那邊突一個角,就像吉百利出的不規則形狀巧克力,而貓女裝是專門設計給茱德那種又高又瘦的人穿的,我穿起來像個黑臉布偶,或是默劇裡男扮女裝的姑媽。旁邊的三歲小孩沒拿雪杖就咻咻滑過去,還單腳站立、表演空翻什麼的。

滑雪真的是非常危險的運動,不是我在幻想,是真的。有人因此受傷癱瘓、碰到雪崩被活埋等等。小雪告訴我,她的朋友曾經參加驚險的越野滑雪團,結果嚇到不敢繼續滑,巡邏員只好把他放上擔架,然後放手讓擔架滑下山。

2:30 a.m. 山中咖啡屋。馬克「咻呼」地滑過來,問我準備好要往下滑了沒。

我小小聲解釋自己當初不該上來這個雪道,因為滑雪真的是非常危險的運動,危險到假期保險甚至不肯承保。碰上無法預期的意外是一回事,但自己把自己放在極度危險的情境下,明知道會有死亡或傷殘的危險,像是高空彈跳、登上聖母峰、放蘋果在頭上給別人開槍射擊等,就完全是另一回事。

馬克認真地靜靜聆聽。「我同意妳的觀點,布莉琪,」他說。「但這裡是初學者雪道,幾乎是水平的。」

我告訴馬克,我想搭那個像纜車的東西下山,但馬克說那是圓盤纜車,只能上山不能下山。馬克推著我又繞到前面扶著我,四十五分鐘後總算讓我下山。到了山腳下,我感覺此時很適合提議要不要再坐地面纜車回村子裡,休息一下,喝杯卡布奇諾。

「是這樣的,布莉琪,」他說,「滑雪就像人生中的任何一件事。都只是自信問題。來吧,我覺得妳需要的是一杯義式白蘭地。」

2:45 p.m. 嗯嗯嗯。我愛美味的義式白蘭地。

3 p.m. 義式白蘭地真的是非常頂級的飲料。馬克說得對,我可

能是滑雪的天生好手。我只是需要提升該死的自信心。

3:15 p.m. 初學者雪道最高處。噢我的天。該死的小菜一碟。出發。耶！

4 p.m. 我好棒，我滑雪好厲害。剛和馬克一起完美地滑下來：「咻！呼！」我全身搖擺，根本憑直覺就做到完美和諧的動作。太開心了！我找到了全新的活力。我是女運動家，就像安妮公主！充滿新的活力和正面思考！還有自信！萬歲！全新自信的生活就在眼前！義式白蘭地！萬歲！

5 p.m. 跟馬克去山中咖啡屋休息，忽然有一群律師或銀行家類型的人向馬克打招呼。有個瘦高的金髮女子背對著我們，穿戴白色滑雪裝、絨毛耳罩和凡賽斯墨鏡，正發出尖銳的笑聲。彷彿慢動作似的，她把頭髮從臉上撥開，髮絲如柔軟的簾幕在空中飄過，我逐漸意識到我認得那個笑聲，並看著她朝我們轉過身。是蕾蓓嘉。

「布莉琪！」她說，叮噹作響地走過來親了我。「美女！真高興看到妳！怎麼這麼巧！」

我望向馬克，他一副不解的模樣，用手撥弄著頭髮。

「呃，不算巧合吧？」他尷尬地說。「是妳建議我帶布莉琪來的。我是說，看到大家當然很開心，但我不知道你們所有人也都會出現在這裡。」

馬克有個很棒的優點，那就是我總是能相信他。但她是什麼時候

提出這個建議的?什麼時候?

蕾蓓嘉一度看起來有點慌張,接著她露出一個迷人的微笑。「我知道啊,就因為這樣,我才想起庫爾舍瓦勒[1]有多美,然後其他人也計畫要來,所以……哦!」她藉故「踉蹌了一下」,讓等候在一旁的仰慕者「接住」。

「嗯。」馬克說。他看起來不太高興。我低頭站在一旁,試著釐清發生了什麼事。

最後實在受不了繼續裝沒事,附耳跟馬克說,我要去初學者雪道再滑一次。這次去排圓盤纜車比平時還順利,很慶幸可以脫離尷尬的局面。因為沒抓對而錯過了前兩個圓盤,但設法抓住了下一個。

問題是,出發之後,一切都不太對勁,顛簸不順,就像在疾跑一樣。忽然間,我發現滑雪道旁邊有個小孩對著我揮手,用法語大喊著什麼。我驚恐地望向咖啡屋的露台,看到馬克所有的朋友也在揮手大叫。發生什麼事?接著,看到馬克從咖啡屋的方向焦急地跑向我。「布莉琪!」到了聽得見的範圍時,他大喊,「妳忘記穿滑雪板了。」

「該死的白痴,」我們回到咖啡屋時,奈吉咆哮著。「這輩子沒看過更蠢的事。」

---

[1] 庫爾舍瓦勒(Courchevel),位於法國東南山區的滑雪勝地。

「要我陪著她嗎？」蕾蓓嘉一臉擔心地問馬克，好像我是個惹禍的三歲小孩。「你就可以趁晚餐前再好好滑一下。」

「不必，沒事的。」他說，但我從他的表情看得出來，他其實很想去滑雪，我也希望他去，因為他熱愛滑雪。可是一想到該死的蕾蓓嘉要教我滑雪，我真的不想面對。

「其實，我覺得我需要休息一下，」我說。「我就喝杯熱巧克力，恢復一下情緒。」

在咖啡屋喝巧克力超棒的，就像喝大杯巧克力醬一樣。這是好事，讓我可以不去注意馬克和蕾蓓嘉一起搭吊椅纜車上山。我能看見她樂不可支，輕輕碰觸他的手臂。

終於，他們重新出現在坡道上，如同雪國之王和雪國之后般咻咻滑下山坡——他一身黑，她一身白——看起來就像高檔滑雪度假村傳單照片上的一對男女，整張畫面彷彿在暗示，除了八條高難度雪道、四百條纜車、早晚附餐之外，你們還能享受像這兩人即將進行的那種美好性愛。

「哦，真是太刺激了，」蕾蓓嘉說，她把護目鏡推到頭上，對著馬克的面孔大笑。「聽著，你們倆晚上要跟我們一起用餐嗎？我們要在山上吃起司鍋，然後帶著手電筒往下滑——哦，抱歉，布莉琪，妳可以坐地面纜車下山。」

「不了，」馬克斷然說。「我錯過了情人節，所以我要帶布莉琪去吃情人節晚餐。」

蕾蓓嘉有個優點,就是她惱火的時候,總會在一瞬間露餡。

「好哦,隨你們,玩得開心。」她說,露出牙膏廣告般的皓齒笑容,戴上護目鏡,以華麗的身手朝著小鎮方向滑去。

「你什麼時候碰到她的?」我說。「她什麼時候建議來庫爾舍瓦勒的?」

他皺起眉頭。「她之前也在紐約。」

我一下子天旋地轉,掉了一根滑雪杖。馬克大笑,撿起滑雪杖,給我一個大大的擁抱。

「別這樣,」他靠著我的臉頰說。「她跟一群人去的,我跟她只聊了十分鐘。我說我錯過了情人節,想好好彌補妳,她建議來這裡。」

我微微發出一個不明確的小聲音。

「布莉琪,」他說,「我愛妳。」

2月16日星期日

體重:不管了(其實是沒有體重計),在腦海裡重播那至高無上三個字的次數:像黑洞那樣的天文數字。

我好快樂。不生蕾蓓嘉的氣了,慷慨接受她的樣子。她是個討人喜歡、裝模作樣的乾瘦昆蟲/母牛。我跟馬克享受了非常開心的

晚餐，有說有笑，也跟彼此說有多麼想念對方。我把他的禮物給他，紐卡索聯隊的鑰匙圈和四角褲，他真的很喜歡。他送我的情人節禮物是一件紅色絲質睡衣，尺寸稍微有點小，但他好像不在意，老實說還很喜歡。在那之後，他把在紐約工作的事全都說給我聽，我把我的看法都說給他聽，他說我的看法讓他感到非常安心，而且非常「獨特」！

附註：下面這段不可以給任何人看到，因為有點丟臉。在一起還沒多久，他就說了那三個字，讓我太興奮了，我不小心打給茱德和小雪，留言告訴她們。但我現在知道這是膚淺的錯誤行為。

2月17日星期一

59.9公斤（啊！啊！該死的熱巧克力），酒4單位（但包括在飛機上喝的，所以非常好），菸12根，母親做出的丟臉新殖民主義舉動：超大1個。

除去蕾蓓嘉，迷你假期美妙極了，但早上在希斯洛機場有點被嚇到。我在入境大廳找計程車標示，忽然有個聲音說：「親愛的！妳不必來接我的，傻瓜。傑佛瑞和妳爸在外面等我們。我們只是來買個給妳爸的禮物。來，見見威靈頓！」

是我媽，曬成了亮橘色，頭髮編成像波·狄瑞克[2]那樣髮尾串珠

---

[2] 波·狄瑞克（Bo Derek, 1956-），美國模特兒、影星，演出1979年電影《十全十美》（10）之後成為銀幕性感象徵。

的髮辮，身上穿著像溫妮・曼德拉[3]穿的那種很大一件橘色蠟染布。

「我知道妳會以為他是馬賽人，但他其實是基庫尤人[4]！基庫尤耶，妳能想像嗎？」

我順著她的視線看到同樣也曬成橘色的尤娜・厄康伯利，從頭到腳都穿著蠟染布，但戴著老花眼鏡，拎著一個有大金扣的綠皮包，正站在襪子店櫃檯前，打開了錢包。她欣喜地仰望著一個高大的黑人青年，兩邊耳垂都戴著環，其中一邊還掛著底片盒，身上披著一件亮藍色格子斗篷。

「哈庫納馬塔塔。[5] 別擔心，無憂無慮！這是斯瓦希里語。是不是很棒？尤娜和我玩得開心極了，威靈頓跟我們回來小住一下！你好啊，馬克。」她敷衍地說，表示知道他在場。「來吧，親愛的，跟威靈頓說聲醬寶[6]！」

「媽，妳閉嘴，快閉嘴，」我抿著嘴小聲說，緊張地來回看。「妳不能帶一個非洲部落成員回來住。這是新殖民主義者的作風，而且爸才剛對朱力歐的事情釋懷。」

老媽站直了身說，「威靈頓不是什麼落後民族的人，親愛的，他是真正的部落成員！我是說，他住在牛糞搭的屋子裡！但他想來

---

[3] 溫妮・曼德拉（Winnie Mandela1936-2018），南非人權鬥士、前總統之前妻。
[4] 基庫尤人（Kikuyu），肯亞人口數目最多的民族。
[5] 哈庫納馬塔塔（Hakuna Matata），斯瓦希里語中「沒有煩惱」、「不用擔心」的意思。
[6] 醬寶（Jambo），斯瓦希里語的招呼用語，類似「哈囉」。

啊！他跟我和尤娜一樣想環遊世界！」

搭計程車回去的路上，馬克有點沉默寡言。該死的老媽。真希望我有個跟其他人一樣正常的老媽，一頭銀髮，會做美味的燉菜。

好，我要打電話給爸了。

9 p.m. 爸退縮到英格蘭中部人最壓抑的情緒狀態，聽起來又徹底喝醉了。

「還好嗎？」終於擺脫掉還在興奮中的老媽，我在電話上試探地問他。

「哦，很好啊，妳知道的。祖魯戰士在岩石花園那邊，報春花冒新芽了。妳都好嗎？」

我的天。我不知道他能否再次面對瘋狂的狀況。我要他有事隨時打給我，但他故作堅強的時候，真的很難。

2月18日星期二

59.9公斤（嚴重危機了），菸13根，自虐幻想著馬克愛上蕾蓓嘉42次。

7 p.m. 一片混亂。又是惡夢般的職場一天，下班後急著回家（小雪不知為何忽然決定開始喜歡足球，所以我和茱德要過去看德國人痛宰土耳其人或比利時人的比賽），答錄機有兩則留言，都不

是爸留的。

第一則是湯姆,他說那個《獨立報》的朋友亞當願意讓我試寫一篇訪問,只要我能訪到名人,而且不拿稿費。

報社不能這樣做事吧?不然大家哪來的錢付貸款和處理酗酒問題?

第二則是馬克,他說晚上要跟國際特赦組織和印尼人出去,他會再打到小雪家看看比賽情況如何。他稍微停頓了一下,然後說,「哦,呃,蕾蓓嘉邀請我們還有『大家』下週末去她爸媽在格洛斯特郡的房子聚一聚。妳覺得呢?我晚點再打給妳。」

我知道我覺得怎麼樣。我寧願在爸媽家的岩石花園挖個洞、坐著跟蚯蚓玩一整個週末,也不想去蕾蓓嘉的居家派對,看她跟馬克調情。我是說,為什麼她不是打給我邀請我們?

那就是嘴巴管不住想法,完全就是嘴巴管不住想法,毫無疑問。電話響了,一定是馬克。我該說什麼?

「布莉琪,快接——放下,放下。**放下**。」

我困惑地接起來。「瑪格姐?」

「哦,布莉琪!嗨,滑雪好玩嗎?」

「很棒,但是……」我把蕾蓓嘉、紐約和居家派對的事全都告訴她。「我不知道我該不該去。」

「妳當然一定要去，小琪，」瑪格姐說。「如果馬克想跟蕾蓓嘉交往，他早就去了，我是說──下去，下去，哈利，不要爬椅背，不然媽咪要打人了。你們是很不一樣的人。」

「嗯。但我覺得茱德和小雪會說……」

傑瑞米搶過話筒。「聽著，小琪，聽從茱德和小雪給的約會建議，就像聽一個體重 130 公斤的人建議妳怎麼節食。」

「傑瑞米！」瑪格姐大吼。「他只是故意唱反調，小琪。不要理他。每個女人都有自己的光芒，他選擇的是妳。妳就一起去，打扮得美美的，順便留意她。不行！不可以在地上！」

她說得對。我要做個自信、適應力強、從容且富有內涵的女性，在那裡好好地玩，散發光芒。萬歲！打個電話給老爸，然後去看足球。

午夜。回到公寓。一走到冷颼颼的外面，富有內涵的自信女性直接蒸發，只剩下不安感。我得經過正在明亮燈光下進行煤氣管路施工的工人，因為穿了非常短的外套和靴子，預先做了會聽到口哨聲和猥褻話語的心理準備。結果什麼都沒有，覺得自己像個徹底的白痴。

這讓我想到我十五歲的時候，一個人走無人小巷到鎮上，有個男人尾隨著我，然後抓住我的手臂。我驚恐地轉身看向那個攻擊者，那時我很瘦，穿著緊身牛仔褲，戴著兩邊有翅膀裝飾的鏡框跟牙齒矯正器，那男的看了我的臉一眼就跑。

到了小雪家,把我對工人的感覺吐露給茱德和雪倫。「重點就在這裡,布莉琪,」小雪爆炸。「那些男人把女人當成物品,彷彿我們唯一的功能只有外貌吸引力。」

「但男人不是這樣。」茱德說。

「所以整件事情才那麼令人反感。好了,我們是來看球賽的。」

「嗯。他們的大腿真好看,是吧?」茱德說。

「嗯嗯嗯。」我同意,分心想著小雪會不會氣我在看球賽時提起蕾蓓嘉。

「我認識一個人跟一個土耳其人上過床,」茱德說。「他的陰莖大到他沒辦法跟任何人上床。」

「什麼?妳不是說她跟他上床?」小雪說,一邊注意著電視。

「她跟他上床,但是他們沒有做。」茱德說明。

「因為他那東西太大了所以她沒辦法,」我用支持的口氣回應茱德的趣聞軼事。「也太慘了。妳們覺得跟國籍有關嗎?我是說,妳們覺得土耳其人⋯⋯?」

「拜託,閉嘴吧。」小雪說。

我們都沉默了一會,想像好多陰莖整齊地收在短褲裡,想著過去舉辦過各種不同國籍的所有球賽。我正要開口,但茱德不知為何變得有點執著,插話說,「有陰莖一定是很奇怪的感覺。」

「對,」我附和,「有個會活動的附屬物很奇怪,要是我有陰莖,我一定會一天到晚想著那東西。」

「嗯,對啊,妳會擔心它等下會做什麼事。」茱德說。

「哦,完全沒錯,」我同意說。「可能在足球賽踢到一半忽然來個巨大的勃起。」

「哦,拜託妳們!」雪倫大喊。

「好啦,妳冷靜一下,」茱德說。「小琪?妳還好嗎?妳好像心情有點低落。」

我緊張地看看小雪,決定這事情太重要了,不能撒謊。我清清喉嚨宣布:「蕾蓓嘉打電話給馬克,邀請我們去度週末。」

「**什麼?**」茱德和小雪同時爆炸。

我很高興她們完全了解事態的嚴重性。茱德站起來拿吉百利巧克力禮盒,小雪從冰箱再拿來一瓶酒。

「重點是,」雪倫總結,「我們認識蕾蓓嘉四年了。這段期間她有邀請過妳、我或茱德去她的高級居家週末派對嗎?」

「沒有。」我肅穆地搖搖頭。

「但問題是,」茱德說,「要是妳不去,那他自己去的話怎麼辦?妳不能讓他落入蕾蓓嘉的手心。還有,像他那樣職位的人,擁有一個理想的社交伴侶顯然很重要。」

「哼，」小雪哼一聲。「那都是過時的胡扯。如果布莉琪說她不想去，他自己去而且跟蕾蓓嘉搞在一起，那他就是個二流的騙子，不值得留下。社交伴侶，呸。現在又不是 1950 年代，她不需要穿著尖尖的胸罩整天打掃房子，還要像個超完美花瓶嬌妻[7]那樣娛樂他的同事。妳跟他說，妳知道蕾蓓嘉想把他，所以妳不想去。」

「但這樣他會受寵若驚，」茱德說。「男人覺得愛上自己的女人最有吸引力。」

「誰說的？」小雪問。

「《真善美》裡面的男爵夫人。」茱德怯懦地說。

不幸的是，當我們的注意力回到球賽，比賽好像結束了。

接著馬克打來。

「結果怎麼樣？」他興致勃勃地說。

「呃……」我說，一邊瘋狂地對茱德和小雪打手勢，她們一臉茫然。

「妳們沒看球賽是吧？」

---

[7] 超完美花瓶嬌妻（Trophy Stepford wife），源於 1972 年出版的小說《超完美嬌妻》（*The Stepford Wives*）和其改編電影，描述了一群外表完美但性格順從、機械化的家庭主婦，象徵一種對性別角色的極端刻板印象。

「當然有啊，足球要回家了，回家了⋯⋯[8]」我唱著，微微想起來這首歌好像跟德國有關。

「那妳怎麼不知道比賽結果？我不相信妳有看。」

「我們有看，但我們在⋯⋯」

「在幹嘛？」

「講話。」我心虛地講完。

「天啊。」漫長的沉默。「聽著，妳想去蕾蓓嘉家嗎？」

我焦急地來回看著茱德和小雪。一個說要，一個說不要。瑪格妲也說要。

「好。」我說。

「太好了。我想一定會很好玩。她說要帶泳衣。」

泳衣！完蛋。完、蛋！

回家路上，發現同一群工人喝得爛醉如泥，從酒吧走出來。我仰起頭，決定不理會他們是否吹口哨，但就在我走過去時，傳來一陣嘈雜的讚賞聲。我轉過頭準備狠狠瞪他們一眼，卻發現他們正望向另一個方向，其中一個人剛往一輛福斯汽車的車窗扔了一塊磚頭。

---

[8] 出自發亮種子合唱團（Lightning Seeds）1996 年為英國主辦歐洲盃創作的歌曲〈Three Lions〉。

2月22日星期六

59.4公斤（可怕），酒3單位（最佳表現），菸2根（呵），卡路里10000（大概吧：懷疑是蕾蓓嘉害的），鑽到裙子裡的狗1隻（不停地鑽）。

格洛斯特郡。結果發現蕾蓓嘉爸媽的「鄉村小屋」竟然有馬廄、附屬建築、游泳池、一整個員工團隊，甚至「花園」裡有自己的教堂。我們踩著碎石路走過去，穿著能展現圓潤臀部的牛仔褲、彷彿出現在Ralph Lauren廣告裡的蕾蓓嘉正在跟狗玩，陽光閃閃發亮映照在她的頭髮上，身旁是一排Saab和BMW敞篷車。

「艾瑪！下來！嗨！」她大喊，這時狗掙脫開來，把鼻子伸到我的外套裡。

「親一下，來喝杯酒。」她邊說邊歡迎馬克，我在一邊跟狗搏鬥。

馬克解救了我，大喊「艾瑪，這邊！」，並扔出一根棍子。狗把它叼了回來，尾巴搖個不停。

「哦，她喜歡妳，是不是啊，親愛的，是不是啊，嗯嗯嗯？」蕾蓓嘉柔聲細語地撫摸狗的頭，彷彿那是她跟馬克的第一個孩子。

這時，我的行動電話響了，我試著不去理它。

「我想是妳的，布莉琪。」馬克說。

我掏出來按下接聽鍵。

「哦,哈囉,親愛的,妳猜怎樣?」

「媽,妳打我的行動電話幹嘛?」我小聲說,眼看著蕾蓓嘉把馬克帶走。

「我們下週五要去看《西貢小姐》!尤娜、傑佛瑞、妳爸和我,還有威靈頓。他從來沒看過音樂劇呢。一個基庫尤人去看《西貢小姐》,是不是很有趣?我們也幫妳和馬克買了票!」

啊啊啊!音樂劇!那些岔開雙腿站、對著前方放聲高歌的奇怪男人。

等我進到屋裡,馬克和蕾蓓嘉已經不見人影,周圍除了那隻狗也沒別人,牠又把鼻子伸進我的外套裡。

4 p.m. 剛從「花園」逛了一圈回來。蕾蓓嘉一直安排我跟其他男人說話,自己卻把馬克拉走,遠遠走在其他人前面。我後來跟蕾蓓嘉的外甥走在一塊:他長得有點像李奧納多・狄卡皮歐,穿著二手大衣,一臉憔悴,大家都叫他「強尼的兒子」。

「我是說,我有名字的。」他喃喃說。

「哦,少來了!」我裝出蕾蓓嘉的口氣。「你叫什麼?」

他頓了一下,看起來不太好意思。「聖約翰。」

「哦。」我同情他。

他笑了一下,遞給我一根菸。

「還是不要好了，」我說，朝馬克的方向示意。

「他是妳男友還是妳爸？」

他領著我離開小徑，來到一座小湖邊，幫我點了一根菸。

偷抽菸，嘻嘻哈哈笑得非常開心。「我們最好回去了。」我說，把菸蒂丟在雨靴下踩熄。

其他人已經走得遠遠的了，所以我們只好跑著追上去：青春狂野又奔放，就像 Calvin Klein 的廣告。跟上他們之後，馬克攬著我。「妳剛剛在做什麼？」他靠著我的頭髮說。「像調皮的女學生一樣去抽菸？」

「我已經五年沒抽過一根菸了！」蕾蓓嘉用銀鈴般的聲音說。

7 p.m. 嗯。嗯。馬克在晚餐前突然慾火高漲。嗯嗯嗯。

午夜。蕾蓓嘉煞有介事地把我的晚餐座位安排在「強尼的兒子」旁邊，「你們兩個處得真是好！！！」然後把自己安排在馬克身邊。

穿著正式服裝的他們看起來很登對。為什麼要穿正式服裝！正如茱德所說，蕾蓓嘉只是想用 Country Casuals 的服裝，還有像世界小姐參賽者那種晚宴服來展現身材。果不其然，她馬上說，「大家要不要換泳衣了？」然後輕快地離開去換裝，幾分鐘之後，穿著一件剪裁完美無瑕的黑色泳衣出現，雙腿修長得幾乎可以碰到水晶吊燈。

「馬克，」她說，「幫我一個忙，好嗎？我要把泳池的蓋布掀開。」

馬克不安地看看她，又看看我。

「當然沒問題。好。」他尷尬地說，跟著她離開。

「妳要游泳嗎？」那個小毛頭說。

「哦，」我開口，「我不想讓你覺得我是個意志不堅、態度消極的運動員，但現在是晚上十一點，又才吃完五道菜的晚宴，這不是我游得最好的時間。」

我們聊了一會，然後發現最後幾位賓客正要離開餐廳。

「我們去喝咖啡吧？」我說，準備站起來。

「布莉琪。」忽然間，他醉醺醺地跌向我，想要親我。

門忽然打開，是蕾蓓嘉和馬克。

「哎呀！抱歉！」蕾蓓嘉說，把門關上。

「你以為自己在幹什麼？」我又驚又氣地凶那個小毛頭。

「可是……蕾蓓嘉說妳跟她說妳很喜歡我，然後，然後……」

「然後怎樣？」

「她說妳跟馬克快要分手了。」

我扶著桌子穩住自己。「誰跟她說的？」

「她說，」他看起來很難為情，我真替他難過，「她說是馬克說的。」

2月23日星期日

78公斤（大概），酒3單位（從午夜開始算，現在才早上7點），菸10萬根（感覺像是），卡路里3275，正面思考0，男友：極為不確定的數字。

我回房時，馬克在浴室裡，所以我穿著睡衣坐下來，計畫該如何為自己辯護。

「事情不是你想的那樣。」他從浴室出來時，我說得極有原創性。

「不是嗎？」他說，一手拿著威士忌。他進入律師模式，開始走來走去，身上只圍了一條浴巾。令人緊張，但又性感到不可思議。「難道妳喉嚨裡卡了一顆彈珠？」他說。「而『聖約翰』其實不是表面上看起來的信託基金富二代窩囊廢，而是一位頂尖耳鼻喉科外科醫師，正試著用舌頭把彈珠取出來？」

「不是，」我小心謹慎地說。「也不是這樣。」

「那麼妳是過度換氣？也許『聖約翰』從他受大麻影響的腦袋裡，搜尋出基礎急救知識，而那些知識大概是年紀輕輕、沒什麼人生經歷的他從待過的勒戒所牆上海報看到的，然後他試著幫妳

做人工呼吸？還是他只是把妳誤認為一塊美味的『臭鼬』[9]，忍不住就……」

我笑出來，他也笑了起來，接著我們開始親吻，然後一發不可收拾，最後我們在彼此的懷裡睡著。

早上醒來心情愉快，以為一切都好好的，但看看四周發現他已經換好裝，就知道情況絕非如此。

「我可以解釋。」我說，戲劇性地坐直了身子。有那麼一度，我們看著彼此笑了出來。但他隨即嚴肅了起來。

「那就解釋吧。」

「是蕾蓓嘉，」我說。「聖約翰跟我說，蕾蓓嘉告訴他我跟蕾蓓嘉說我喜歡他，然後……」

「而妳相信這個讓人困惑的傳話遊戲？」

「然後你跟她說我們……」

「怎麼樣？」

「要分手。」我說。

馬克坐下來，開始慢慢地用手指揉他的額頭。

「你有嗎？」我低低說。「你跟蕾蓓嘉這麼說？」

---

[9] 臭鼬（skunk）是一種高四氫大麻酚（THC）含量的雜交大麻品種。

「沒有，」他最後說。「我沒有這樣跟蕾蓓嘉說，但是……」

我不敢看他。

「但或許我們……」他開始說。

房間開始變得模糊不清。我討厭約會的這部分。

前一分鐘，你跟這個人的關係比世界上任何人還親近，但下一分鐘，對方只消說一句「冷靜期」、「我們談談」或「也許你……」，然後你就再也看不到對方，接下來六個月只能想像對方求復合時會說什麼話，或是看到對方的牙刷忽然流淚。

「你想分手……嗎？」

有人敲門。蕾蓓嘉穿著淡粉色喀什米爾毛衣，一副容光煥發的模樣。「早餐時間，最後一次通知哦！」她輕聲細語說，沒有離開。

我頂著沒洗而亂糟糟的頭髮吃早餐，蕾蓓嘉甩動亮麗的長髮送上燻魚飯。

開車回家的路上，我們都沒有說話，我努力不表露出心裡的感受，或說出感情用事的話。從前的經驗告訴我，去說服一個已經決心要分手的人是多麼痛苦，事後回想起自己說的話又是多麼愚蠢。

「不要這樣！」車停在我家外面的時候，我想大喊。「她試著把你搶走，一切都是她的計謀，我沒有親聖約翰，我愛你。」

「好吧，再見。」我有尊嚴地說，強迫自己下了車。

「再見。」他低聲說,沒有看我。

我看著他快速把車調頭,車輪發出尖銳的聲音。他開走時,我看到他憤怒地擦了擦臉頰,好像是在抹去什麼東西。

4／勸服
Persuasion

2月24日星期一

95.3公斤（體重加上我的不快樂），酒1單位（就是我整個人），菸20萬根，卡路里8477（沒有算上巧克力），關於發生了什麼事的理論447個，想好要怎麼做又改變主意的次數448次。

3 a.m. 昨天要是沒有我的姊妹淘，真不知道會怎麼樣。馬克開車離開以後，我立刻打給她們，她們在十五分鐘內抵達，沒有人說一句「我就跟妳說吧」。

當小雪抱著酒瓶和購物袋衝進來，大聲問「他打電話來了嗎？」，就像《急診室的春天》裡的格林醫師到了一樣。

「沒有。」茱德說，放了一根菸在我嘴裡，彷彿溫度計。

「只是早晚的事，」小雪樂觀地說，拿出一瓶夏多內白酒、三個披薩、兩桶果仁奶油口味的哈根達斯，還有一包迷你特趣巧克力。

「沒錯，」茱德說，把《傲慢與偏見》錄影帶放在錄放影機上，也放了《透過愛和失去找到自尊》、《約會戰術的五個階段》和《如何以恨來療傷》。「他會回來的。」

「妳們覺得我應該打給他嗎？」我說。

「不要！」小雪大喊。

「妳瘋了嗎？」茱德嚷著。「他現在是火星橡皮筋。妳現在絕對不能做的就是打給他。」

「我知道。」我氣鼓鼓地說。我是說,她該不會以為我沒有好好讀書吧。

「妳就放他回到他的洞穴,感受吸引力,暫時從穩定交往退回到不確定。」

「但萬一他……?」

「妳最好把電話線拔掉,小雪,」茱德嘆口氣說。「要不然她整個晚上都會等他的電話,而不是處理自己的自尊問題。」

「不行!」我大喊,感覺好像她們要剪我的頭髮。

「反正啊,」小雪爽朗地說,咔地一聲把電話線從牆上拔下來,「這樣對他才好。」

兩個小時後,仍然感到相當困惑。

「『男人越喜歡一個女人,就越想避免跟她交往』!」茱德得意地唸出《火星與金星去約會》的內容。

「聽起來很像男性的邏輯!」小雪說。

「所以他甩掉我,其實代表他對這段關係很認真?」我興奮地說。

「等等,等一下。」茱德認真看著《EQ:決定一生幸福與成就的永恆力量》。「他老婆劈腿嗎?」

「對,」我滿嘴特趣巧克力,咕噥著回答。「婚禮後一週。跟丹

尼爾。」

「嗯。妳看,聽起來他也陷入了情感劫持的狀態,可能是因為妳無意中觸發了先前的情感『瘀傷』。沒錯!沒錯!就是這樣!所以他才會對妳親那個男孩反應過度。所以妳別擔心,等他整個神經系統不再受瘀傷擾亂,他就會知道自己錯了。」

「然後他就會發現自己應該跟別人交往,因為他太喜歡妳了!」雪倫說,愉快地點了一根絲卡。

「閉嘴吧,小雪,」茱德噓她。「閉嘴。」

太遲了。蕾蓓嘉的鬼魂出現,像個充氣怪物般逐漸填滿了整個房間。

「噢……」我緊閉著眼睛說。

「快點幫她倒一杯,快點!」茱德大喊。

「對不起,對不起,快放《傲慢與偏見》!」小雪急促地說,倒了純白蘭地到我嘴裡。

「找濕身襯衫那段。要吃披薩了嗎?」

情況有一點像聖誕節,或是有人過世在辦葬禮什麼的,一陣忙亂,一切都跟平常不一樣,大家因為太分心而沒注意到心底的失落。要等回到了沒有那個人的生活後,麻煩才開始。像是現在。

7 p.m. 超級開心!回到家看見答錄機的燈在閃。

「布莉琪，嗨，我是馬克。不知道妳昨晚去哪裡了，總之，只是想看看妳好不好。我晚點再打給妳。」

晚點再打給我。嗯。所以我大概不必打給他。

7:13 p.m. 他還沒打來。不確定現在正確的程序是什麼，最好打給小雪。

除此之外，頭髮也像同情我似地抓狂了起來。真怪，幾個星期以來都很正常，卻會在五分鐘內突然變得狂亂，宣布該剪了哦，就像嬰兒哭鬧著要餵奶。

7:30 p.m. 在電話上把留言放給小雪聽，問她說，「我應該回電嗎？」

「不要！讓他痛一下。如果他甩了妳，但又改變心意，他就要該死的證明他值得妳跟他在一起。」

小雪說得對。對於馬克·達西的事，現在我的態度非常自信。

8:35 p.m. 哦，不過，也許他正在難過。真不願想像他穿著紐卡索聯 T 恤、坐著難過的樣子。也許我應該打電話給他，把事情問個清楚。

8:50 p.m. 正要不假思索地打給馬克，告訴他我有多喜歡他，一切都只是誤會，還好茱德在我來不及拿起話筒前打來。跟她說了剛才短暫但令人擔憂的正面情緒。

4／勸服

「所以妳是說妳又陷入否認狀態了？」

「對，」我不太確定地說。「還是我明天再打給他？」

「不行，如果妳想復合，就不能有這些情緒化的討論。等個四、五天，到妳恢復冷靜之後，再打個電話給他，輕鬆友善地讓他知道一切都好。」

11 p.m. 他還沒打來。哦，幹，我好困惑。約會的世界就像一場充滿虛張聲勢和雙重詭計的可怕遊戲，男人和女人在敵對陣線的沙包後，彼此對峙射擊。像是有一套規則要遵守，但沒有人知道那是什麼，於是每個人就自訂規則。到最後你被甩了，只因為你沒照規則走，但如果一開始就連規則都不知道，叫人怎麼遵守？

2月25日星期二

開車經過馬克家看看是否有燈亮著2次（如果來回都算的話4次），為了聽他的聲音而先撥141（如果他打1471回撥的話，就無法追蹤我的號碼）[1]再打他的答錄機5次（差勁）（但沒有留言非常好），在電話簿裡找馬克‧達西的電話號碼以確定他還存在2次（非常節制），使用行動電話打給他人以免市話佔線害他打不進來的比例100%，打進來的電話如果不是馬克‧達西（除非是要打來聊馬克‧達西）就引發怒氣並且催對方快掛掉以免佔線害馬克‧達西打不進來的比例100%。

---

[1] 在英國，撥打141可用來隱藏來電號碼，撥打1471則用來查詢最近來電號碼。

8 p.m. 瑪格姐剛打來問我週末過得怎麼樣，最後我把全部的事情都告訴她了。

「聽著，你要是再跟他搶，就要罰坐頑皮椅！哈利！抱歉，小琪。所以他怎麼說？」

「我還沒跟他說到話。」

「什麼？為什麼沒有？」

我向她說明了答錄機留言，還有橡皮筋／情感瘀傷／太喜歡我的理論。

「布莉琪，妳真是令人難以置信。妳講的事情裡，沒有一件意味著他甩了妳。他只是因為逮到妳跟別人接吻，所以不高興。」

「我沒有跟別人接吻，是別人違背我的意願要親我！」

「但他又不會讀心術，他哪知道妳是怎麼想的？你們要溝通才行。快從他嘴裡拿出來！你給我過來，去樓上罰坐頑皮椅。」

8:45p.m. 也許瑪格姐說得對。也許只是我假定他要甩了我，而他沒這個意思。也許車上那時候，他只是因為接吻的事不高興，他想要我解釋，而現在他會覺得我在躲他！我要打給他。這就是現代（或跟前任）感情關係的問題，就是根本溝通得不夠！

9 p.m. 好，我要打了。

9:01 p.m. 來了。

9:10 p.m. 馬克‧達西不耐煩地大喊「哈囉？？？」，背後人聲嘈雜。

我頓時感到洩氣，小聲地說，「是我，布莉琪。」

「布莉琪！妳瘋了嗎？妳不知道現在是什麼時間嗎？妳兩天沒打給我，卻在最要緊、最關鍵的⋯⋯不！！！不！！！！你這白痴、該死的⋯⋯老天。你這笨蛋，就在裁判旁邊啊。那是犯規！你會⋯⋯他給他黃牌了，他被罰下場了。哦，老天——聽著，比賽完我再打給妳。」

9:15 p.m. 我當然知道現在是什麼跨宇宙決賽之類的，我只是因為深陷在情緒裡，所以忘了。這種事可能發生在任何人身上。

9:30 p.m. 我怎麼會這麼笨？怎麼會？怎麼會？

9:35 p.m. 哦，好耶，電話！馬克‧達西！

是茱德。「什麼？」她說。「他在看足球賽，所以不跟妳講話？妳出門，立刻出門，他回電的時候，妳不要在家。他好大的膽子！」

我馬上發覺茱德說得對，如果馬克真的在乎我，足球不會比較重要。小雪的措詞則更強烈。

「男人這麼迷足球的唯一理由，是因為他們太閒了，」她爆發道。「他們覺得支持某支球隊，在場上大聲嚷嚷，就像自己贏得了比賽，值得別人為他們歡呼鼓掌，覺得自己好棒棒。」

「對。所以妳要來茱德家嗎？」

「呃，不了……」

「為什麼不要？」

「我跟賽門在看球賽。」

賽門？小雪跟賽門？但賽門不就只是我們都認識的某個朋友而已。

「但妳剛才不是還說……？」

「不一樣。我喜歡足球，因為這是個很有趣的遊戲。」

嗯。正要出門的時候，電話又響了。

「哦，哈囉？親愛的。是媽媽。我們大家好開心。所有人都喜歡威靈頓！我們帶他去扶輪社，然後……」

「媽，」我厲聲說。「妳不能到處展示威靈頓，他又不是展品。」

「妳知道嗎？親愛的，」她冷冷地說，「我最討厭的就是種族主義和偏見。」

「什麼？」

「嗯，羅伯森夫婦從阿麥斯罕來的時候，我們帶他們去扶輪社，妳什麼也沒說，是吧？」

我呆掉了，試著拆解這個扭曲的邏輯。

「妳總是把別人放在小框框裡，什麼『沾沾自喜已婚人士』、『單身人士』、有色人種和同性戀。反正我只是打來提醒妳，這週五要看《西貢小姐》，七點半開始。」

老天。「呃……！」我狂亂地說。我確定我沒答應要去，我很確定。

「好了好了，布莉琪。我們票都買了。」

無可奈何地答應了離奇的行程，胡亂編藉口說馬克要工作，結果徹底激怒她。

「工作，最好是啦！週五晚上他要做什麼工作？妳確定他沒有工作過度？我真的不認為工作……」

「媽，我要掛了，我去茱德家要遲到了。」我用堅定的口吻說。

「哦，總是匆匆忙忙的，茱德家、雪倫家、瑜珈。妳跟馬克有時間見面，我才覺得驚訝！」

到了茱德的公寓，我們的對話很自然地轉移到小雪和賽門。

「但其實，」茱德像要說祕密似地傾身向前，但其實沒有別人在場。「我週六在 the Conran Shop[2] 碰到他們，他們在刀具區前面嘻嘻笑，好像一對沾沾自喜已婚人士。」

現代單身人士到底是怎麼回事？要維持正常關係的唯一方法，難

---

[2] The Conran Shop 是由英國設計師 Terence Conran 創立的設計用品店。

道是兩人不能處在感情關係裡？沒在交往的小雪跟賽門在做情侶會做的事，而正在交往的我跟馬克卻完全沒有見面。

「如果妳問我，我會說『我們只是好朋友』是錯的，應該說『我們在約會』。」我陰沉地說。

「沒錯」，茱德說。「也許答案就是柏拉圖式的朋友，加上一根按摩棒。」

回到家，聽到馬克愧疚的留言，他說比賽結束後會立刻打給我，但電話一直忙線中，接通後我卻出門了。正在想要不要回電時，他打來了。

「剛才很抱歉，」他說。「我只是很難過，妳不會嗎？」

「我知道，」我溫柔地說，「我的感覺完全一樣。」

「我一直在想，為什麼會這樣？」

「沒錯！」我眉開眼笑，感受到一股愛意和鬆了口氣的感覺。

「很愚蠢又沒必要，」他悲痛地說。「毫無意義的暴怒帶來毀滅性的後果。」

「我知道，」我點點頭，心想，天啊，他受的打擊比我還大。

「這叫人要怎麼活下去？」

「這個嘛，大家都是凡人，」我體貼地說。「人們必須原諒彼此，也要原諒⋯⋯自己。」

「呿！說得簡單，」他說。「但要是他沒被罰下場，我們就不會落到PK大戰。我們整場比賽踢得那麼英勇，卻因為PK而輸球！」

我壓抑地叫了一聲，腦子一片混亂。男人不可能真的心裡只有足球沒有情感吧？我知道足球賽很刺激，國家之間透過共同的目標和仇視而連結起來，但過了好幾個小時，一群人還在痛苦、憂鬱、哀悼，這也太……

「布莉琪，怎麼了？那只是一場球賽。就連我也懂這個道理。妳在球賽打給我的時候，我太陷入當時的情緒……但那只是一場球賽。」

「對，沒錯。」我說，眼神在屋裡亂飄。

「話說回來，怎麼回事？我好幾天沒有妳的消息。希望妳沒有親別的年輕……哦，等等，等等，要重播了。我明天晚上過去，好嗎？不，等等，我明天要踢五人制足球。星期四怎麼樣？」

「呃……好。」我說。

「太好了，那就八點左右見。」

2月26日星期三

59公斤，酒2單位（非常好），菸3根（非常好），卡路里3845（頗差），沒有花在一直想馬克‧達西的時間：24分鐘（極好的進步），頭髮幻化為雙角雕塑共13個不同版本（令人擔心）。

8:30 a.m. 好。一切大概沒事了（顯然除了頭髮之外），不過馬克有可能在迴避問題，因為不想在電話上碰觸到情緒。所以明天晚上至關重要。

重點是我要有自信、適應力強、從容，不能抱怨任何事情，要後退一個階段，還要……呃，看起來非常性感。看午休時間能不能去剪個頭髮，還要在上班前去健身房。說不定做個蒸汽浴，讓整個人容光煥發。

8:45 a.m. 有我的信！萬歲！說不定是一張遲到的情人節卡片，來自一個祕密仰慕者，因為寫錯郵遞區號而投錯地方。

9 a.m. 是銀行就透支的事而寄信來，還附上一張寫給 M.S.F.S. 的支票。哈！我都忘了這回事。我就要揭發乾洗店詐騙案了，取回 149 鎊。哦，有一張紙條飛出來。

上面寫著：「這張支票開給瑪莎百貨金融服務部。」

原來支票是用來支付瑪莎百貨信用卡的聖誕節欠款。喔。哦，天啊。覺得有點愧疚了，先前在心裡指控無辜的乾洗店，還在店員面前陰陽怪氣的模樣。嗯。現在去健身房太晚了，而且也心煩意亂。下班再去。

2 p.m. 辦公室洗手間。剛從髮廊回來，徹底的災難。跟保羅說只要修一下，把一頭亂髮變成《六人行》的瑞秋就好。他用手撥一撥，我立刻感覺自己得到天才的照顧，他了解我的內在美。保羅似乎得心應手，把頭髮甩過來又甩過去，吹得超級蓬鬆，用會

心的眼神看著我,彷彿在說:「我會把妳變成一個辣妹。」

然後他忽然停手了。髮型看起來太過瘋狂──我好像剪了個布丁頭又燙捲的學校老師。他看著我,臉上掛著既期待又自信的微笑,他的助理走過來驚呼,「哦,超凡脫俗。」慌亂中,我驚恐地看著鏡中的自己,我跟保羅早就建立了互相欣賞的好交情,如果我說討厭這個髮型,我們的交情就會像紙牌屋那樣尷尬地崩塌,結果最後跟著一起讚美個不停,給了保羅 5 鎊小費。回到辦公室,理查・芬奇說我看起來像《Hi-de-Hi》的露絲・馬多克[3]。

7 p.m. 回到家。這髮型完全像一頂有可怕短瀏海的恐怖假髮。我花了四十五分鐘對鏡挑高眉毛,試著讓瀏海看起來長一點,但我沒辦法明天整個晚上都做出像羅傑・摩爾[4]的表情,就是他被那個抱著貓的壞人威脅,說要炸死他、炸掉這個世界,還有那個裝滿軍情五處重要電腦的小盒子的時候。

7:15 p.m. 試著用髮膠把瀏海整理成斜線,模仿早期的琳達・伊凡吉莉絲塔[5],結果把自己變成保羅・丹尼爾斯[6]。

我要被白痴保羅氣死了。為什麼有人會對另一個人做出這種事?為什麼?我恨這種像虐待狂和自大狂的髮型設計師。我要告保羅。我要把保羅通報給國際特赦組織、艾絲特・蘭岑、佩妮・朱

---

[3] 《Hi-de-Hi》是 1980 年代英國情景喜劇,馬多克(Ruth Madoc)是劇中女演員,留著有瀏海的紅色短髮。
[4] 羅傑・摩爾(Roger Moore, 1927-2017),1973 至 1985 年在《007》電影中飾演詹姆士・龐德。
[5] 琳達・伊凡吉莉絲塔(Linda Evangelista, 1965-),加拿大超模。
[6] 保羅・丹尼爾斯(Paul Daniels, 1938-2016),英國魔術師、電視節目主持人。

諾之類的[7]，在全國的電視台上揭發他。

沮喪到不想去健身房。

7:30 p.m. 打給湯姆跟他說我的創傷，他說我不應該這麼膚淺，叫我想想北愛爾蘭事務大臣莫‧摩蘭姆[8]和癌症病人的禿頭。我好可恥，我不要再執著了。湯姆還問我想到要訪問誰了沒。

「這個嘛，我最近有一點忙。」我愧疚地說。

「妳知道嗎？妳應該要動起來。」——天啊，他在加州到底發生了什麼事——「妳真正有興趣的是誰？」他接著問。「妳沒有很想訪問的名人嗎？」

我想了一下，忽然靈光一閃。「達西先生！」我說。

「什麼？柯林‧佛斯？」

「對！對！達西先生！達西先生！」

所以我現在有個專案了。萬歲！我要來著手準備，找他的經紀人約訪談。一定會很棒，我可以把以前的剪報都拿出來，找出真正獨特的觀點來提問……哦，不過，最好等瀏海長出來再說。啊！門鈴。最好不是馬克。他說明天才來啊！冷靜，冷靜。

「我是蓋瑞。」對講機傳來聲音。

---

[7] 艾絲特‧蘭岑（Esther Rantzen, 1940- ）、佩妮‧朱諾（Penny Junor, 1949- ）皆為記者。
[8] 莫‧摩蘭姆（Mo Mowlam, 1949-2005）曾任英國國會議員，因腦瘤治療而落髮。

「哦,嗨,嗨,蓋瑞!」想不起來他是誰,所以用了過度補償的口氣。「你好嗎?」我說,然後想著他是誰?

「我很冷。妳要開門嗎?」

我忽然認出了他的聲音。「哦,蓋瑞,」口氣比過度補償還誇張。「上來吧!!!」

我重重拍了自己的頭。他來幹什麼?

他進門來,穿著沾了油漆的牛仔工作褲、橘色T恤,還有奇怪的假羊毛領格子夾克。

「妳好,」他在廚房餐桌旁坐下,彷彿他是我老公。我不確定要怎麼應付這種兩人處於同一個空間,但現實感完全不一樣的情境。

「那個,蓋瑞,」我說。「我有點趕時間!」

他沒說什麼,開始捲菸。我忽然害怕了起來,說不定他是個瘋狂強姦犯。但他沒有企圖強姦瑪格姐,就我所知。

「你掉了什麼在這裡嗎?」我緊張地說。

「沒,」他說,繼續捲菸。我瞄了門口一眼,心想是否該奪門而逃。「妳的汙水管在哪裡?」

「蓋瑞!」我真想大喊。「走開,快走開啦。我明天晚上要跟馬克見面,我得處理一下瀏海,還要在地板上做一些運動。」

他把菸塞到嘴裡，站起來。「我們看一下浴室。」

「不行！」我大喊，想起浴室裡有一盒打開的 Jolen 毛髮漂白霜，洗手檯旁有一本《男人要什麼》。「聽著，你可以改天再……？」

可是他已開始四處查看，打開門望向樓下，又朝著臥室走去。

「妳這裡有後窗嗎？」

「有。」

「去看看吧。」

他打開窗戶往外看的時候，我緊張地站在臥房門口。他看起來確實對水管比較有興趣，而不是想攻擊我。

「我就知道！」他得意地說，把頭伸回來，關上窗。「妳有足夠的空間可以擴充。」

「你恐怕得離開了，」我說，站直了身子，退回到客廳。「我有事要出門。」

但他早已越過我又往樓梯的方向走。

「沒錯，妳有足夠空間可以擴充，只是妳得移動汙水管。」

「蓋瑞……」

「妳可以隔出第二個房間，上面弄個小小的屋頂露台，讚。」

屋頂露台？第二個房間？我可以做成辦公室，展開我的新事業。

「要多少錢?」

「哦。」他悲傷地搖起頭。「這樣吧,我們去酒吧喝一杯。」

「沒辦法,」我堅決地說。「我要出門了。」

「好吧。那我想一下再打給妳。」

「太好了!嗯!我差不多該走了!」

他拿起他的外套、煙草和捲菸紙,打開包包,把一本雜誌慎重地放在廚房桌上。

他走到門邊時,轉過來給我一個會心的眼神。「第71頁,」他說。「走了。」

我拿起雜誌,以為會是《建築文摘》,結果看到的是《淡水漁夫》,封面是一個男人舉著一條黏糊糊的灰色巨魚。翻了翻厚厚的一本,裡頭有許多男人舉著黏糊糊灰色巨魚的照片。翻到第71頁,在一篇關於「BAC 掠食者路亞」的文章對頁,就是戴上別著徽章的牛仔帽、臉上掛著自豪笑容、手上舉著一條黏糊糊灰色巨魚的蓋瑞。

2月27日星期四

58.5公斤(因為頭髮減了0.5公斤),菸17根(因為頭髮),卡路里625(因為頭髮而停止進食),想像要寫給律師、消費者協會、健康部門等投訴保羅殘殺頭髮的信22封,看鏡子檢查頭

髮生長的進度 22 次，這麼努力之後頭髮生長 0 毫米。

7:45 p.m. 還有十五分鐘。剛又檢查了一次瀏海。髮型從驚悚假髮變成徹底令人尖叫的恐怖假髮。

7:47 p.m. 還是像李奧納德・尼莫伊[9]。為什麼這事要發生在我跟馬克・達西感情關係最重要的一個晚上？為什麼？不過，至少現在照鏡子不再是檢查大腿有沒有變瘦。

午夜。馬克・達西出現的時候，喉頭好像哽住一樣。

他走進來，刻意不打招呼，從口袋拿出一個卡片大小的信封交給我。上面是我的名字，但卻是馬克的住址，信封已經拆開了。

「從我回來之後，它就一直放在待處理的文件夾裡，」他說，癱倒在沙發上。「我今天早上不小心拆開來了，抱歉。不過大概也好。」

我用顫抖的手把卡片從信封拿出來。

上面畫了兩隻卡通刺蝟，看著胸罩和內褲纏繞一起，在洗衣機裡旋轉。

「誰寄的？」他和氣地說。

「我不知道。」

---

[9] 李奧納德・尼莫伊（Leonard Nimoy, 1931-2015），飾演《星際爭霸戰》史巴克的演員。史巴克是混血外星人，留著怪異的瀏海。

「妳當然知道，」他用一種冷靜的微笑說，彷彿等下就會掏出一把手斧，把妳的鼻子削掉。「誰寄的？」

「我說了，」我喃喃說。「我不知道。」

「妳看裡面寫什麼。」

我打開卡片。裡頭以紅色書寫體寫著：「做我的情人──等妳來拿妳的睡衣時見──愛妳──Sxxxxxxxx」

我震驚地盯著卡片。這時，電話響起。

啊！我想一定是茱德或小雪打來，要給我關於馬克的可怕建議。我準備搶過去接，但馬克扶住我的手臂。

「嗨，寶貝，我是蓋瑞。」我的天，他好大的膽子，用這種過度親暱的稱呼？「嗯，我們在臥房裡討論的事，我有想法了。打個電話給我，我就過去。」

馬克低著頭，眼睛眨個不停。然後他吸了一口氣，用手背擦了擦臉，彷彿要讓自己振作起來。「好吧？」他說。「妳要解釋嗎？」

「那是裝潢師傅。」我很想用雙臂抱著他。「瑪格姐介紹的師傅，蓋瑞，裝了歪七扭八的書架那個。他想在臥房和樓梯之間，增加一個擴充空間。」

「我明白了，」他說。「卡片也是蓋瑞寄的嗎？還是聖約翰？還是有別的……」

這時傳真機嚕嚕響了起來，有東西傳進來。

我正盯著看時，馬克從傳真上拉下那張紙，看了一眼，然後遞給我。那是一張茱德傳來的潦草字條，她在一張舌頭震動按摩棒的廣告上面寫著：「9.99 鎊外加運費就能買到這個，誰還需要馬克‧達西。」

2月28日星期五

58.1 公斤（眼前唯一的光明），人們去看音樂劇的理由：無法理解的神祕數字，蕾蓓嘉還能活著的理由 0，馬克、蕾蓓嘉、老媽、尤娜和傑佛瑞‧厄康伯利以及安德烈‧洛伊‧韋伯[10] 毀掉我人生的理由：不知道。

一定要保持冷靜，一定要保持正面。所有事情同時發生很倒楣，毫無疑問。馬克那時候直接離開完全可以理解，他的確說了，等他冷靜後會打電話來，而且……哈！我知道該死的卡片是誰寄的了，一定是乾洗店。我去套話要他承認詐騙的時候（「你別以為我不知道在搞什麼鬼」），就是送睡衣去洗。我還留了馬克的地址，以免他搞鬼。這世界充滿了瘋子，而我今晚得去看該死的《西貢小姐》。

午夜。其實不算太糟，我暫時可以擺脫困住我的思緒，還有每次

---

[10] 安德烈‧洛伊‧韋伯（Andrew Lloyd Webber, 1948- ），英國音樂劇作家。

去洗手間就打 1471 的折磨。

威靈頓不只沒有成為文化帝國主義的悲劇受害者，他在家裡穿著老爸 1950 年代西裝的模樣，看起來還很酷，彷彿他是休假在家的大都會飯店酒吧服務生。老媽和尤娜像粉絲一樣圍著他嘰嘰喳喳，他都以莊重跟和藹的態度回應。我比較晚到，所以只在中場休息時，簡短跟他說幾句話表達歉意。

「在英國感覺會很奇怪嗎？」我問，隨後覺得自己很蠢，因為當然奇怪。

「很有趣，」他說，探究地看著我。「妳覺得奇怪？」

「所以啊！」尤娜忽然說。「馬克呢？他不是也要來？」

「他要工作。」我小聲說，這時傑佛瑞叔叔和老爸醉醺醺地回來。

「她上一個也這麼說，不是嗎！」傑佛瑞咆哮著說。「我的小布莉琪都碰到這種人，」他拍了拍我，手離我的屁股近得危險。「然後人就不見了。咻！」

「傑佛瑞！」尤娜為了緩和氣氛似地補了一句，「威靈頓，你們部落裡也有年紀大還嫁不出去的女人嗎？」

「我不是年紀大的女人。」我氣憤地說。

「那個是部落長老的責任。」威靈頓說。

「喲，我是不是老早就說過，那就是最好的方式，科林？」老媽

得意洋洋地說。「我是說,我不就告訴布莉琪應該要跟馬克交往了嗎?」

「但無論年紀大不大或有沒有丈夫,部落都尊敬女人。」威靈頓朝我的方向眨了眨眼睛。

「我可以搬過去生活嗎?」我悶悶地說。

「我不確定妳會不會喜歡牆壁的味道。」他微笑。

我設法把老爸拉到一邊,小聲問,「還好嗎?」

「哦,沒那麼糟,妳知道的,」他說。「他好像人不壞。酒可以帶進去嗎?」

下半場是個惡夢。舞台上可怕的狂歡模糊地閃過,腦袋陷入恐怖的滾雪球效應,畫面有蕾蓓嘉、蓋瑞、按摩棒和睡衣,想得越多越感到毛骨悚然。

幸好,人群從門廳湧出時,歡樂地(應該吧)大聲嚷嚷,減去了對話的必要,直到我們都坐上了傑佛瑞和尤娜的 Range Rover。回程的路上,尤娜開車,傑佛瑞坐前座,在後行李廂的老爸歡樂地咯咯笑,我坐在老媽和威靈頓中間的後座,令人難以置信又可怕的事就在此時發生。

老媽正戴上一副超大的金邊眼鏡。

「我不知道妳開始戴眼鏡了,」我說,很驚訝她竟然會承認自己老了。

「我沒有開始戴眼鏡，」她愉快地說。「注意前面的黃波燈[11]，尤娜。」

「可是，」我說，「妳現在就戴著。」

「沒有，沒有！我只有開車才戴。」

「可是妳現在又沒有在開車。」

「她有哦。」老爸苦笑地說，老媽則大喊，「尤娜，小心那輛飛雅特！他打方向燈了！」

「那不是馬克嗎？」尤娜忽然說。「我以為他在工作。」

「在哪？」老媽頤指氣使地問。

「那邊，」尤娜說。「哦，對了，我有跟你們說，奧利芙和羅傑去喜馬拉雅山嗎？聽說沿路都是廁所衛生紙，整座聖母峰都是。」

我順著尤娜的手指望去，馬克正從計程車下來，穿著深藍色大衣和鈕扣半開的潔白襯衫。彷彿慢動作似的，我看到另一個人從計程車後座下車：高䠷苗條，一頭金色長髮，仰頭對著他笑著。是蕾蓓嘉。

車裡的氣氛簡直是不可思議的地獄折磨：老媽和尤娜為了我義憤填膺，「哦，我認為這太噁心了！他說週五晚上要工作，卻跟別

---

[11] 黃波燈（belisha beacon），黑白間條高柱上的黃色球狀燈號，閃燈時表示行人優先。

的女人在一起！我想打電話給伊蓮罵她一頓！」傑佛瑞醉醺醺地說，「他們走了，咻！」老爸則試著平息局面。唯一沉默的只有我和威靈頓，他握住我的手，非常平靜而有力，一句話也沒說。

到了我的公寓，他先爬出 Range Rover 讓我下車，背後不斷傳來喋喋不休的聲音：「喲！我是說，他前妻離開他了嘛，不是嗎？」、「完全沒錯。無風不起浪。」

「在黑暗中，石頭也成了水牛，」威靈頓說。「在陽光下，是什麼就是什麼。」

「謝謝。」我感激地說，跌跌撞撞地回到公寓，心裡盤算著我能不能把蕾蓓嘉變成水牛然後點火，盡量不要製造太多煙，以免驚動蘇格蘭場。

3月1日星期六

10 p.m. 我的公寓。非常黑暗的一天。茱德、小雪和我緊急出門購物，再回到家裡，準備晚上出去玩，這是姊妹淘為了讓我不去想那些事而設計的活動。到了晚上八點，我們已經微醺了。「馬克‧達西是同志。」茱德宣布。

「他當然是同志。」小雪咆哮著，倒了更多血腥瑪麗。

「妳們真的這麼想？」我說，因為這個令人沮喪但能自我安慰的理論而暫時鬆了口氣。

「這個嘛，妳確實曾在他床上發現一個男孩，不是嗎？」小雪說。

「不然他幹嘛跟蕾蓓嘉出去？她高得驚人、不懂姊妹情誼、沒胸也沒屁股，根本就是個男人。」茱德說。

「小琪，」小雪醉醺醺地抬頭看著我，「老天，妳知道嗎？我從這個角度看，妳真的有雙下巴。」

「謝謝哦。」我苦澀地說，替自己再倒了一杯酒，又按下答錄機留言的**播放鍵**，這時茱德和小雪用手搗住耳朵。

「嗨，布莉琪，我是馬克。妳好像不回我電話了。我真的覺得，不管怎樣，我……我真的……我覺得我們至少……為了妳的緣故，至少應該繼續做朋友，所以我希望妳……我們……哦，天啊，總之，有空就回電。如果妳願意的話。」

「他好像完全脫離現實，」茱德抱怨。「好像他跟蕾蓓嘉跑了跟他沒關係似的。妳現在真的應該抽離了。聽著，我們還要不要去那個派對？」

「要哇。他該死的以為自己是誰？」小雪說。「為了妳的緣故！哼！妳應該說，『甜心，我不需要任何人為了我的緣故而待在我的生命裡。』」

這時電話響了。

「嗨，」是馬克。我心裡很不恰當地湧起一股愛意。

「嗨，」我熱切地說，用嘴形跟她們說「是他」。

「妳聽了妳的留言了嗎？我是說我的留言？」馬克說。

小雪戳我的腿,急切地用氣音說,「教訓他,快啊。」

「有,」我高傲地說。「但我是在晚上十一點看到你和蕾蓓嘉從計程車下來後聽到的,所以我的心情不太好。」

小雪舉起一隻拳頭說,「好耶!!!」茱德用手摀住小雪的嘴巴,對我比出一隻大拇指,伸手拿夏多內白酒。

電話那端一陣沉默。

「小琪,妳為什麼總是急著下結論?」

我停頓了一下,用手遮住話筒。「他說我急著下結論,」我用氣音說,這時小雪氣憤地想要向話筒撲過去。

「急著下結論?」我說。「這個月以來,蕾蓓嘉一直向你示好,你為了我沒做的事情甩了我,然後我就看到你跟蕾蓓嘉一起下計程車⋯⋯」

「那不是我的錯,我可以解釋,我剛剛才打過電話給妳。」

「對,打來說為了我的緣故,你要跟我做朋友。」

「可是⋯⋯」

「繼續!」小雪用氣音說。

我吸了一大口氣。「為了我的緣故?甜心⋯⋯」茱德和小雪聽到這裡,樂不可支地倒在彼此身上。甜心!我的口氣就像《最後的

誘惑》[12] 的琳達‧佛倫提諾[13]。「我不需要任何人為了我的緣故而待在我的生命裡，」我接著說，「我已經有全世界最棒、最忠誠、最聰明、最機智、最有愛、最支持我的朋友。如果在你用這種方式對待我之後，我還要做你的朋友……」

「可是……哪種方式？」他聽起來很痛苦。

「如果我還要做你的朋友……」我開始動搖。

「繼續啊！」小雪用氣音說

「……那你真的運氣太好了。」

「好吧，妳說夠了，」馬克說。「如果妳不想聽我解釋，我就不打電話煩妳了。再見，布莉琪。」

我掛上話筒，愕然失措，環顧四周看著我的朋友。雪倫躺在地毯上，拿著一根菸在空中得意地揮舞，茱德直接從瓶口對嘴喝了一大口白酒。突然間，我有種可怕的感覺，我犯下了最可怕的錯誤。

十分鐘後，門鈴響了。我跑去應門。

「我可以進來嗎？」一個低沉的男人聲音說。馬克！

「當然，」我說，鬆了一口氣，回頭跟茱德和小雪說，「妳們可不可以先進房間？」

---

[12] 《最後的誘惑》（*The Last Seduction*），1994 年的驚悚片，描述一名聰明且富於心機的女子使出魅力操控男人以達到自己的目的。
[13] 琳達‧佛倫提諾（Linda Fiorentino, 1958- ），美國影星。

當她們不滿地從地板上爬起來，公寓的門打開，不是馬克，而是湯姆。

「布莉琪！妳看起來好瘦！」他說。「哦老天。」他癱倒在廚房的桌子旁。「哦老天。生活就是一坨狗屎，生活是一個憤世嫉俗者講的故事……」

「湯姆，」小雪說。「我們正在談事情。」

「而且我們該死的好幾個星期沒看到你了。」口齒不清的茱德怨恨地說。

「正在談事情？不是談我？妳們到底在談什麼？哦老天，該死的傑若姆，該死的傑若姆。」

「傑若姆？」我驚恐地說。「裝模作樣傑若姆？我以為你已經把他永遠逐出你的生活了。」

「我去舊金山的時候，他留了好多留言，」湯姆羞怯地說。「所以我們又開始見面，今晚我只是暗示復合的可能性，呃，我試著親他，結果傑若姆說，他說……」湯姆憤怒地用手擦了一下眼睛。「他就是不喜歡我。」

我們震驚得說不出話。裝模作樣傑若姆犯下了最惡毒、自私、不可饒恕、最摧毀自尊的罪行，完全違背約會禮儀法則。

「我沒有吸引力，」湯姆絕望地說。「我是被認證的愛情賤民。」

我們立刻行動起來，茱德抓了夏多內白酒，小雪攬住他，我拉了

一張椅子不停地說,「你不是,你不是!」

「那為什麼他要那樣說?為什麼?**為什麼???**」

「很明顯啊,」茱德遞給他一杯酒說。「因為裝模作樣傑若姆是異性戀。」

「徹底的異性戀,」小雪說。「我該死的第一眼看到那男孩,就知道他不是同志。」

「異性戀。」茱德咯咯笑著同意。「他是直的,不是彎的,直得跟一根很直很直……陰莖一樣。」

5／達西先生,達西先生
Mr. Darcy, Mr. Darcy

3月2日星期日

5 a.m. 啊啊啊。剛剛想起來發生了什麼事。

5:03 a.m. 我為什麼要那樣做?為什麼?為什麼?真希望能重新睡著或起床。

5:30 a.m. 真奇怪,宿醉的時候,時間過得特別快。這是因為腦袋裡的想法很少:跟溺水的人剛好相反,他們因為想得太多,眼前出現人生跑馬燈。

6 a.m. 你看,半小時就這樣過去了,因為我沒有任何想法。哦。其實頭很痛。哦天啊。希望沒有吐在大衣上。

7 a.m. 問題是,他們從來不跟你說,每天喝超過兩單位的酒會怎麼樣,或者更重要的是,一個晚上喝掉整個星期分量的酒會怎麼樣。這意味著你會臉色泛紅、鼻頭粗糙像地精一樣,還是代表你已經是酒鬼?如果是這樣,那我們昨晚在派對上遇到的每個人都算是酒鬼。除了那些唯一沒在喝酒的人——也就是酒鬼。嗯。

7:30 a.m. 說不定我懷孕了,酒精會傷害到腹中胎兒。哦,不過,月經剛來不可能懷孕,而且再也不可能跟馬克上床了,永遠不可能了,永遠不可能了。

8 a.m. 最悲慘的是,半夜一個人沒有說話的對象,沒辦法問自己到底有多醉。一直回想起我說過的許多可怕的話。哦不,剛想起來我給了一個乞丐五十便士,他說的不是「**謝謝**」,而是「妳看起很醉」。

我忽然也想到小時候老媽說過:「再沒有比喝醉的女人更糟糕的了。」我就是葉慈葡萄酒小屋[1]會看到的那種低級放蕩的浪女。我必須要再睡一下。

10:15 a.m. 睡一下感覺好一點。宿醉可能已經好了,拉開窗簾吧。啊啊啊啊!早上的陽光就該死的這麼亮,這不正常吧。

10:30 a.m. 總之,我馬上要去健身房,以後再也不要喝酒了,現在就是展開史卡斯代節食法的完美時機。所以昨晚發生的事其實非常好,因為這會是全新生活的開始。萬歲!大家會說……哦,電話。

11:15 a.m. 是小雪。「小琪,我昨晚是不是真的爛醉如泥?」

一時間想不起來她昨晚怎麼樣。「沒有,當然沒有,」我和善地替小雪打氣,如果她真的喝醉了,我一定會記得。我鼓起勇氣問,「那我呢?」一陣沉默。

「沒有,妳很可愛,很貼心。」

看吧,只是宿醉造成的妄想。哦,電話。說不定是他。

是我媽。

「布莉琪,妳怎麼還在家?妳一小時內要到家欸,妳爸正在做熱烤阿拉斯加![2]」

---

[1] 葉慈葡萄酒小屋(Yates Wine Lodge 或稱 Yate's),英國連鎖酒吧,創立於1884年。
[2] 熱烤阿拉斯加(baked Alaska):先將冰淇淋放置於盤子裡的海綿蛋糕上,並在冰淇淋上面塗上蛋白霜。接著將整道點心短暫置入烤爐中,將蛋白霜定色。

11:30 a.m. 幹,哦,幹。她週五晚上叫我回去吃午餐,我因為太脆弱而沒有跟她爭執,然後喝得太醉又忘記了。我可不可以又不出現。還是我可以?好,先冷靜吃點水果,因為酵素可以清除毒性,等下就沒事了。我吃一點就好,盡量不要吐出來,然後做好決定後再回電給老媽。

去的好處

可以看看威靈頓得到的待遇會不會違反種族平等委員會的規定。
可以跟老爸説説話。
可以當個孝順女兒。
就不必跟老媽槓上。

去的壞處

得面對馬克/蕾蓓嘉事件的折磨。
可能會吐在桌上。

電話又響了。最好不是老媽。

「所以妳今天頭還好嗎?」是湯姆。

「很好,」我高聲說,臉卻紅了。「怎麼了?」

「哦,妳昨晚超醉的。」

「小雪說我沒有。」

「布莉琪,」湯姆說,「小雪不在場。她去大都會飯店酒吧跟賽

門碰面了,就我看來,她醉的程度跟妳差不多。」

3月3日星期一

59.4公斤(星期日在爸媽家吃過油膩膩的午餐後即時產生的可怕脂肪),菸17根(緊急狀況),在爸媽家吃午餐發生的意外事件暗示了生活中尚餘的理性或現實感為0。

8 a.m. 宿醉總算開始退去。回到自己的家,我是這座城堡的成年領主,不必再當別人遊戲裡的卒子,真是鬆了一大口氣。昨天感覺推不掉老媽的午餐,但在開車去格拉夫頓安德伍的公路上,反胃到快吐了。村莊裡一副超現實的田園詩景象,到處都是水仙花、溫室、鴨子等,無論世界上發生什麼事,人們還在修剪樹籬,彷彿生活輕鬆而平靜,災難沒有發生,還有上帝的存在。

「哦,哈囉,親愛的!哈庫納馬塔塔。我剛從合作社回來,」老媽說,推著我進廚房。「豆子竟然缺貨!我先聽一下答錄機。」

我帶著噁心感坐下,電話答錄機轟然響起,老媽打開這個、那個設備時到處碰撞,頭已經很痛了,這些聲音聽起來更是震耳欲聾。

「潘姆,」答錄機播放留言。「我是潘妮。妳認識住在修車廠轉角的那個傢伙嗎?嗯,他因為受不了飛靶射擊的噪音自殺了,《克特陵觀察家報》有報導。哦,我打來是要問,瓦斯公司要去

梅兒家施工,他們可以暫放二十個肉餡餅在妳的冷凍庫嗎?」

「哈囉?潘姆!我是瑪戈!想跟妳借點東西!妳有六吋的瑞士卷蛋糕模可以借我嗎?艾莉森二十一歲生日派對要用。」

我焦躁地環顧廚房,不禁想到,如果能播放人們的答錄機,會揭露多少截然不同的世界。也許應該有人在薩奇美術館做一個裝置藝術展覽。老媽在櫥櫃裡哐啷啷東翻西找,然後撥了一個號碼。「瑪戈,我是潘姆。我有一個做海綿蛋糕的圓環模,可以嗎?哦,妳乾脆用約克夏布丁模,底下墊一張蠟紙不就好了?」

「哈囉,哈囉,噠噠啦滴,」老爸悠閒地走進廚房。「有人知道巴頓斯格雷夫的郵遞區號是多少嗎?是 KT4 HS 還是 L?啊,布莉琪,歡迎來到戰壕,第三次世界大戰在廚房,茅茅起義在花園裡[3]。」

「科林,你可以把鍋子裡的油倒掉嗎?」老媽說。「傑佛瑞說,高溫加熱十次後就應該倒掉了。對了,布莉琪,我幫妳買了爽身粉。」她拿給我一瓶金色瓶蓋的 Yardley 紫丁香爽身粉。

「呃,為什麼?」我說,小心翼翼地拿著。

「哦!讓妳保持清香舒爽啊。」

啊。啊啊啊。她的思維實在太透明了。馬克跟蕾蓓嘉出去,因

---

[3] 茅茅起義(Mau Mau Uprising),指英國殖民政府時期,肯亞於 1952 年至 1960 年間所發生的軍事衝突。

為⋯⋯

「妳是說我有體味？」我說。

「不是啦，親愛的。」她遲疑一下。「保持清香舒爽總是好事，不是嗎？」

「午安，布莉琪！」尤娜拿著一盤水煮蛋，不知道從哪裡冒出來。「潘姆！我忘了跟妳說，比爾想叫地方議會重新鋪他家的車道，因為上次他們沒做排水格柵，現在車道會積水，所以艾琳問妳可不可以跟議會說，你們家之前也有水流到車道的問題，裝了排水格柵後才解決？」

全都是胡言亂語，胡言亂語。我感覺自己像一個陷入昏迷的病人，沒有人知道我其實聽得見。

「快點，科林，午餐肉罐頭在哪？他們快到了。」

「誰快到了？」我疑惑地說。

「達西夫婦。尤娜，妳幫我在那些蛋上面放一點沙拉醬和紅辣椒粉，好嗎？」

「達西夫婦？馬克的爸媽？現在要來？為什麼？」

這時，門鈴（市政廳時鐘報時的那整首曲子）響起。

「我們是部落的長老！」老媽眨眨眼，脫掉圍裙。「來吧，大家動起來！」

「威靈頓呢？」我用氣音問老媽。

「哦，他在花園練習踢足球！他不喜歡這種要坐下來、話講個不停的午餐。」

老媽和尤娜衝了出去，老爸拍拍我的手臂。「進攻突破。」他說。

我跟著他走進鋪著漩渦圖案地毯和擺滿裝飾品的客廳，不知道自己還有沒有力氣控制我的肢體閃電逃脫，但感覺我沒有。馬克的爸媽、尤娜及傑佛瑞站著圍成一個尷尬的圓圈，每個人手上都拿著一杯雪莉酒。「好，親愛的，」老爸說。「我幫妳倒一杯酒吧。」

「妳見過……？」他向伊蓮比了個手勢。「妳知道嗎，親愛的，我很抱歉，我們認識三十年了，但我完全忘了妳的名字。」

「妳那個兒子怎麼樣？」尤娜劈頭就說。

「我兒子！這個嘛，他要結婚了，你們知道嗎！」達西上將和藹地大聲說。客廳裡的一切瞬間變得模糊斑駁。要結婚了？

「要結婚了？」老爸說，扶著我的手臂。我試著控制呼吸。

「哦，我知道，我知道，」達西上將快活地說。「趕不上這些年輕人的進度啊，前一分鐘跟這個人結婚，下一分鐘又分手了！可不是嗎，親愛的？」他說，拍了拍馬克母親的臀部。

「我想尤娜問的是馬克，不是彼得，親愛的，」她望向我，臉上閃過一絲理解的神情。「彼得是我們另一個兒子，住在香港，他六月要結婚。好了，誰能幫布莉琪倒杯酒？這些人都光說不做

的。」她一臉同情地說。

誰來把我帶走？我心想。我不想受折磨。我想躺在浴室地板上頭、靠著馬桶，像個普通人一樣。

「要來一根嗎？」伊蓮遞出一個裝滿黑色沙邦尼香菸[4]的銀盒。「我知道抽菸會致命，但我六十五歲了還好好的。」

「好，來吧，大家請坐！」老媽說，拿著一盤肝腸轉個圈走進來。「呼，」她誇張地做出咳嗽搧風的動作，冷冷地說，「**餐桌上不能抽菸，伊蓮。**」

我跟著她走進飯廳，落地窗外是穿著運動衫和藍色絲質短褲的威靈頓，他正以驚人的高超技術控球，不讓它落地。

「來了。**繼續保持，小子，**」傑佛瑞望著窗外咯咯笑，雙手在口袋裡上下晃動。「**繼續保持。**」

我們都坐下來，尷尬地看著彼此。現在就像新人雙方家長在婚禮前的見面會，只不過新郎在兩天前跟別人跑了。

「所以啊！」老媽說。「來點鮭魚嗎，伊蓮？」

「謝謝。」伊蓮說。

「我們前天晚上去看《西貢小姐》！」老媽用危險的開朗語氣開腔。

---

[4] 黑色沙邦尼（Black Sobraines）是源自俄羅斯的高級菸草品牌，目前由日本菸草產業經營販售。

「呿!音樂劇。最受不了了,都是些該死的脂粉氣十足的男人。」達西上將碎念著,伊蓮切了一塊鮭魚給他。

「嗯,我們看得很開心!」老媽說。「總之……」

我慌張地望向窗外尋找靈感,看見威靈頓正看著我。「救命,」我用嘴形說。他朝廚房的方向點點頭,然後就消失了。

「岔開雙腿站著、高聲唱歌,」上校咆哮著說,令我心有戚戚焉。「但吉伯特與蘇利文的《皮納福號軍艦》[5]呀,那可不是同一回事。」

「失陪一下。」我說完就溜出去,不管老媽的怒視。

衝進廚房,看見威靈頓已經在裡面。我斜靠在冰箱冷凍庫上。

「怎麼了?」他專注地看著我的眼睛說。「怎麼回事?」

「她覺得她自己是部落長老,」我小聲說。「她要對付馬克的爸媽,你知道馬克,那天我們看到他……」

他點點頭。「我知道這件事。」

「你究竟跟她說了什麼?她想叫大家討論馬克跟蕾蓓嘉出去的事,好像她是什麼……」

這時廚房的門被撞開。

「布莉琪!妳在這裡做什麼?哦。」一看到威靈頓,老媽按捺了

---

[5] 《皮納福號軍艦》(HMS Pinafore),由 Arthur Sullivan 與 W. S. Gilbert 創作的喜歌劇,1878 年在倫敦首演。

下來。

「潘蜜拉？」威靈頓說。「現在是怎麼回事？」

「哦，我只是想到你說的，我們大人可以⋯⋯可以解決事情！」她說，逐漸恢復自信，甚至擠出了一個笑容。

「妳要採用我們部落的行為？」威靈頓說。

「這個嘛⋯⋯我⋯⋯」

「潘蜜拉，你們的文化經過多個世紀的演變，當外界影響出現時，妳不能就讓它感染和稀釋你們自己與生俱來的權利。我們討論過，環遊世界帶來的責任是觀察，而不是破壞。」不禁想知道，威靈頓那台全新的 CD 隨身聽是否符合這套道理，但老媽卻悔悟似地點點頭。我從來沒看過她如此受教。

「好，妳回去客人身邊，不要插手布莉琪的感情，這才是你們部落的古老傳統。」

「嗯，我想你說得沒錯。」她說，順了順自己的頭髮。

「用餐愉快。」威靈頓說，對我輕輕地眨眼。

回到飯廳，馬克的母親似乎已經有技巧地扭轉了對決。「這年頭還有人要結婚，對我來說真是個謎，」她正在說。「要不是我很年輕就結婚了，我根本不會考慮。」

「哦，我非常同意！」老爸說，口氣有點過於熱烈。

「我不懂的是，」傑佛瑞叔叔說，「一個女人怎麼會到了布莉琪的年紀還沒勾搭到別人。紐約，外太空，一去不返！呼！」

「哦，閉嘴！閉嘴！」我想大吼。

「對現在的年輕人來說，確實不容易。」伊蓮插話，定定地看著我。「十八歲的時候，跟誰結婚都無所謂，但等到性格定型了，要再去接受一個男人真實的模樣，恐怕難以忍受。當然了，我現在的伴侶除外。」

「最好是這樣，」馬克的父親愉快地咆哮說，拍拍她的手臂。「不然的話，我就用兩個三十多歲的把妳換掉。誰說只有我兒子能享樂！」他朝我的方向殷勤地點點頭，我的心又一陣激動。他覺得我們還在一起嗎？還是他知道蕾蓓嘉的事，覺得馬克同時跟我們兩人交往？

還好，對話內容隨後來到《皮納福號軍艦》，再跳到威靈頓的足球技巧，然後飛躍至傑佛瑞和老爸的高爾夫球假期，再輕輕帶到花園的花壇邊界和比爾的車道，然後就是下午3：45，一場惡夢總算結束。

離開前，伊蓮塞了幾根沙邦尼到我手裡，「妳開車回去的路上可能會需要。希望下次再見到妳。」聽起來似乎很有希望，但還不足以把生命寄託在上頭。只可惜我想再次交往的是馬克，不是他的爸媽。

「好了，親愛的，」老媽說，拿著一個保鮮盒匆匆走出廚房。「妳

的包包放在哪裡？」

「媽，」我咬牙說。「我不要帶食物回去。」

「妳還好嗎，親愛的？」

「在這種情況下，已經是最好的狀態。」我嘀咕著。

她給我一個擁抱。感覺很好，但令我一驚。「我知道很難，」她說。「但不要容忍馬克的過分行為。妳最後一定會好好的，我知道妳會。」當我還沉浸在難得的媽咪慰藉時，她又說，「妳看吧！哈庫納馬塔塔。別擔心，無憂無慮！好了，妳走的時候要帶幾包義大利雜菜湯嗎？順便帶一點 Primula 起司醬和 TUC 蘇打餅乾？借過一下，我要開那個抽屜。哦，這樣吧，我還有幾片牛排可以給妳。」

為什麼她會覺得食物比母愛重要？要是我在廚房再多待一分鐘，我發誓我會吐出來。

「爸呢？」

「哦，他在他的小屋。」

「什麼？」

「他的小屋。他每天都在裡頭待好幾個小時，出來的時候聞起來有⋯⋯」

「有什麼？」

「沒什麼,親愛的。妳要說再見就去吧。」

到了外頭,看見威靈頓坐在椅凳上讀《星期日電訊報》。

「謝了。」我說。

「不客氣,」他說,然後補充,「她是個好女人。一個意志堅強、心地善良又熱情的女人,但也許⋯⋯」

「⋯⋯也許有時候熱情得超過常人能承受的四百倍?」

「對。」他笑著說。我的天,我希望他指的熱情只是對生命的熱情。

當我走近小屋,老爸走了出來,臉色通紅,神色詭異。裡頭正在播放他的納京高[6]錄音帶。

「啊,要回去大煙囪倫敦了,是嗎?」他說,腳步踉蹌了一下,伸手扶著小屋。「妳有點沮喪嗎,親愛的?」他口齒不清地說。

我點點頭。「你也是嗎?」我問。

他緊緊把我擁在懷裡,就像我小時候那樣。感覺真好──這就是我的老爸。

「你怎麼有辦法跟老媽在一起那麼久?」我輕聲說,一邊在想那個有點甜甜的味道是什麼。威士忌嗎?

「其實不複雜。」他說,又靠著小屋。他的頭歪向一邊,聽著納

---

[6] 納京高(Nat King Cole, 1919-1965),美國爵士鋼琴手、歌手。

京高。

「你將會學到，」他開始輕哼，「最重要的事就是去愛，並且得到愛的回報。我只希望她還愛我，而不是茅茅。」

然後他俯身親了我一下。

3月5日星期三

58.1公斤（好），酒精0單位（優秀），菸5根（愉快健康的數字），開車經過馬克・達西家的次數2次（非常好），在電話簿裡找馬克・達西的電話號碼以確定他還存在18次（非常好），打1471的次數12次（好一點），馬克打電話來的次數0次（悲劇）。

8:30 a.m. 我的公寓。 非常難過，我想念馬克。星期日整天沒他的消息，星期一下班回來聽到留言，他說要去紐約待幾個星期。「所以，我想這次真的要說再見了。」

試著打起精神。我發現，如果早上醒來時，趁第一次心痛還沒襲擊前，立刻打開BBC廣播四台的《今日》節目——即使節目內容類似政治人物版的《只有一分鐘》[7]遊戲，大家都迴避說出「是」或「不是」，也不回答任何問題——就能避免陷入「假如怎樣怎

---

[7] 《只有一分鐘》（Just a Minute）是BBC廣播四台播出50年的老牌節目，參賽者要在一分鐘內就指定主題發表演說，規則只有三條：不能遲疑（no hesitation）、不能重複（no repetition）、不能離題（no deviation）。

樣就好了」的無限循環,還有和馬克‧達西的假想對話迴圈。這些想像只會增加我的悲傷,完全不想起床。

不得不說,戈登‧布朗[8]今早在節目裡表現得非常好,談起歐洲貨幣沒有遲疑或停頓,也沒真的講了什麼,但從頭到尾沉穩又流暢。主持人約翰‧漢佛萊斯[9]一直在旁邊大喊「是或不是?是或不是?」,跟萊斯利‧克勞瑟[10]一樣。所以⋯⋯哎,還不算最糟糕的吧,我想。

不知道歐洲貨幣跟單一貨幣是不是同一回事?從某些方面來說,我其實有點贊成,畢竟如果換成新的硬幣,應該看起來會很歐洲又很時髦,而且他們還可以順便淘汰那些笨重的棕色硬幣,還有那些五便士跟二十便士——它們太輕、太沒存在感了,握在手裡沒樂趣。嗯。但一鎊的應該留著,握著感覺很棒,像金幣一樣,而且當你以為身上沒錢了的時候,一看錢包裡還有 8 鎊,太美妙了。但如此一來,就要改裝所有的投幣機,然後⋯⋯啊啊啊啊!門鈴。也許是馬克來道別。

結果只是該死的蓋瑞。弄了半天才知道,他是來跟我說擴充空間「只要」7000 鎊。

「我要從哪裡生出 7000 鎊?」

---

[8] 戈登‧布朗(Gordon Brown, 1951-),2007 至 2010 年擔任英國首相及工黨領袖。
[9] 約翰‧漢佛萊斯(John Humphreys, 1943-),英國電視節目主持人。
[10] 萊斯利‧克勞瑟(Leslie Crowther, 1933-1996),英國電視節目主持人,著名節目包括《價格猜猜猜》(*The Price is Right*)。

「妳可以辦二順位房貸，」他說。「一個月只要多付 100 鎊。」

幸好就連他也看得出我上班要遲到了，設法把他請出去。7000 鎊，拜託哦。

7 p.m. 回到家。把自己的答錄機當成人類伴侶看待一定不正常吧：下班就趕回家看看它心情怎麼樣，是否叮噹作響地證明我是個值得被愛、被社會接受的成員，或是處於空虛疏離的狀態，例如現在。不只連續四十二天沒有馬克的留言，也沒有其他人的留言。也許我應該讀一下《心靈地圖》。

7:06 p.m. 沒錯，愛不是發生在你身上的事，而是你去做的事。所以，我少做了什麼？

7:08 p.m. 我是個自信、適應力強、從容且富有內涵的女性。我的自我認同並不來自世俗的成就，而是……源自……內心？聽起來不太對。

7:09 p.m. 總之，好在我已經不再執著於馬克・達西，我開始抽離了。

7:15 p.m. 好耶，電話！可能是馬克・達西！

「布莉琪，妳看起來好瘦！」是湯姆。「妳好嗎，我的寶貝？」

「爛透了，」我把尼古清口香糖從嘴裡拿出來，慢慢揉成一個雕塑。「還用說嗎！」

「哦，別這樣，布莉琪一琳！男人啊！一便士就有十個。妳新的

訪問事業怎麼樣了？」

「那個啊，我打給柯林‧佛斯的經紀人，還把所有剪報都翻出來，我真的以為他會願意，因為《浪漫足球熱》[11]快上片了，我以為他們會需要版面。」

「然後呢？」

「他們回電說他太忙。」

「哈！這個嘛，其實我打來就是為了這件事。傑若姆說他認識……」

「湯姆，」我冒險說了一句，「你這是不是嘴巴管不住想法的表現？」

「不，不是……我不會再回去找他，」他顯然在說謊。「但總之，傑若姆認識一個人，柯林‧佛斯拍上一部片時，跟他一起工作過，他問要不要幫妳說幾句好話？」

「要！」我興奮地說。

我意識到，這只是湯姆跟裝模作樣傑若姆保持聯絡的藉口，但反過來說，所有善意的行為都混合了利他主義和利己主義，而且說不定柯林‧佛斯會答應！

萬歲！這是最適合我的完美工作！我可以到世界各地訪問名人。

---

[11] 《浪漫足球熱》（*Fever Pitch*）是 1997 年上映的英國電影，改編自尼克‧宏比作品《足球熱》，由柯林‧佛斯主演。

有了額外的收入，就可以辦二順位房貸，然後蓋辦公室和屋頂露台，辭掉可恨的《早安英國》全職工作，以後在家工作。太好了！一切都步入正軌！我要來打給蓋瑞。先改變自己，才能改變其他事。我要把事情掌握在自己手中！

沒錯，我不要再躺在床上傷心。我要起床，做點有用的事。例如，嗯，抽根菸？哦老天。我不敢去想馬克打電話給蕾蓓嘉，像他從前打給我那樣，與她分享一天裡發生的點點滴滴。我不能、不能變得負面。也許馬克沒有跟蕾蓓嘉交往，他要回來找我，跟我在一起！看吧？萬歲！

3月12日星期三

58.1公斤，酒4單位（但我現在是記者了所以當然必須喝醉），菸5根，卡路里1845（非常好），隧道盡頭的光1道（非常微弱）。

4 p.m. 湯姆剛打到辦公室來。

「成了！」

「什麼？」

「柯林・佛斯的事！」

我坐直了身子，微微發抖。

「沒錯！傑若姆的朋友打了電話，柯林・佛斯人非常好，他說如

果專訪能刊登在《獨立報》,他就願意做。然後我要跟裝模作樣傑若姆出去吃晚飯!」

「湯姆,你是聖人、上帝、大天使。我現在要做什麼?」

「就打給柯林‧佛斯的經紀人,然後打給《獨立報》的亞當。哦,對了,我跟他們說,妳做過很多訪問。」

「可是我沒有。」

「哦,妳別該死的這麼一板一眼,布莉琪—琳,妳就說有就好了。」

3月18日星期二

58.5公斤(非常不公平的無犯行懲罰),卡路里1200(陳述完畢),房貸2筆(萬歲!),公寓將有的臥房數字2個(萬歲!)。

打電話去銀行,二順位房貸沒問題!我只要填幾張新的表格之類的,然後就可以拿到7000鎊,一個月房貸只要120鎊!不敢相信我以前怎麼沒想過要這麼做。透支問題其實原本可以解決的!

4月2日星期三

59公斤,卡路里998(卡路里／脂肪呈現奇怪的逆向關係,節制飲食似乎變得毫無意義),奇蹟:很多個,新發現的快樂:無限多。

5 p.m. 發生了奇怪的事。不僅談成了柯林‧佛斯的專訪,而且還是在羅馬!接著他們可能會說,專訪要在加勒比海小島的海上裸體進行,就像《盲目約會》那樣的做法。我可以理解上帝賜下一個恩惠來彌補一切,但這已經超越了所有正常的宗教合理性,暗示了生命正走上可怕的最後一程來到巔峰,接著就是快速衝下坡,來到英年早逝的結局。也許這是遲來的愚人節。

剛打給湯姆,他說不要老是覺得事有蹊蹺,他認為專訪要在羅馬做是因為柯林‧佛斯住在那裡(他說得對),叫我試著專心研究柯林‧佛斯的經歷,他除了演過達西先生,事實上還演過別的片,像是他的新片《浪漫足球熱》。

「對對對,」我說,然後跟湯姆說非常感謝他幫忙溝通這件事。「這完全就是我需要的!」我興奮地說。「專心在事業上,而不是執著在男人身上,我覺得好太多了!」

「呃,布莉琪,」湯姆說。「妳知道柯林‧佛斯有女朋友吧?」

哼。

4月11日星期五

58.1公斤,酒5單位(新聞業的訓練),菸22根,卡路里3844(看吧?看吧?我再也不要節食了)。

6 p.m. 發生了美好的事!剛跟公關小姐通過電話,柯林‧佛斯

週末會打電話到我家安排專訪事宜！不敢相信。當然了，我整個週末就不能出去，但這樣很好，就可以看《傲慢與偏見》錄影帶做功課，不過我也知道必須聊到其他作品。沒錯，這可能是我真正的事業轉捩點。諷刺的是，就像詭異的第六感命中注定那樣，達西先生讓我忘了我對馬克·達西的執著……電話！說不定是達西先生或馬克·達西，趕快播放有品味的爵士樂或古典樂唱片。

哼。是個從《獨立報》打來、講話頤指氣使的男人，他叫麥可。「聽著，我們沒跟妳合作過，我不想這件事被搞砸。妳搭我們幫妳訂的週一晚上的班機回來，週二早上坐下來寫，四點鐘前交稿，否則我們不會刊登。妳必須問他《浪漫足球熱》這部片的事，他在《浪漫足球熱》演的角色不是達西先生。」

其實他說得很對。哦，電話。

是茱德。她跟小雪要過來。我擔心達西先生打來的時候她們會逗我笑，但我也需要有人幫忙轉移注意力，要不然我會爆炸。

4月12日星期六

58.5公斤（但用醫院熱狗飲食法一定可以在明天之前減掉1.3公斤），酒3單位（非常好），菸2根（幾乎跟聖人一樣），熱狗12根，撥打1471以確定沒有忽然耳聾而沒聽到柯林·佛斯來電7次，沒有被披薩盒、服裝選項、菸灰缸等物品覆蓋的地板面積2平方英尺（沙發下），看《傲慢與偏見》柯林·佛斯跳進湖裡的片段15次（頂級研究員），柯林·佛斯來電次數0次（目前為止）。

10 a.m. 柯林‧佛斯還沒打來。

10:03 a.m. 還是沒打來。

10:07 a.m. 還是沒打來。不知道現在叫醒茱德和小雪會不會太早？也許他在等女友出門購物才要打給我。

5 p.m. 公寓看起來像被炸彈轟炸過，因為在跟監達西先生：客廳裡東西散落一地，像《末路狂花》裡面，警察接管了塞爾瑪的家，哈維‧凱托[12]等著她們打電話來，錄音機的聲音在背景嗡嗡作響。真的很感激茱德和小雪的支持及所有一切，只不過我因此而沒做功課，只做了體能訓練。

6 p.m. 達西先生還是沒打來。

6:05 p.m. 還是沒打來。該怎麼辦？我甚至不知道要在哪裡跟他見面。

6:15 p.m. 還是沒打來。也許女朋友拒絕出門購物。也許他們整個週末都在做愛，叫義大利冰淇淋外送，在我背後嘲笑我。

6:30 p.m. 茱德突然驚醒，她把指尖放在額頭上。

「我們必須外出。」她用一種像電視靈媒的奇怪聲音說。

「妳瘋了？」雪倫壓低聲音說。「外出？妳是腦袋壞掉了？」

---

[12] 哈維‧凱托（Harvey Keitel, 1939- ），美國電影演員，在《末路狂花》片中飾演警察。

「沒有，」茱德冷冷地說。「電話之所以沒響，是因為它接收到太多能量。」

「呿。」雪倫不屑地發出一個聲音。

「不說別的，這裡已經開始發臭。我們需要清理一下，讓能量流動起來，然後出去喝一杯血腥瑪麗。」她用誘惑的眼神看著我。

幾分鐘後，我們到了外面，在尚未天黑、春日般的空氣中眨著眼睛。我猛地往回衝向門口，但小雪抓住了我。

「我們要去喝一杯血、腥、瑪、麗。」她低聲警告，像警察押著犯人那樣把我帶走。

十四分鐘後，我們回到家，我飛快衝到房間另一頭，瞬間呆住了。答錄機上的燈在閃。

「妳看吧，」茱德用一種討人厭的得意口氣說。「妳看吧。」

小雪顫抖著向前伸出手，按下**播放鍵**，彷彿那是一顆未爆彈。

「哈囉？布莉琪，我是柯林·佛斯。」我們都驚得後退了一英尺。是達西先生，那優雅、低沉、懶洋洋的嗓音，就是他在 BBC 劇裡向伊莉莎白·班納求婚的聲音。布莉琪，我。達西先生叫了布莉琪。在我的答錄機裡。

「我聽說妳週一會來羅馬採訪我，」他繼續說道。「我打來是為了安排見面地點，有一個叫納沃納廣場的地方，搭計程車很容易找到。我四點半左右在噴泉旁邊等妳，祝妳一路順風。」

「1471，1471，」茱德急促地說，「1471，快打，快點。不，把錄音帶拿出來，把錄音帶拿出來！」

「回電給他！」雪倫像個納粹審訊官那樣尖叫。「回電給他，叫他在噴泉裡面跟妳見面。哦，我的天啊。」

電話又響了，我們僵住，嘴巴大張。然後湯姆的聲音大聲傳出來，「哈囉？可愛的小東西，我是達西先生，打來是想看有沒有人能幫我脫掉這件濕襯衫？」

小雪忽然脫離了恍惚狀態。「阻止他，快阻止他！」她尖叫撲向話筒。「閉嘴，湯姆，閉嘴，閉嘴，閉嘴。」

但已經太遲了。達西先生在我的答錄機裡說了「布莉琪」三個字，並邀請我在羅馬噴泉旁邊見面的錄音，就這樣永遠消失了。這世上沒有任何人能做些什麼來挽救，完全沒有，完全沒有。

6／義大利任務
Italian Job

4月21日星期一

56.7公斤（因興奮和害怕而消耗掉脂肪），酒0單位：極好（但現在才早上七點半），菸4根（非常好）。

7:30 a.m. 能夠這麼從容地啟程，真是一大進步！這證明了《心靈地圖》裡說的，人類有能力改變和成長。湯姆昨晚過來陪我一起順過訪綱，所以我已經準備得很充分，不過老實說，我當時有點醉醺醺的。

9:15 a.m. 其實時間很充裕。大家都知道，商務人士在歐洲各大機場間穿梭時，只需要攜帶一個裝有尼龍襯衫的公事包，並在起飛前四十分鐘抵達機場就好。班機是11：45。我必須在11：00抵達蓋威克機場，所以要搭10：30從維多利亞車站出發的火車，在十點搭上地鐵。一切完美。

9:30 a.m. 要是我實在忍不住，突然在衝動之下親了他怎麼辦？而且我的長褲太緊了，小腹會很明顯，還是換別的衣服好了。另外，也可能需要帶盥洗用具包，在專訪前整理儀容。

9:40 a.m. 不敢相信，我竟然浪費時間在收拾盥洗包，最重要的應該是抵達時儀容端正才對。頭髮完全失控，恐怕需要再打濕、重新整理一下。我的護照呢？

9:45 a.m. 護照準備好，頭髮也整理好了，該出發了。

9:49 a.m. 唯一的問題：拿不動包包。最好把盥洗包裡的東西縮

減到只剩牙刷、牙膏、漱口水、洗面乳和保濕霜。哦,還要從微波爐裡拿出 3500 鎊留給蓋瑞,他才能去購買新辦公室和屋頂露台要用的材料和物品!萬歲!

9:50 a.m. 好的,計程車叫好了,兩分鐘內抵達。

10 a.m. 計程車呢?

10:05 a.m. 他媽的計程車在哪裡?

10:06 a.m. 剛打電話去計程車公司,他們說銀色 Cavalier 已停在外面。

10:07 a.m. 外面沒看到銀色 Cavalier,整條街上都沒有。

10:08 a.m. 計程車公司的人說,銀色 Cavalier 正轉進我這條街。

10:10 a.m. 計程車還沒到。幹他媽的計程車……啊,到了。哦幹,鑰匙呢?

10:15 a.m. 坐進計程車了。我確定以前曾經在十五分鐘內完成這趟旅程。

10:18 a.m. 啊,計程車突然開進馬里波恩路,無緣無故選擇了倫敦的風景路線,而不是直達維多利亞的路線。我在抗拒攻擊、殺害和吃掉計程車司機的衝動。

10:20 a.m. 現在重新回到正確的路線,也就是說,不再往紐卡索爾開了,但是交通依然擁擠。現在在倫敦,任何時刻都是尖峰

時段。

10:27 a.m. 不知道能否在一分鐘內,從大理石拱門[1]走到達蓋特威克快線?

10:35 a.m. 維多利亞車站。好。冷靜,冷靜。火車已經開走了,我沒趕上。但如果能搭 10:45 那班,還有三十分鐘的時間可以準備登機,反正飛機也可能會延誤。

10:40 a.m. 不知道到了機場有沒有時間買新褲子?其實我不該這麼神經質。獨自旅行最棒的地方,在於可以真正塑造一個嶄新的自我,變得優雅又富有禪意,反正沒有人認識你。

10:50 a.m. 真希望我不要一直想著護照會從包包裡逃出來跑回家裡。

11:10 a.m. 火車莫名其妙停下來。突然覺得,比起沒趕上飛機,所有額外做的事(例如多塗一層腳趾甲油)好像都不重要。

11:45 a.m. 不敢相信,飛機沒等我就起飛了。

中午。感謝上帝、達西先生,還有天堂裡所有的天使!原來我可以搭一小時四十分鐘後的另一班飛機。剛剛打電話給公關,她說沒問題,她會請他延後兩小時見面。太好了,可以在機場購物。

1 p.m. 很喜歡那件玫瑰圖案的飄逸雪紡春裝,但我認為設計不

---

[1] 大理石拱門(Marble Arch)是一處倫敦市中心歷史建築,矗立在牛津街西端、海德公園東北角。

該讓人屁股塞不進去。我愛這個可愛的機場購物區。理查‧羅傑斯爵士[2]、特倫斯‧康蘭[3]等人總在抱怨機場變成大型購物商場，但我認為這是一件好事。也許該把這點寫進下次的重要人物專訪，受訪對象就是理查‧羅傑斯爵士（如果不是比爾‧柯林頓的話）。試穿一下比基尼好了。

1:30 p.m. 好，先寄個信，然後在美體小鋪買一些必需品就去通關。

1:31 p.m. 聽到廣播：「搭乘班機 BA 175 前往羅馬，尚未登機的最後一名旅客瓊斯小姐，請即刻前往 12 號登機口，飛機即將起飛。」

4 月 22 日星期二

58.1 公斤，酒 2 單位，菸 22 根，《獨立報》頤指氣使麥克打來「看看進度如何」大約 30 次，重聽訪談錄音 17 次，寫出來的訪談文字 0。

9 a.m. 結束天堂安排的旅行後，回到倫敦公寓。好，我要開始寫採訪稿。專注於工作和事業，真是讓自己擺脫失戀的極佳方法，這次的專訪太棒了。計程車放我在羅馬廣場下車，我簡直要

---

[2] 理查‧羅傑斯爵士（Sir Richard Rogers, 1933-2021），英國建築師，曾獲普立茲克建築獎。
[3] 特倫斯‧康蘭（Terence Conran, 1931-2020），英國知名設計師，以其簡潔實用的設計風格聞名。

暈過去了:真是太驚人了——金色陽光灑在巨大的廣場上,到處都是高聳的古代遺跡,而在這一切的中心是……哦,電話。

是《獨立報》的麥克。

「妳訪到他了?」

「是的。」我傲慢地說。

「那妳帶的是錄音機,而不是索尼隨身聽吧?」

真是的。不知道湯姆到底跟他說了什麼,但他的語氣讓人感覺他並不怎麼尊重我。

「嗯,妳四點前要交稿,開始寫吧。」

啦啦啦,還有好久。我先重溫一下那一天,嗯。他看起來就像達西先生:眼神深邃又身材修長。他甚至帶我參觀了一座裡頭有個洞的教堂,有亞德里安的墳墓什麼的,還有一尊摩西雕像。而且他技巧高超地保護我不被汽車撞到,還一直說著義大利語。嗯嗯。

中午。早上不太順利,但顯然需要一些時間來消化發生的事情,並與同事討論感想,所以還算是很有生產力吧。

2 p.m. 電話又來了。你看,這就是作為一個知名人物專訪作家的生活:電話不斷響起。

又是那個討厭的頤指氣使麥可:「進度怎麼樣?」

真有膽,根本還沒到下午四點的截稿時間,而且顯然那意思就是指下班時間。其實我對訪問的錄音效果非常滿意。在開始詢問湯姆提供的棘手問題之前,先用簡單的問題開場,真是一個很好的決定。儘管我是在前天晚上稍微醉了的情況下,寫下這些問題,但我想他對我的提問方式留下了深刻印象。

2:30 p.m. 先喝杯咖啡,抽根菸。

3 p.m. 最好再聽一次錄音帶。

我知道了!打個電話給小雪,讓她聽聽最後這一段。

啊,啊。已經三點半了,還沒開始寫。總之,無須驚慌。他們午休後過很久才會進辦公室,而且回來時會喝得爛醉如泥,像……記者那樣。等他們看到我的獨家報導就知道了。

要怎麼開始?顯然,採訪內容必須包括我對達西先生的印象,並巧妙融入新片《浪漫足球熱》、劇場、電影等內容。他們可能未來每週會開給我一個固定的採訪專欄:布莉琪·瓊斯的人物專訪。瓊斯遇上達西,瓊斯遇上布萊爾,瓊斯遇上馬可仕(不過他已經死了)。

4 p.m. 如果那個該死的麥克一直打電話來,跟我說能寫什麼、不能寫什麼,我要怎麼專心創作?啊啊啊。如果又是他打來的……他們那間公司一點也不尊重記者,一點也不。

5:15 p.m. 哈哈。「我、正、在、寫、了。」我說。他總算閉嘴了。

6 p.m. 反正沒問題。所有頂尖的記者都會面臨截稿危機。

7 p.m. 哦幹,哦幹,哦幹,哦幹。

4月23日星期三

58.5公斤(似乎陷入某種肥胖循環),來自親友和同事對於柯林‧佛斯專訪的祝賀電話0通,來自《獨立報》員工的祝賀電話0通,來自柯林‧佛斯本人對於柯林‧佛斯專訪的祝賀電話0通(很奇怪吧?)。

8 a.m. 文章今早見報。寫得有些倉促,但可能還不錯,說不定還相當好。真希望報紙快點送到。

8:10 a.m. 報紙還沒來。

8:20 a.m. 萬歲!報紙來了。

剛讀了訪談。《獨立報》完全忽略我所寫的內容。我明白交稿有點晚了,可是這讓人無法接受。以下是刊出的內容:

> 由於無法克服的技術困難,本報必須直接將布莉琪‧瓊斯(BJ)訪問柯林‧佛斯(CF)的採訪錄音轉錄為文字。
>
> BJ:好的。我現在要開始採訪了。
>
> CF:(略顯激動的聲音)好,好。

（很長的停頓）

BJ：你最喜歡的顏色是什麼？

CF：抱歉，妳說什麼？

BJ：你最喜歡的顏色是什麼？

CF：藍色。

（很長的停頓）

BJ：你最喜歡的甜點是什麼？

CF：呃。焦糖布丁。

BJ：你知道由尼克‧宏比小說改編、即將上映的電影《浪漫足球熱》嗎？

CF：是的，我知道。

BJ：（停頓，紙張翻動聲）你⋯⋯哦。（更多翻動紙張的聲音）你認為《浪漫足球熱》的原著是否催生了一種自白風格的性別？

CF：抱歉，妳說什麼？

BJ：是否，催生了，自白風格的性別。

CF：催生了自白風格的性別？

BJ：是的。

CF：這個嘛,毫無疑問,尼克‧宏比的風格被大量模仿,而且我認為這是一個非常吸引人的呃……性別[4],無論是否真的呃……由他催生。

BJ：你知道英國廣播公司版的《傲慢與偏見》嗎?

CF：是的,我知道。

BJ：你跳入湖裡那一段?

CF：是的。

BJ：當時在拍額外的鏡次時,你是不是必須把濕掉的襯衫脫掉,然後換上乾的?

CF：是的,應該有,對。Scusi. Ha vinto. É troppo forte. Si, grazie.[5]

BJ：(呼吸不穩定)跳進湖裡的鏡次一共拍了幾個?

CF：(咳嗽)嗯,水下的鏡頭是在伊靈攝影棚的水槽裡拍攝的。

BJ：哦不。

CF：恐怕是的。嗯,那個瞬間的騰空鏡頭——極短暫——是特技演員的演出。

---

[4] 布莉琪可能把 genre（類型）看成了 gender（性別）。
[5] 這段話是義大利語。意思是:不好意思。妳贏了。太厲害了。是的,謝謝。

BJ：可是看起來像達西先生。

CF：因為他貼了鬢角，在潛水服外頭穿著達西先生的服裝，其實他看起來像貓王最後的模樣。由於保險的緣故，他只能跳一次，之後大約六週的時間裡，還要接受擦傷檢查。至於其他所有穿濕襯衫的鏡頭，是我本人沒錯。

BJ：襯衫需要一直重新打濕嗎？

CF：是的，用噴濕的方式。噴濕之後再……

BJ：用什麼噴濕？

CF：抱歉？

BJ：用什麼噴濕？

CF：一個噴水裝置。聽著，我們能不能……？

BJ：對，但我的意思是說，你是否需要把襯衫脫掉，然後換上一件新的？

CF：是的。

BJ：然後再噴濕？

CF：是的。

BJ：（停頓）你知道即將上映的電影《浪漫足球熱》嗎？

CF：知道。

BJ：你認為《浪漫足球熱》裡保羅的角色，跟其他角色有哪些最大的不同和相似之處？

CF：其他哪個角色？

BJ：（害羞）達西先生。

CF：沒人問過我這個問題。

BJ：沒有嗎？

CF：沒有。我認為最大的差別是……

BJ：你是說，這是一個顯而易見的問題嗎？

CF：不是，我是說沒人問過我這個問題。

BJ：人們沒有經常問你這個問題嗎？

CF：沒有，我可以向妳保證。

BJ：所以這是一個……

CF：這是一個全新的問題，對。

BJ：太好了。

CF：可以繼續了嗎？

BJ：是的。

CF：達西先生不是兵工廠足球俱樂部的支持者。

BJ：他不是。

CF：他不是教師。

BJ：不是。

CF：他生活在將近兩百年前。

BJ：對。

CF：《浪漫足球熱》裡的保羅熱愛跟足球迷聚在一起。

BJ：是的。

CF：而達西先生甚至無法忍受鄉村舞會。好了。現在可以談一些和達西先生無關的事情了嗎？

BJ：好的。

（停頓，翻動紙張聲）

BJ：你跟女朋友還在一起嗎？

CF：是的。

BJ：哦。

（漫長的停頓）

CF：妳還好嗎？

BJ：（聲音小到幾乎聽不見）你覺得低成本英國電影是適合

發展的方向嗎?

CF:我聽不到。

BJ:(沮喪)你認為低成本英國電影是適合發展的方向嗎?

CF:發展方向……(鼓勵的語氣)……往哪裡發展?

BJ:(沉思良久)未來。

CF:是的,我覺得這類電影確實一步步推動了英國電影的發展,我很喜歡低成本電影,不過我也喜歡大製作,如果我們能多拍點這類電影就好了。

BJ:但你不覺得她是義大利人會有問題嗎?

CF:不會。

(漫長的沉默)

BJ:(生悶氣)你認為達西先生有政治傾向嗎?

CF:我確實揣測過他的政治立場,如果他有的話。而我不認為他的政治理念能得到《獨立報》讀者的認同。那種接近前維多利亞時代或維多利亞時代的富有慈善家,可能非常契合柴契爾主義。我的意思是說,社會主義的想法在當時顯然還沒有……

BJ:沒有。

CF:……進入他的生活環境。故事裡藉由說明他對租戶的友

好，展現出他是個善良的人。但我認為他更接近於某種尼采式的人物……

BJ：尼查是什麼？

CF：妳知道的，就是人類作為超人的概念。

BJ：超人？

CF：不是那個超人，不是。（微微的咕嚷聲）我不認為他會把內褲穿在長褲外面。聽著，我真的想換個話題。

BJ：你的下一部片是什麼？

CF：叫做《苔蘚的世界》。

BJ：自然生態節目？

CF：不是，不，不，不是。這是關於一個，呃，生活在30年代的古怪家庭，家裡的父親擁有一間苔蘚工廠。

BJ：苔蘚不是自然生長的嗎？

CF：這個嘛，不是，他製作了一種東西叫泥炭苔，第一次世界大戰時期曾經用作傷口的敷藥，這是一部相當輕鬆、幽默的……

BJ：（非常沒說服力）聽起來不錯。

CF：我非常希望是如此。

BJ：我可以確認一下有關襯衫的事情嗎？

CF：好的。

BJ：你脫掉又穿上的次數確切是幾次？

CF：確切地說……我不知道。嗯，我想想看……有一段是我往彭伯利莊園走去，那個拍了一次，一鏡到底。然後有一段是我把我的馬交給某個人……我想那裡有換過一次襯衫。

BJ：（開朗）有換過一次？

CF：（嚴格）是的，換了一次。

BJ：所以主要只有一件濕掉的襯衫而已嗎？

CF：是的，一件濕透的襯衫，持續被噴濕。可以了嗎？

BJ：好的。你最喜歡的顏色是什麼？

CF：這已經聊過了。

BJ：嗯。（翻動紙張聲音）你認為電影《浪漫足球熱》其實是關於情感白痴嗎？

CF：情感什麼？

BJ：白痴。你知道的，男人都是酗酒、害怕承諾的瘋子，整天只關心足球。

CF：不，我不這樣認為。我覺得在某些方面，保羅比他的女友更能與自己的情緒自處，也更能自由表達。其實我認為，從根本上來看，這正是尼克‧宏比藉由這個角色想傳達的東西，而且那非常吸引人：在一個平凡的日常世界，他找到了讓人能夠與情感體驗建立連結的東西……

BJ：打擾一下。

CF：（嘆氣）是的？

BJ：你不覺得和女友之間的語言障礙是個問題嗎？

CF：嗯，她的英語說得非常好。

BJ：但你不覺得和一個年齡相近的英國人在一起會更合適嗎？

CF：我們的相處似乎都很順利。

BJ：哼，（怨恨）那是目前為止。你是否曾經偏好演舞台劇？

CF：嗯。我不同意所謂劇場才是真正的表演，而電影不算真正的表演這種觀點。不過我發現我在演舞台劇時，我確實比較喜歡劇場，沒錯。

BJ：但難道你不覺得劇場有點尷尬又不真實，要坐好幾個小時看完表演才能吃東西，途中都不能講話或……

CF：不真實？尷尬又不真實？

BJ：對。

CF：不真實指的是⋯⋯？

BJ：就是看得出來不是真的。

CF：是那種不真實，好的，了解。（輕微呻吟聲）嗯。我認為如果製作得好，就不會不真實。拍電影更⋯⋯感覺更為人工。

BJ：是嗎？我猜電影也不是一路把故事說完，對吧？

CF：呃，對，不會，沒有。電影不是一路把故事說完，而是由一些零碎片段拍攝而成。（更大聲的呻吟聲）零碎片段。

BJ：我明白了。你認為達西先生會在婚前與伊莉莎白・班納發生關係嗎？

CF：是的，我確實認為他可能會。

BJ：你這麼認為？

CF：是的，我認為完全有可能，是的。

BJ：（屏住呼吸）真的嗎？

CF：我認為有可能，是的。

BJ：這怎麼可能呢？

CF：我不確定珍・奧斯汀是否會同意我的看法，但——

BJ：我們沒辦法知道，因為她已經死了。

CF：是的，沒辦法知道⋯⋯但我認為安德魯・戴維斯[6]筆下的達西先生會這樣做。

BJ：但你為什麼這麼認為呢？為什麼？為什麼？

CF：因為我認為對安德魯・戴維斯來說，達西先生必須擁有強大的性魅力。

BJ：（倒抽一口氣）

CF：而且，嗯⋯⋯

BJ：我覺得你的演技把這點表現得非常非常出色，我真的認為是這樣。

CF：謝謝妳。有一次，安德魯甚至在演出指示裡寫道：「想像達西在勃起。」

（非常巨大的撞擊聲）

BJ：是哪一段？

CF：在劇情前面的階段，伊莉莎白走過鄉間、在莊園裡跟他偶遇的時候。

BJ：她全身都是泥巴那段嗎？

---

[6] 安德魯・戴維斯（Andrew Davies, 1936- ），《傲慢與偏見》BBC 電視劇的編劇。

CF：而且衣著凌亂。

BJ：然後滿身是汗？

CF：就是那裡。

BJ：那一段很難演嗎？

CF：妳是指勃起？

BJ：（敬畏地輕聲說）是的。

CF：嗯，安德魯也有寫，他的意思不是專注在那上面，因此至少那部分不需要演出來。

BJ：嗯。

（漫長的停頓）

CF：是的。

（繼續停頓）

BJ：嗯嗯。

CF：採訪到這裡結束了嗎？

BJ：還沒。當你開始演達西先生，你跟朋友相處是什麼情況？

CF：他們開了很多玩笑，像是一起吃早餐時，會低聲大喊「達西先生」等。還有一段時間，他們得努力瞞著別人我真

正的樣子……

BJ：向誰瞞著？

CF：這個嘛，任何一個以為我就像達西先生的人。

BJ：但你覺得你不像達西先生嗎？

CF：不像，我認為我不像達西先生。

BJ：我覺得你跟達西先生一模一樣。

CF：怎麼說？

BJ：你說話的方式跟他一樣。

CF：哦，是嗎？

BJ：你看起來跟他一模一樣，而我，哦，哦……

（一連串的撞擊聲，接著是一陣混亂的掙扎聲）

7／情緒波動的單身人士
Mood-Swinging Singletons

4月25日星期五

57.2公斤（好耶！好耶！），酒4單位，菸4根，酒加上《心靈地圖》之後得到的精神領悟4個，沒有大洞的公寓0間，銀行存款0，男友0個，今晚一起出去的人0個，受邀請參加的開票派對0個。

5:30 p.m. 辦公室。這兩天在辦公室很難熬，理查‧芬奇一直大聲讀出採訪的部分內容，然後像德古拉一樣低聲咕嚕咕嚕笑，但至少讓我暫時忘了煩惱。還有，茱德說採訪很不錯，真實傳達了當下的氛圍。萬歲！還沒有收到《獨立報》亞當或麥克的回應，但我相信他們很快會打電話來，也許會請我再寫一篇專訪，這樣我就可以在家辦公，坐在放滿香草植物陶盆的屋頂露台，當個自由撰稿人！而且距離選舉只剩一週，一切將會改變！我會戒菸，馬克回來會看到一個全新而專業的我，還擁有一間大型室內／室外生活空間的公寓。

5:45 p.m. 哼。剛剛打電話查留言，只有一則，是湯姆。他跟亞當談過，《獨立報》的每個人都很不高興。留了緊急訊息給他，請他回電解釋清楚。

5:50 p.m. 哎呀，現在開始擔心二順位房貸的事了。我不會有多餘的錢，而且萬一丟了工作怎麼辦？也許最好告訴蓋瑞，我不想要擴充空間了，拿回3500鎊。好在蓋瑞昨天本來要動工，但他只過來放下所有工具就走了。當時覺得有點討厭，但現在看來，

這或許是上天的旨意。好！回到家後就要打電話給他，然後去健身房。

6:30 p.m. 到家。啊！啊！啊！公寓牆上有一個該死的大洞！像斷崖那樣對著室外曝露，對面所有房子都可以直接看進來。週末才剛要開始，我卻得面對牆上這個大洞，到處都是散落的磚塊，什麼事都不能做！什麼都不能做！什麼都不能做！

6:45 p.m. 喔，電話——也許是有人邀請我參加開票派對！或是馬克！

「哦，哈囉？親愛的，妳猜怎樣？」是我媽。顯然我得抽根菸。

「哦，哈囉？親愛的，妳猜怎樣？」她又說了一遍。有時候，我真的很好奇她這種鸚鵡般的行為可以持續多久。電話通了但沒聽到聲音，說「哈囉？哈囉？」是一回事，但「哦，哈囉？親愛的，妳猜怎樣？哦，哈囉？親愛的，妳猜怎樣？」這肯定不正常。

「怎樣？」我悶悶不樂地說。

「別用那種語氣跟我說話。」

「怎樣？」我用貼心女兒的感恩口氣再說了一次。

「不要說『怎樣？』，布莉琪，要說『請再說一遍？』」

我拿起我那溫暖又可靠的朋友絲卡抽了一口。

「布莉琪，妳在抽菸嗎？」

「沒有,沒有。」我慌忙地說,把菸熄掉並藏起菸灰缸。

「總之,妳猜怎樣?尤娜和我要在岩石花園後面,幫威靈頓辦一個基庫尤開票派對!」

我用鼻子深吸了一口氣,想著內在安定。

「妳不覺得很棒嗎?威靈頓會像個真正的戰士那樣跳過篝火!想像一下!從上面跳過去!我們規定要穿部落風格的服裝,然後大家都要喝紅酒,假裝是牛血!牛血!這就是為什麼威靈頓的大腿會那麼強壯。」

「嗯,威靈頓知道這件事嗎?」

「還不知道,親愛的,但他肯定會想慶祝選舉結果。威靈頓很熱衷於自由市場,而且我們可不希望那個紅色楔子[1]又回來威脅我們。我是說,不然又會選出那個叫什麼名字的,然後礦工又出來抗爭。妳可能不會記得妳還在念書時,停電的事情有多嚴重,但那時尤娜要在女士午宴上發表演說,結果她的捲髮器根本插不了電!」

7:15 p.m. 終於讓老媽掛上電話,接著電話因為回撥功能而立刻響起[2],是小雪。我跟她說我覺得非常受不了,她貼心安慰我說:「好了,布莉琪。我們不能用有沒有伴侶來定義自己!我們應該

---

[1] 紅色楔子(Red Wedge):1980 年代時期英國音樂人發起的運動,目的是教育年輕人有關工黨的政策。

[2] 回撥(Ring Back)是電信公司提供的服務,若撥出的號碼通話中,它會自動重撥,一直到該號碼接通為止。

慶祝自由的美好！選舉就要到了，整個國家的氛圍將會改變！」

「萬歲！」我說。「單身人士！東尼・布萊爾！萬歲！」

「沒錯！」小雪充滿熱情地說。「其實很多有感情關係的人週末都過得很糟糕，要被迫為不懂感恩的小孩做牛做馬，還受到伴侶虐待。」

「妳說得對！妳說得對！」我說。「我們可以隨時出門玩個開心，所以晚上要出去嗎？」

哼。雪倫要跟賽門去一個晚餐派對，跟沾沾自喜已婚人士一樣。

7:40 p.m. 茱德剛打來，語氣充滿了強烈的性自信。「我跟史特西又開始了！」她說。「我昨晚跟他見面，他在聊他的家人！」

她有所期待地停頓了一下。

「聊他的家人！」她又說了一遍。「意思是，他對我是認真的。我們接吻了，我今晚要跟他見面，這是我們的第四次約會，所以……噠啦啦。小琪？妳還在嗎？」

「還在。」我小聲說。

「怎麼了？」

我咕噥了幾句，提起牆上的大洞和馬克。

「聽我說，小琪。妳一定要為那件事畫上句點，然後向前看，」她說，似乎沒注意到她上次的建議完全沒用，可能會讓這次的建

議顯得沒什麼說服力。

「妳必須開始學會愛自己。好了，小琪！這樣很棒的。我們想跟誰上床就可以跟誰上床。」

「單身人士萬歲！」我說。那我為什麼還憂鬱？

我要再打電話給湯姆。

8 p.m. 他不在。所有人都出門享受生活，只有我例外。

9 p.m. 剛讀了一點《創造生命的奇蹟：影響五千萬人的自我療癒經典》，現在清楚看見我哪裡犯了錯。正如偉大的重生大師桑德拉‧雷伊[3]說的（還是其實不是她？），總之就是：「愛從來不在我們之外，愛就在我們內心之中。」

沒錯！

「是什麼讓愛無法靠近我們？……不合理的標準？電影明星般的幻想？自卑感？還是相信自己根本不值得被愛？」

呵，這才不是什麼「相信」，這是事實。我要來開一瓶夏多內白酒，然後看《六人行》。

11 p.m. 噢我的天。《心靈地圖》真是該死的讚，講到情感投注什麼的。「愛的整體劃分……包含自愛……以及對他人的愛。」真是該死的讚。哦，跌倒了。

---

[3] 桑德拉‧雷伊（Sondra Ray, 1941-），具護理背景的美國作家，提倡呼吸法來療癒心靈，帶來重生。

4月26日星期六

59公斤,酒7單位(萬歲!),菸27根(萬歲!),卡路里4248(萬歲!),去健身房次數0次(萬歲!)。

7 a.m. 啊!是誰設了該死的鬧鐘?

7:05 a.m. 今天我要對自己的人生負責,並開始愛自己。我是可愛的,我很棒。哦天啊,絲卡呢?

7:10 a.m. 好。我要起床去健身房。

7:15 a.m. 其實,在完全清醒之前,運動可能相當危險,會傷到關節。晚上《盲目約會》播出前再去就好。星期六白天去健身房也太傻,因為有很多事要做,例如購物。絕對不要介意茱德和小雪現在可能都在床上瘋狂做愛做個不停。

7:30 a.m. 做愛。

7:45 a.m. 顯然這時間對任何人來說都太早了,不適合打電話。就因為我醒著,不代表其他人也醒著,必須學會對他人有更多的同理心。

8 a.m. 茱德剛打來,但哭得抽抽噎噎,根本聽不懂她在說什麼。

「茱德,怎麼了?」我震驚地說。

「我要崩潰了,」她啜泣著說。「到處是一片黑暗。我看不到任

何希望,我沒辦法⋯⋯」

「沒事。一切都會好好的,」我說,瘋狂盯著窗外,看是否有精神科醫師路過。「妳感覺很嚴重嗎?還是只是經前症候群?」

「非常、非常嚴重,」她用一種像殭屍般的聲音說。「這件事在我心裡累積了大約十一年。」她又開始哭。「我整個週末都要一個人度過了,一個人,我不想再繼續活下去了。」

「好,很好。」我說著安慰的話,心裡卻開始思考是不是該打電話報警,還是打給心理健康救助專線。

結果發現史特西昨晚吃完晚餐後,不知怎地就把她丟下,也沒提到會不會再約見面,所以現在她覺得自己搞砸了星期四的吻。

「我好沮喪,整個週末擺在眼前,自己一個人過,搞不好我死在家也⋯⋯」

「妳今晚想過來嗎?」

「噢,好啊!要去192嗎?我可以穿我新買的Voyage針織衫。」

接著湯姆打電話來。

「你昨晚怎麼沒回電給我?」我說。

「什麼?」他的語氣聽起來奇怪又低落。

「你沒回電給我。」

「喔，」他疲憊地說。「我覺得跟任何人說話都對他們不好。」

「為什麼？」我困惑地問。

「哦。因為我失去了我原本的性格，變成一個躁鬱症患者。」

結果，湯姆整個星期都一個人在家工作，心思全放在傑若姆身上。最後在我的幫助下，湯姆總算意識到，他幻想的瘋狂狀態其實很好笑，畢竟，要不是他跟我說他「精神失常」，我根本不會感覺到任何區別。

我提醒湯姆那次雪倫三天沒踏出家門的事。她以為自己的臉因為日曬而嚴重損傷，就像化了電影特效老妝，所以不想見任何人，也不想暴露在紫外線下，直到自己慢慢接受這個「事實」。但後來她出現在紅色咖啡館，看起來卻根本跟上週一模一樣。終於，成功讓湯姆放下這個話題，轉而談到我作為大牌名人採訪記者的職涯，不幸的是，這段職涯似乎已經告一段落，至少目前看來是如此。

「別擔心，寶貝，」湯姆說。「他們十分鐘內就會完全忘記這件事，妳看著好了。妳還可以東山再起。」

2:45 p.m. 感覺好多了，我意識到解決之道不是執著在自己的問題上面，而是幫助別人。剛剛花了一個小時又十五分鐘，在電話上安慰顯然沒有跟小雪一起在床上的賽門。原來他今晚本來要跟一個叫喬琪的女孩見面，他們這段期間不時會在週六晚上祕密地上床，但現在喬琪說，她覺得週六晚上這件事不是個好主意，因

為這樣他們就太像是「一對」了。

「我是被諸神詛咒的愛情賤民，注定要孤獨度日，」賽門激動地說。「永遠孤獨，永遠。一整個星期日要孤獨度過。」

我告訴他單身很好，因為我們是自由的！自由！（但我希望小雪不會發現賽門有多自由。）

3 p.m. 我太棒了：整天像個諮商師一樣。我跟茱德和湯姆說，他們無論白天或晚上，隨時都可以打給我，不要自己一個人難過。所以你看，我非常睿智和穩重，幾乎就像《真善美》裡面的修道院院長。事實上，我可以輕易想像我在192正中央的牆邊唱〈攀過每一座山〉，茱德在前面跪著，滿懷感激地聆聽。

4 p.m. 電話剛響。小雪在電話中快哭出來，但試著裝作沒事。結果是賽門剛打給她，跟她說喬琪的事（氣死，顯然我剛才那套修道院院長的開導，對於賽門這個情感貪婪鬼——現在我才發現——完全沒起作用）。

「但我以為你們只是『好朋友』？」我說。

「我也以為是，」她說。「但我現在意識到，我只是在暗中幻想我們擁有更高層次的愛。單身真的太糟糕了，」她突然迸出這句話。「一天結束時，沒有人摟著你，也沒有人幫你修理熱水器。一整個週末就擺在眼前！獨自一人！完全孤獨！」

4:30 p.m. 萬歲！大家都要過來，小雪、茱德和湯姆（不過沒有賽門，因為他給人曖昧不清的訊息而被唾棄），我們打算叫印度

菜外賣，然後一起看《急診室的春天》。我愛單身生活，因為可以和不同的人一起玩樂，人生充滿自由和可能性。

6 p.m. 發生了可怕的事。瑪格姐剛打電話來。

「放回小馬桶裡。放回去！聽著，我不知道該不該告訴妳這件事，小琪⋯⋯**放回去！把便便放回去！**」

「瑪格姐⋯⋯」我冒著險說。

「抱歉，親愛的。聽著，我打來只是要告訴妳，蕾蓓嘉⋯⋯看，那是不是很噁心？**噁心！噁心！說噁心。**」

「**什麼？**」

「馬克下星期回來。她邀請我們參加為他舉辦的選後接風晚宴，然後⋯⋯**不行！好，好，放在我手上。**」

我頭暈目眩地癱坐在廚房的桌子旁，摸索著找香菸。

「好。那你放在爸爸手上。重點是，小琪，妳希望我們答應，還是妳有其他想法？好吧，你去小馬桶上。在小馬桶裡！」

「噢，天啊。」我說。「噢，天啊。」

6:30 p.m. 我要出去買菸。

7 p.m. 整個倫敦滿滿都是春天時節手牽著手的情侶，享受著性愛，計畫著美好的迷你假期。我這輩子都要一個人了。一個人！

8 p.m. 一切都變得很美好。茱德和湯姆先帶著酒和雜誌過來，他們取笑我不知道帕什米納羊絨披肩（pashmina）是什麼。茱德下了結論，認為史特西的屁股很大，還一直把手放在她的屁股上說「開心」，她以前沒講過這件事，這肯定表示他沒戲唱了。

此外，大家都同意，瑪格妲當間諜去參加可恨蕾蓓嘉的晚宴是好事，如果馬克真的跟蕾蓓嘉交往，那他肯定是同志，這也是好事（尤其對湯姆而言，他心情好多了。）還有，茱德要辦開票派對，但不會邀請蕾蓓嘉。哈！

啊哈哈哈哈哈哈哈哈哈哈哈哈哈—哈哈哈哈哈哈哈哈！

接著，小雪哭著出現，某種程度上算是好事，因為她通常表現得一副什麼都不在意的模樣。

「該死該死的，」她終於說出口。「這一整年都過得情緒崩潰，我好困惑。」

大家匆忙展開急救行動，拿出《Vogue》雜誌、氣泡酒和香菸等急救品，湯姆則宣稱柏拉圖式的友誼不存在。

「這東西該死的一定存在，」茱德口齒不清地說。「只是你太沉迷於性了。」

「不，不，」湯姆說。「這只是一種世紀末世代面對感情災難的方式。男女之間的友誼全都奠基於性的能動性。人們犯下的錯誤就是忽略這一點，才會在朋友不跟自己上床時覺得生氣。」

「我沒有覺得生氣。」小雪咕噥說。

「如果是對彼此都不感興趣的朋友呢?」茱德說。

「沒有這種事。性驅動著一切。『朋友』這個詞根本是錯誤的定義。」

「羊絨披肩,」我口齒不清地說,啜飲著白酒。

「就是這個!」湯姆興奮地說。「世紀末世代的羊絨披肩主義。小雪是賽門的『羊絨披肩』,因為她很想跟他上床,所以他就貶低她,賽門成了小雪的『主人羊絨』(pashmaster)。」

聽到這裡,雪倫開始大哭起來,我們花了二十分鐘才用第二瓶夏多內和一包香菸安撫好她,接著擬好進一步的定義詞彙列表,如下:

絞肉機羊絨(Pashmincer):一個你非常喜歡但實際上是同志的朋友。(「就我,就我啊!」湯姆說。)

已婚羊絨(Pashmarried):一個跟你交往過、現在已婚有小孩的朋友,樂意有你在身邊作為往日生活的回憶,但讓你感覺自己像個生不出小孩還想像牧師暗戀自己的人。

飢渴前任羊絨(Ex-pashspurt):一個想跟你復合的前任,裝作只想當朋友,卻不斷向你示好,沒回應還會因此生氣。

「那『傷人羊絨』(pash-hurts)呢?」小雪繃著臉說。「把你私人的情感災難當成社會學研究,無視你感受的朋友。」

7/情緒波動的單身人士 | 213

這時，我決定還是出去買包菸。我站在角落那家骯髒的酒吧裡，等著換零錢去販賣機投幣買菸時，差點沒被嚇掉一層皮。酒吧對面有個男人，看起來跟傑佛瑞·厄康伯利一模一樣，但他穿著前面熨燙出一條摺痕的淺藍牛仔褲，配上皮夾克和黑色尼龍網眼背心，而不是穿黃色菱形圖案的毛衣和高爾夫褲。我試圖透過怒視一瓶馬里布椰子蘭姆酒讓自己鎮定下來，不可能是傑佛瑞叔叔吧。抬頭一看，發現他在和一個看起來大約十七歲的男孩說話。真的是傑佛瑞叔叔。絕對是！

我遲疑著不知道該怎麼辦。很快想一下是否不買菸了趕快走，以免傷害傑佛瑞的感受。但心裡一股怒氣提醒了我，傑佛瑞曾在他的社交環境裡大聲羞辱我多少次，哈！哈哈哈哈！傑佛瑞叔叔現在在我的地盤上了。

我正要走過去大喊「這是誰啊？喲！給自己找了一個年輕小夥子是嗎！」的時候，感覺肩膀被輕拍了一下。轉過身來沒看到人，另一邊肩膀又被輕拍了一下。這是傑佛瑞叔叔最愛玩的把戲。

「哈哈哈，我的小布莉琪在這裡做什麼呢，是在找男友嗎？」他咆哮道。

我不敢相信。他在背心外面套上一件有美洲獅圖案的黃色毛衣，那個男孩不見蹤影，他正試著掩飾過去。

「布莉琪，妳在這找不到男友的，他們全都看起像朱利安·克

萊瑞[4]。徹頭徹尾的同性戀！哈哈哈。我剛進來要買一包迷你雪茄。」

這時,那男孩再度出現,手裡拿著那件皮夾克,顯得緊張不安。

「布莉琪,」傑佛瑞說,一副背後有克特陵扶輪社全力支持的姿態,然後語氣一頓,轉向酒保。「好了,小子!我要的迷你雪茄呢?我已經等了二十分鐘了。」

「你在倫敦做什麼?」我懷疑地說。

「倫敦?我來參加扶輪社的年會。妳知道,倫敦又不是只屬於妳的。」

「嗨,我是布莉琪。」我刻意對那男孩說。

「哦,對了。這位是,嗯,史蒂文。他想要自薦當財務長,不是嗎,史蒂文?我只是給他一點建議。好的。要走了。要乖哦!如果你不能乖乖的,那就要小心哦!哈哈哈!」他快步走出酒吧,男孩跟在他後面,怨恨地回頭看著我。

回到公寓裡,茱德和小雪不敢相信我竟然讓這個報復的機會溜走。

「想像一下,妳本來可以說什麼。」小雪緊皺著眉頭,一臉遺憾、不可置信的模樣。

「嗯!很高興看到你終於有個伴了,傑佛瑞叔叔!看看這一段能

---

[4] 朱利安‧克萊瑞（Julian Clary, 1959- ），英國演員、主持人、喜劇演員，性向為同志。

持續多久,對嗎?去吧,呼!」

但湯姆臉上卻有種討人厭的、自以為是的關懷表情。

「真是太慘了,太慘了。」他激動地說。「全國上下多少男人活在謊言裡!妳們想像一下,多少祕密的念頭、羞恥感和慾望,侵蝕著住在郊區的人們,沙發與落地窗之間隱藏了多少謊言!他大概都去漢普斯特德曠野。他可能在冒非常非常大的風險。布莉琪,妳應該跟他談談。」

「聽著,」小雪說道。「閉嘴。你喝醉了。」

「我覺得有點合理,」我仔細想過之後說。然後開始解釋,我老早就懷疑傑佛瑞和尤娜這對沾沾自喜已婚人士的情況並非表面上看到的模樣,這就證明了我的想法並不奇怪,而且同居在一起的正常異性戀關係,並不是上帝唯一許可的方式。

「小琪,閉嘴。妳也喝醉了。」小雪說。

「萬歲!我們把話題拉回到自己身上。被別人打擾而不能專注在自我迷戀最討厭了。」湯姆說。

後來大家都喝得爛醉如泥。超棒的一個夜晚。如同湯姆所說的,如果郝薇香小姐[5]身邊有歡樂的室友來取笑她,她就不會一直穿著婚紗不脫下來了。

---

[5] 郝薇香小姐(Miss Havisham),出自狄更斯的小說《遠大前程》(Great Expectations),她遭人騙婚後就不願脫下婚紗,也不肯移動豪宅內的婚宴陳設。

4月28日星期一

58.1公斤,酒0單位,菸0根,男朋友0個,打給裝潢師傅蓋瑞的次數0次,新工作的可能性為0(有希望),去健身房次數0次,今年去健身房次數1次,健身房年費370鎊,健身房單次使用費123鎊(理財不當)。

好,我今天一定會開始健身計畫,這樣我就可以自豪地說:「是的,很痛。是的,有用。」像保守黨的說法,但我跟保守黨有著鮮明對比——每個人都會相信我,而且認為我很了不起。哦,天啊,已經九點了。晚上再去好了。他媽的蓋瑞到底在哪?

稍晚。辦公室。哈哈!哈哈哈哈哈!今天工作表現非常出色。

「那麼,」理查・芬奇說,我們都圍坐在桌邊。「布莉琪。來討論東尼・布萊爾吧。婦女委員會,以及那些以女性為中心的新政策,妳有什麼建議?可以的話,請盡量避免跟柯林・佛斯相關的話題。」

我聖潔地微笑著,看了一眼我的筆記,隨後自信地抬起頭。

「東尼・布萊爾應該為單身人士推出一套約會守則。」我終於開口。

所有圍坐在桌邊的研究員都嫉妒地沉默下來。

「就這樣嗎?」理查・芬奇說。

「對。」我自信地說。

「妳難道不覺得,」他說,「我們未來的新總理可能有更重要的事情要忙?」

「你想一下,因為分心、生悶氣、討論如何解讀對方心意,或者等電話響而浪費掉的工作時數有多少,」我說。「這跟背痛絕對可以相提並論。而且,其他文化都有特定的約會儀式,但我們卻在一片不明確的模糊地帶中掙扎,造成男女之間越來越疏離。」

聽到這裡,可怕哈洛不屑地哼了一聲。

「哦,天哪,」帕楚莉拉長了語調說,把穿著萊卡自行車短褲的腿擱在桌上。「妳不能管制人們的情感行為。這是法西斯主義。」

「不,不對,帕楚莉,妳沒認真聽,」我嚴厲地說道。「這些只是兩性相處的禮儀指南。既然現在四分之一的戶口都是單人戶,有了這個將會顯著提升全國的心理健康。」

「我真的覺得,選舉就要到了⋯⋯」可怕哈洛又開始嘲諷地開口。

「不,等等,」理查・芬奇一邊咀嚼著食物,一邊抖腿,用奇怪的眼神看著我們。「你們之中有多少人已婚?」

大家愣愣地盯著桌子。

「所以就只有我,是嗎?」他說。「只有我一個人在勉強維持英國社會的殘破局面?」

大家都努力不望向研究員莎絲琪亞，理查跟她胡搞了一整個夏天，直到他突然沒了興趣，開始追求送三明治的女孩。

「你們要知道，我一點也不驚訝，」他繼續說道。「誰會想和你們之中任何一個人結婚啊？你們連去拿一杯卡布奇諾都不願意，更別說承諾跟另一個人共度餘生。」聽到這話，莎絲琪亞發出一聲怪叫，衝出了辦公室。

我整個早上做了好多功課，到處打電話訪談別人。有趣的是，就連那些對整件事嗤之以鼻的研究員，也不斷提出建議。

「好的，布莉琪，」理查・芬奇在午餐前說。「我來聽聽這個突破性的偉大作品。」

我解釋說，羅馬不是一天建成的，當然還沒有全部完工，但以下是正在努力的方向。我清了清喉嚨，然後開始說：

「約會行為守則
1. 如果知道自己不想和某人約會，一開始就不應該給予對方希望。
2. 當一男一女決定要一起過夜，如果其中一方知道自己只想要一段短暫的關係，應事先明確說明。
3. 如果與他人親吻或發生性關係，不能裝作什麼事都沒發生。
4. 不能與他人交往多年，還一直說自己不想太認真。
5. 發生性關係之後，不留下過夜是非常不禮貌的行為。」

「但要是⋯⋯」帕楚莉粗魯地打斷我。

「可以先讓我把話說完嗎？」我優雅地用權威的口氣說，彷彿我

是夏舜霆[6]，而帕楚莉是傑瑞米・派克斯曼。我把剩下的清單唸完，並補充說：「還有，如果政府要不斷宣揚家庭價值觀，那就必須為單身人士做出更積極的作為，而不是貶低他們。」我停下來，愉快地整理我的文件。「以下是我的提案：

沾沾自喜婚姻的推廣建議

1. 將《男人來自火星，女人來自金星》納入學校課程，讓對立陣營的雙方能夠互相理解。
2. 教導所有男學童，分擔家務的意思，不是指在水龍頭下隨便沖洗一下叉子。
3. 政府應為單身人士成立大型的配對機構，嚴格實施約會準則，為尋找伴侶的人提供飲品、電話費、化妝品等津貼，對情感白痴進行懲處，並規定在聲明自己為單身者之前，必須參加至少 12 次政府安排的約會，而且只在有合理理由拒絕所有 12 次約會對象的情況下，才能宣稱單身。
4. 如果拒絕理由被認定不合理，那就必須宣告自己是情感白痴。」

「哦，天啊，」可怕哈洛說。「我真的認為問題出在歐元。」

「不，這很好，非常好，」理查緊盯著我說道，而哈洛則一副剛吞了一隻鴿子的表情。

「我想在攝影棚進行現場討論，我在想哈麗葉特・哈曼，還有羅

---

[6] 夏舜霆（Michael Heseltine, 1933- ），英國保守黨政治人物，曾任國防大臣、副首相。

賓·庫克[7]。我甚至在考慮布萊爾。好,布莉琪,行動吧,準備一下。打電話到哈曼的辦公室,安排她明天過來,然後再試試聯絡布萊爾。」

萬歲。我是這個專案的首席研究員。對於我和國家來說,一切都將改變!

7 p.m. 哼。哈麗葉特·哈曼不回電,東尼·布萊爾也是。專案取消。

4月29日星期二

真不敢相信這個裝潢師傅蓋瑞。這星期每天都留言給他,但完全沒回音,沒有回覆。也許他生病了還是什麼的。另外,樓梯間不時飄來一股很難聞的氣味。

4月30日星期三

嗯。剛下班回到家,發現洞口已經被一大塊塑膠布蓋住,但沒有留紙條、沒有留言,也沒有關於歸還我 3500 鎊的消息。什麼都沒有。真希望馬克打電話來。

---

[7] 羅賓·庫克(Robin Cook, 1946-2005),工黨政治人物。

8／哦，寶貝
Oh Baby

5月1日星期四

58.1 公斤,酒 5 單位(但在慶祝新工黨勝利),除了酒精單位之外對新工黨勝利的貢獻為 0。

6:30 p.m. 萬歲!今天的氣氛真的很好:選舉日是真正少數能感受到我們人民才是主人的時刻,政府只是我們選出來的臃腫傲慢的棋子,現在是我們團結起來,發揮施展力量的時候了。

7:30 p.m. 剛從商店回來。外面的情況真讓人驚嘆,所有人從酒吧裡湧出來,都喝得醉醺醺的。真的感覺自己屬於某件大事的一部分。人民要的不只是改變,不是。這是一次偉大的起義,全國一起對抗貪婪、毫無原則,以及對真正的人民和人民問題的蔑視,還有……哦耶,電話!

7:45 p.m. 哼。是湯姆。

「妳投票了嗎?」

「其實我正要去投。」我說。

「哦。要去哪個投票站?」

「轉角那個。」

最討厭湯姆這樣。就算他曾經是紅色楔子的成員,到處用病態嗓音去唱〈如果你高興是同志就唱吧〉,也不代表他需要像西班牙宗教裁判所一樣行事。

「那妳會投票給哪位候選人？」

「嗯，」我說，慌忙地望向窗外，尋找路燈柱上的紅色標誌。「巴克！」

「那就去吧，」他說。「別忘了潘克赫斯特女士。[1]」

拜託，他以為自己是誰，是在發布緊急指令[2]嗎？我當然會去投票。但先換件衣服好了，穿這件看起來不太左派。

8:45 p.m. 剛從投票站回來。「妳有帶投票卡嗎？」一個愛指揮人的毛頭小子問。什麼投票卡？我才想知道呢。結果他們沒有一份清單上有我的名字，儘管我已經繳人頭稅繳了該死的那麼多年。現在我得去另一個投票站投票。先回來拿一下地圖。

9:30 p.m. 哼。該死，我在那邊也沒註冊，必須去一個好幾英里外的圖書館。不過嘛，今晚在街上閒逛真是太棒了，我們人民正團結起來，促進改變。太好了！但我不應該穿厚底鞋的。還有，每次出門都在樓梯間聞到那個可怕的氣味。

10:30 p.m. 不敢相信發生了什麼事。我讓東尼·布萊爾和我的國家失望了，但不是我的錯。結果我的公寓雖然在清單上，但我

---

[1] 潘克赫斯特女士（Mrs Pankhurst, 1858-1928），推動英國婦女獲得投票權的女權運動領袖。

[2] 緊急指令（three line whip）是英國政治術語，是政黨對其議員發出的最嚴格指令，在議程表會用三條線標註，要求黨內議員必須參加某次投票並按照黨的立場表決，違反者可能面臨懲罰，例如開除黨籍或取消候選資格。

沒有註冊投票，虧我還帶了社區徵稅手冊[3]。我說真的，還吵什麼不繳人頭稅就無法投票，結果是你就算繳了也沒有投票權。

「妳去年十月有填表格嗎？」一個自以為了不起的女人問，她身穿荷葉領襯衫、別著胸針，因為碰巧負責在投票站顧攤位而瘋狂沉浸在光榮時刻。

「有啊！」我騙她。住在公寓的人，怎麼可能去拆開每一封塞進門裡、寫著給「住戶」的無聊棕色信封。如果巴克以一票之差沒當選，然後整個選舉因這一個席次而敗選怎麼辦？那就會是我的錯，完全是我的錯。從投票站走到小雪家簡直是一條可怕的羞恥之路，還有我腳痛到變形，不能再穿厚底鞋了，所以以後看起來會比較矮。

2:30 a.m. 噢我的天，派對太讚了。大衛・梅勒[4]下台！下台！下台！哎呀。

5月2日星期五

58.5公斤（萬歲！新生的新工黨經濟新時代開始）。

8 a.m. 萬歲！對於大獲全勝感到無比高興。這下給了保守黨成

---

[3] 英國政府於1990年開始對每個成年居民徵收一筆固定的費用，稱為Community Charge，概念和人頭稅（poll tax）一樣。
[4] 大衛・梅勒（David Mellor, 1951- ），英國保守黨政治人物，曾任文化大臣、運輸大臣等重要職位。

員的老媽和前男友一個重擊了。哈哈，等不及要幸災樂禍。雪麗‧布萊爾[5]真是太棒了。你看，她大概也穿不下公共更衣室裡的小號比基尼，也沒有圓滾滾的屁股，但能找到合身又能看起來像個典範人物的服裝。或許雪麗會利用她對於新總理的影響力，指示所有服裝店開始生產能夠完美包覆所有人屁股的衣服。

不過我也擔心，新工黨上台，會不會像是終於能跟暗戀的人約會了，然後第一次吵架就像大災難一樣可怕。但東尼‧布萊爾是第一個我完全能夠想像主動跟他上床的首相。其實昨晚小雪有個理論，她認為他跟雪麗總是觸碰彼此的原因，不是因為公關專家的指示，而是因為雪麗看到選情越來越看好，也越來越興奮，權力就是催情劑或⋯⋯哦，電話。

「哦，哈囉？親愛的，妳猜怎樣？」我媽。

「怎樣？」我洋洋得意地說，準備開始幸災樂禍。

「我們贏了，親愛的。很棒，不是嗎！大獲全勝！妳想像一下！」

我突然感到一陣冷顫。我們去睡覺的時候，彼得‧斯諾[6]正用難以理解但絕妙的姿態走來走去，看起來選票指示器似乎偏向工黨，但⋯⋯糟糕，也許我們誤會了。我們當時有點喝暈，只在乎英國地圖上是不是所有藍色的保守黨建築都被炸掉[7]。也或許夜裡發生了一些事情，選舉結果又回到保守黨。

---

[5] 雪麗‧布萊爾（Cherie Blair, 1954- ），律師、前英國首相布萊爾之妻。
[6] 彼得‧斯諾（Peter Snow, 1938- ），英國電視節目主持人，長年主持選情分析節目。
[7] 英國保守黨代表色是藍色。

「妳猜怎樣？」

都是我的錯，是我讓工黨輸掉了。是我和其他像我這樣的人，就像東尼・布萊爾警告過的，太過志得意滿。我不配稱自己是英國公民或女人。完蛋。完蛋。

「布莉琪，妳有在聽我說話嗎？」

「有啊。」我低聲說，窘到不行。

「我們要在扶輪社舉辦東尼與戈登女士之夜！大家要直呼對方名字，穿休閒服而不是正式服裝。梅兒・羅伯蕭想阻止這件事，因為她說除了牧師以外，沒有人想穿休閒褲來，但其實尤娜和我覺得，那只是因為帕西瓦還為了手槍的事在生氣。然後威靈頓到時會發表演講，一個黑人在扶輪社演講！妳想像一下！但妳知道，這才能代表勞工運動的精神，親愛的。膚色啊、道德崇高的曼德拉什麼的。傑佛瑞最近常載威靈頓去克特陵的小酒吧兜風，那天他們被擋在一輛裝滿鷹架木板的 Nelson Myers 卡車後面，我們還以為他們出了意外！」

我試著不去想傑佛瑞叔叔和威靈頓一起「兜風」的可能動機，接著問，「妳不是才剛和威靈頓辦過開票派對？」

「噢沒有，親愛的，威靈頓決定他不想辦。他說他不想汙染我們的文化，說我和尤娜應該在派對上發酥皮點心，而不是跳火堆。」我笑了出來。「所以總之，他想透過演講，為他的水上摩托車籌一些資金。」

「什麼？」

「水上摩托車，親愛的，妳知道嗎？他想在海灘上做點小生意，不要再賣貝殼了。他說扶輪社一定有興趣，因為他們都支持別人做生意。總之，我要掛斷了！尤娜和我要帶他去染頭髮！」

我是個自信、適應力強、從容且富有內涵的女性。我不為他人的行為負責。我只為自己負責，沒錯。

5月3日星期六

58.1公斤，酒2單位（避免心臟病發的建議量），菸5根（非常好），卡路里1800（非常好），正面想法4個（優秀）。

8 p.m. 全新的正面氛圍。在新的布萊爾政權下，人人變得更有禮貌也更慷慨，這次真的用掃帚徹底清掃掉保守黨統治的各種弊端。我甚至對馬克和蕾蓓嘉的感覺也不一樣了，她只是辦個晚宴，並不代表他們在交往，對吧？她只是在玩弄手段。當你覺得自己達到了學習高原，一切真的都很美好，太美妙了。我以前認為超過一定年齡就會失去吸引力，其實不會，看看海倫・米蘭[8]和法蘭西斯卡・安妮斯[9]。

8:30 p.m. 嗯，不過，想到晚宴就是今晚，其實不太開心。我來

---

[8] 海倫・米蘭（Helen Mirren, 1945- ），英國女演員。
[9] 法蘭西斯卡・安妮斯（Francesca Annis, 1945- ），英國女演員。

讀一下《佛教：富僧的戲劇》好了。冷靜下來是好的。不能期望生活總是如意，人人都需要滋養自己的心靈。

8:45 p.m. 沒錯！你看，問題就在於我一直生活在幻想世界裡，總是不斷回顧過去或憧憬未來，而不是享受當下的時刻。我現在要坐在這裡，享受當下的時刻。

9 p.m. 完全無法享受當下的時刻。牆上有個大洞，樓梯臭氣沖天，銀行透支越來越多，馬克正和蕾蓓嘉參加晚宴。不如我來開瓶酒，看《急診室的春天》。

10 p.m. 不知道瑪格姐回來了沒，她答應一回到家就馬上打給我報告詳細情況。她一定會說馬克沒有和蕾蓓嘉交往，而且還問起我。

11:30 p.m. 剛打給瑪格姐的保姆。他們還沒回來，留言提醒她要打電話。

11:35 p.m. 還是沒打來。也許蕾蓓嘉的晚宴辦得太成功了，他們還在那裡狂歡，最後是馬克‧達西站在桌上，宣布他要跟蕾蓓嘉訂婚……哦，電話來了。

「嗨，小琪。」是瑪格姐。

「所以怎麼樣？」我問得太快。

「噢，其實還不錯。」

我畏縮了一下。她完全不應該說這句話，完全不應該。

「她做了烤羊乾酪配生菜沙拉,然後是培根蛋麵,但用了蘆筍而不是培根,非常好吃,之後是馬沙拉酒烘桃子配馬斯卡彭乳酪。」

這太糟糕了。

「明顯是黛莉亞・史密斯[10]的食譜,但她不承認。」

「是嗎?」我急切地說。至少這是好現象。他不喜歡裝模作樣的人。「那馬克怎麼樣?」

「哦,他很好。他真是個好人,不是嗎?非常有吸引力。」瑪格姐一點概念都沒有,完全沒有。不可以去讚美甩掉你的前任。「哦,然後她做了巧克力裹橙皮。」

「好,」我耐心地說。我說真的,如果是茱德或小雪,她們早就鉅細靡遺地解讀每一個細節了。「妳覺得他在和蕾蓓嘉交往嗎?」

「嗯,我不確定。她一直跟他調情。」

我試著回想佛教,至少我還有自己的靈魂。

「妳到的時候,他已經在那裡了嗎?」我慢慢地仔細說,就像在對一個非常困惑的兩歲小孩說話。

「對。」

「那其他人走的時候,他也一起離開嗎?」

---

[10] 黛莉亞・史密斯(Delia Smith, 1941-),英國名廚。

「傑瑞米！」她突然大喊。「我們走的時候，馬克‧達西還在那裡嗎？」

哦，天哪。

「馬克‧達西怎樣？」我聽到傑瑞米大喊，然後還聽到其他的聲音。

「他上在床上？」瑪格姐大喊。「是尿尿還是便便？**是尿尿還是便便？**抱歉，小琪，我得掛電話了。」

「我再問一件事就好，」我急促地說。「他有提起我嗎？」

「快點從床上拿走──用你的手！你可以洗手啊，對吧？我的天，拜託你成熟一點。抱歉，小琪，妳剛才說什麼？」

「他有提到我嗎？」

「嗯。嗯。去你的，傑瑞米。」

「怎麼樣？」

「我老實說，小琪，好像沒有。」

5月4日星期日

58.1公斤，酒5單位，菸9根（不能繼續墮落），充滿憤恨想毒殺蕾蓓嘉的計畫14個，殺人念頭所引起的佛教徒羞愧：很多，天主教徒的內疚（雖然不是天主教徒）：逐漸增加。

我的公寓。非常糟糕的一天。稍早像個殭屍一樣去了茱德家,她和小雪不斷說我得重新振作,然後開始——老實說,滿侮辱人的——翻起《Time Out》雜誌的徵友欄。

「我才不想看徵友欄!」我憤然地說。「還沒到那麼慘。」

「呃,布莉琪,」雪倫冷冷地說。「妳不是想叫東尼·布萊爾替單身人士設立約會機構?我以為我們都同意政治誠信是很重要的。」

「噢我的天,這個太離譜了。」茱德一邊大聲讀,一邊把一大塊剩下的 Crunchie 復活節巧克力蛋塞進嘴裡。「『純正的高䠷魅力男士,五十七歲,GSOH,WLTM 二十至二十五歲有文化、已婚的性感女士,尋求一段不受約束且不需承諾的低調關係。』這些怪胎以為自己是誰啊?」

「GSOH 和 WLTM 是什麼意思?」我說。

「頭上有巨大的傷口(Giant sore on head),軟屌像軟體動物那麼細(Willy limp, thin mollusc)?」雪倫提出猜測。

「馬背上性愛,搭配一隻小老鼠(Great sex on horse with little tiny mouse)?」我的猜測。

「意思是:幽默感絕佳(Good Sense of Humour),想認識(Would Like to Meet)。」茱德說。合理懷疑她以前可能用過徵友欄。

「我想你得要有幽默感,才會小氣到不肯花錢講出真誠的話。」雪倫竊笑著說。

結果語音徵友的娛樂性更高。你可以打電話進去聆聽人們的自介,就像《盲目約會》節目參賽者講的內容。

「好。我叫巴雷特,如果妳願意成為我的甜心,我會給妳冰鎮香檳。」

留言開頭就說「好」很不酷,給人一種接下來要說的內容會很嚇人的想像,雖然這則留言本身已經很嚇人了。

「我從事的工作既有深度又令人滿足,給我很多成就感。我對各種尋常的事物都感興趣,例如魔術、神祕學和異教主義。」

「我很帥,我熱情如火。我是作家,正在尋找一位非常特別的女主角。她以自己的好身材為傲,我的年紀比她大至少十歲,而她會喜歡這一點。」

「呸!」小雪說。「我要打給這些性別歧視的傢伙。」

小雪興奮得像在天堂一樣,把電話切換到免持聽筒,然後性感地低聲說,「哈囉?是『第一次徵友』嗎?快閃開,火車要來了。」我承認這樣不太成熟,但對喝了很多白酒的我們來說,感覺很有趣。

「『嗨,我是狂野男孩。我的身材高大,是西班牙人,留著長長的黑髮,深色眼睛,長長的黑睫毛,身材瘦削而狂野⋯⋯』」我用呆滯的聲音唸出來。

「哦!」茱德開心地說。「他聽起來挺不錯的。」

「嗯,那妳打給他啊?」我說。

「不要!」茱德說。

「那妳幹嘛叫我打?」

茱德突然忸怩了起來。原來史特西事件和單身沮喪週末的狀況,促使她回了一通電話給卑鄙李察。

「哦,天啊。」我和小雪同時說。

「我沒有要跟他復合什麼的。我只是……表達善意。」她心虛地說完,試著避開我和小雪指控的目光。

回到家,聽到答錄機正在運作。「哈囉?布莉琪,」一個低沉、性感、帶著外國口音,而且聽起來很年輕的聲音說。「我是狂野男孩……」

肯定是該死的姊妹淘把我的號碼給他了。一個陌生人有我的電話號碼,讓我感覺驚恐,我沒接起來,只聽著「狂野男孩」說,明晚他會拿著一朵紅玫瑰在192等我。

我立刻打給小雪,把她狠狠地訓了一頓。

「哦,拜託。」小雪說。「我們一起去,一定會很好笑。」

所以現在的計畫是我們大家明天晚上都會去。唉。但牆上的大洞和樓梯間的惡臭要怎麼辦?該死的蓋瑞!我的3500鎊還在他那裡。好,該死的,決定要打電話給他。

5月5日星期一

57.6公斤(萬歲!),蓋瑞製造的牆上大洞修復進度:0,透過幻想狂野男孩來忘記馬克‧達西的進展:中等(但受到睫毛的阻礙)。

回家收到蓋瑞的留言。他說他在忙別的工作,因為我還在猶豫,所以他以為我不急。他聲稱會把一切處理好,明天晚上過來。所以看吧,只是我瞎操心了。嗯,狂野男孩。也許茱德和小雪是對的,我需要放下,不要一直幻想馬克和蕾蓓嘉在纏綿。但我擔心睫毛,長究竟是有多長?我想像狂野男孩結實、狂放、魔鬼般的身體,但又聯想到他在長睫毛下眨著眼,像迪士尼的小鹿斑比,幻想稍微被破壞了。

9 p.m. 在8:05到達192,茱德和小雪坐在另一桌留意著我,沒看到狂野男孩的人影。唯一落單的男人是個穿牛仔襯衫的老怪胎,留著馬尾辮,戴著墨鏡,一直盯著我看。狂野男孩在哪裡?我瞪了那個怪胎一眼。被怪胎一直盯著看,最後決定換桌,剛要站起來,就差點嚇得魂飛魄散,那怪胎拿著一朵紅玫瑰。他摘下荒謬的太陽眼鏡,傻笑著露出像芭芭拉‧卡特蘭[11]戴的假睫毛。我震驚地盯著他,那怪胎就是狂野男孩。我驚恐地衝出去,茱德和小雪跟在後面,笑得東倒西歪。

---

[11] 芭芭拉‧卡特蘭(Barbara Cartland, 1901-2000),英國女作家,以愛情小說聞名。

5月6日星期二

58.1公斤（0.5公斤的幻影寶寶？），關於馬克的念頭：好一點，蓋瑞製造的牆上大洞修復進度：停滯中，沒有進度的意思。

7 p.m. 非常沮喪。剛留言給湯姆，問他是不是也覺得快瘋了。我意識到，必須學會愛自己和活在當下，不要執著去想別人，要達到自我的完整性，但感覺真的很糟糕。我真的好想念馬克，無法相信他要跟蕾蓓嘉交往。我做錯了什麼？顯然我有什麼地方不對勁。我一天比一天老了，顯然事情永遠不會有好結果，乾脆就接受我永遠會是一個人，不會有孩子。哦，看啊，我必須振作起來，蓋瑞馬上就要到了。

7:30 p.m. 蓋瑞遲到了。

7:45 p.m. 還是沒看到該死的蓋瑞。

8 p.m. 蓋瑞還沒來。

8:15 p.m. 蓋瑞還是該死的沒出現。哦，電話響了，一定是他。

8:30 p.m. 湯姆說他快發瘋了，貓也是，因為牠開始在地毯上大便。然後他說了很令人驚訝的話。

「小琪？」他說。「妳想和我一起生小孩嗎？」

「什麼？」

「小孩。」

「為什麼?」我說,眼前忽然出現和湯姆上床的畫面而感到驚嚇。

「這個嘛……」他思考了一會。「我還滿想要個小孩,看著我的血緣延續下去,但是一來我太自私,沒辦法照顧他,二來我是同志。不過妳一定會把孩子照顧得很好,如果妳沒把他弄丟在商店裡的話。」

我愛湯姆。他彷彿察覺到了我的感受。總之,他叫我考慮一下。這只是一個想法。

8:45 p.m. 有何不可?我可以把寶寶留在家裡的小籃子裡。沒錯!想想,早上醒來,身旁有個可愛的小生物可以依偎和疼愛,我們可以一起做好多事,像去盪鞦韆、去沃爾沃斯看芭比用品,家裡變成一個充滿嬰兒爽身粉香味的美好又平靜的天堂。如果蓋瑞把公寓處理好了,寶寶可以睡在客房。如果茱德和小雪也生了孩子,也許我們可以同住在一個社區裡……噢,糟糕,菸蒂丟進垃圾桶起火了。

5月10日星期六

58.5公斤(就這個年紀的幽靈寶寶而言很巨大),菸7根(假性懷孕不需要戒菸吧?),卡路里3255(為自己和小小的幻影寶寶而吃),正面想法4個,蓋瑞製造的牆上大洞修復進度:0。

11 a.m. 剛出去買菸。天氣突然間異常變得好熱,太美妙了!有些男人竟然穿著泳褲在街上閒逛!

11:15 a.m. 就因為現在是夏天,也不能成為生活陷入混亂、待辦文件夾亂堆失控、到處都是臭味的理由。(嗯,現在樓梯間真的很臭。)我要改變這一切,今天要清理公寓並整理待辦文件夾。一定要把一切準備妥當,迎接新生活的到來。

11:30 a.m. 好,先把所有報紙堆移到一個集中的位置。

11:40 a.m. 哎,不過。

12:15 p.m. 也許先處理待辦文件夾好了。

12:20 p.m. 顯然,如果不先換好衣服,整理是沒辦法開始的。

12:25 p.m. 不太喜歡短褲的造型。有點太運動風了。需要一件滑溜的小洋裝。

12:35 p.m. 洋裝呢?

12:40 p.m. 只是需要先洗一下再晾乾,然後就可以開始。

12:55 p.m. 萬歲!要跟茱德和小雪去漢普斯特湖游泳!還沒刮腿毛,但茱德說那個湖是女士專用,而且有很多女同性戀,體毛多得跟雪人一樣,對她們而言是同志驕傲。萬歲!

午夜。湖邊好玩極了,好像一幅十六世紀畫作裡的仙女,只是沒

想到有那麼多人穿 Dorothy Perkins[12] 的泳裝。那裡非常老派,有木頭甲板和救生員。在自然環境裡游泳,碰觸到底部[13] 的泥土,感覺非常新奇。

跟她們說了湯姆提議他當小孩爸爸的想法。

「我的天啊!」小雪說。「嗯,我覺得這是個好主意。只不過妳除了要面對『妳為什麼沒結婚?』,還得應付『孩子的父親是誰?』的問題。」

「我可以說,這是純潔之胎。」我提議道。

「我覺得這一切都很自私。」茱德冷冷地說。

一陣愕然的沉默。我們盯著她,試著弄清楚發生了什麼事。

「為什麼?」小雪終於說。

「因為孩子需要父母。妳做這件事,其實只是想滿足自己,因為妳太自私而無法維繫一段關係。」

哎呀。我可以預見小雪拿出一把衝鋒槍,對她開火。下一秒,小雪已經開始滔滔不絕,毫無保留地大肆引用各種不同文化作為參照。

「妳看加勒比海人,」她大聲說,其他女孩驚慌地環顧四周,而我心裡想著,嗯,加勒比海,漂亮的豪華飯店和白色沙灘。

---

[12] Dorothy Perkins 是英國服裝品牌、零售商。
[13] 原注:是湖的底部,不是自己的屁股(bottom)。

「女人在聚落裡把孩子撫養長大，」小雪宣告。「男人只是偶爾出現跟她們上床，這些女性現在獲得了經濟權力，結果還有小冊子說『男性正陷入危機』，因為他們正逐漸喪失自己的角色，就像**他媽的全球各地**的男人一樣。」

有時我真的很懷疑，雪倫是否真的像她表現出來的那樣，是一個博士級的，嗯，萬事通。

「孩子需要父母。」茱德固執地說。

「噢拜託，那是完全狹隘、父權主義、不切實際、偏頗且自滿的中產階級已婚父母觀點，」小雪厲聲說。「大家都知道，三分之一的婚姻以離婚告終。」

「沒錯！」我說。「跟一個愛你的母親在一起，一定會比身為撕破臉離婚的產物要好。孩子需要情感關係，生活裡需要有人陪伴，但不一定非得是丈夫不可。」然後我突然想起我老媽（夠諷刺的）常說的一句話，我說：「愛不會寵壞孩子。」

「嗯，妳們沒必要一起圍攻我，」茱德氣呼呼地說，「我只是發表我的看法。總之，我有事要告訴妳們。」

「噢，是嗎？是什麼？」小雪說。「妳相信蓄奴？」

「我跟卑鄙李察要結婚了。」

小雪和我嚇得目瞪口呆，茱德低頭害羞地微笑。

「我知道，這不是很美好嗎？我感覺我上次甩掉他的時候，他才

意識到。人總是要失去後才懂得珍惜，所以這次終於讓他下定決心、做出承諾了！」

「比較可能是他終於意識到，他得找份該死的工作，不能再靠妳養了。」小雪咕嚨道。

「呃，茱德，」我說。「妳剛是說妳要嫁給卑鄙李察嗎？」

「對，」茱德說。「我在想，妳們倆願意當伴娘嗎？」

5月11日星期日

58.1公斤（幻影寶寶因為即將到來的婚禮而倉皇離去），酒3單位，菸15根（乾脆就放縱抽菸和喝酒好了），關於馬克的幻想只有2次（非常好）。

小雪剛打電話來，我們都同意整件事情已經無可挽回，完蛋。而茱德絕對不能嫁給卑鄙李察，因為：

1. 他是瘋子。
2. 他很卑鄙：他名叫卑鄙，天性也卑鄙。
3. 穿著粉紅色蓬裙在走道上被所有人盯著看，是一件忍無可忍的事。

我要打給瑪格姐告訴她這件事。

「妳覺得怎麼樣？」我說。

「嗯,似乎不是個好主意,不過妳知道嗎,人與人的關係相當神祕,」她意味深長地說。「外人永遠無法真正了解兩個人為什麼處得來。」

對話主題接著轉向生小孩的想法,這時瑪格妲莫名興奮起來。

「妳知道嗎,小琪?我真的覺得妳應該先試試看,真的。」

「什麼意思?」

「哦,妳試試看照顧康絲坦絲和哈利一個下午,看看結果怎麼樣。其實我常常覺得,分時共享就是現代女性的解方。」

哎喲。結果答應了下週六幫忙照顧哈利、康絲坦絲和小寶寶,讓她去挑染頭髮。另外,她跟傑瑞米六週後要幫康絲坦絲舉辦一場花園慶生派對,問我希不希望她邀請馬克,我說好。自從二月之後,他就沒見過我了,我要讓他看到我現在變得多沉著、自信和充滿內在力量,一定很棒。

5月12日星期一

到了公司,發現理查‧芬奇情緒躁動、過度活躍,嚼著口香糖在辦公室邊走邊跳,對每個人大聲嚷嚷。(性感麥特今早看起來特別像 DKNY 模特兒,他跟可怕哈洛說,他覺得理查‧芬奇嗑了古柯鹼。)

結果呢,原來是電視台台長拒絕了理查的提議。他想用《早安英

國》團隊晨間會議的全程直播來取代晨間新聞時段。想想《早安英國》上次晨間「會議」內容是爭論該由哪位主持人負責頭條新聞，而頭條新聞的內容，則是 BBC 和 ITV 新聞該由哪位主持人來播報，我不覺得這會是一個非常有趣的節目，但理查真的對此感到非常不滿。

「你們知道新聞的問題是什麼嗎？」他邊說邊把口香糖從嘴裡拿出來，隨手向垃圾桶扔去。「很無聊。無聊，真該死的無聊透頂。」

「無聊？」我說。「但我們正看到多年來⋯⋯第一次由工黨政府上任！」

「我的天，」他說，猛地摘下他那很像克里斯・伊凡[14]會戴的眼鏡。「現在有新的工黨政府了？真的嗎？各位！各位！集合。布莉琪想到一條獨家新聞！」

「不然波士尼亞的塞爾維亞人呢？」

「哦，拜託妳醒一醒，」帕楚莉抱怨道。「所以他們想要繼續在樹叢後面互相開槍？那又怎樣？這話題都過時五分鐘了。」

「對對對，」理查越來越興奮地說。「人們不想看戴頭巾的阿爾巴尼亞死人，他們想看的是一般大眾。我在想《全國》，我想的是法蘭克・包夫，我想的是會溜滑板的鴨子[15]。」

---

[14] 克里斯・伊凡（Chris Evans, 1981- ），美國男演員。
[15] 《全國》（*Nationwide*）是英國廣播公司一台的時事節目，法蘭克・包夫（Frank Bough, 1933-2020），曾經擔任主持人，該節目曾經介紹過一隻會溜滑板的鴨子。

所以現在我們全都要想一些有人情味的題材,像是喝醉的蝸牛或玩高空彈跳的老人。我是說,我們怎麼可能安排老人高空彈跳活動⋯⋯啊,電話!一定是軟體動物與小型兩棲動物協會打來的。

「哦,哈囉?親愛的,妳猜怎樣?」

「媽,」我威脅地說,「我已經告訴過妳⋯⋯」

「哦,我知道,親愛的。我只是打來告訴妳一件非常傷心的事。」

「什麼事?」我悻悻然地說。

「威靈頓要回家了。他在扶輪社的演講非常精彩,精彩極了。妳知道嗎,當他講到部落孩童的生活條件時,梅兒‧羅伯蕭竟然哭了!她哭了!」

「但他不是要為購買水上摩托車籌錢?」

「哦,是啊,親愛的。但他想到一個絕妙的計畫,正合扶輪社的胃口。他說,如果扶輪社捐錢,他不僅會給克特陵分社10%的利潤份額,如果他們願意把其中一半捐給他們村裡的學校,他還會再拿出5%的利潤來匹配。慈善與小企業的結合,是不是很聰明?總之,後來募到了400鎊,他要回肯亞了!他要蓋一所新學校!妳想想看呀!都是因為我們!他做了一套很美的投影片,配上了納京高的〈自然男孩〉作為背景音樂。最後他說『哈庫納馬塔塔!』,我們決定把它當作我們的座右銘!」

「太好了!」我說,看見理查‧芬奇不悅地瞪著我的方向。

「總之,親愛的,我們覺得妳──」

「媽,」我打斷她,「妳有沒有認識什麼年紀大的人會做一些有趣的事?」

「我說啊,這真是個蠢問題,所有老人都做有趣的事情。妳看阿奇·加賽德,妳認識阿奇,他以前是理事會的副發言人,他玩跳傘。事實上,我記得他明天有扶輪社贊助的跳傘活動,他已經九十二歲了。九十二歲的跳傘員!妳想像一下!」

半小時之後,我得意地朝理查·芬奇的辦公桌走去,嘴角掛著一抹得意的微笑。

6 p.m. 萬歲!一切都很美好!重新獲得理查·芬奇的信任,準備前往克特陵拍跳傘。不但如此,我還會親自當導播,而且這會成為頭條新聞。

5月13日星期二

不想再做愚蠢的電視圈職業婦女了,這是個無情的行業。我都忘了,放任電視節目團隊跟沒有媒體經驗的善良民眾互動是多麼可怕。他們不讓我當導播,說是因為節目內容太複雜,所以我被留在地面,導播交由超愛發號施令、充滿事業野心的格雷格搭上飛機去做。結果阿奇不想跳,因為他找不到一個好的降落點,可是格雷格一直說,「快點,夥伴,快要沒有陽光了!」最後強迫他朝著一個看起來很柔軟的耕地跳下去,不幸的是,那不是耕地,

而是汙水處理廠。

5月17日星期六

58.5公斤，酒1單位，菸0根，破滅的生孩子計畫1個，破滅的馬克‧達西幻想——他再次看到我時會覺得我變得成熟、沉著（也就是變瘦）、穿著得體等等然後再次愛上我：472個。

被週間的工作徹底累垮，幾乎沒力氣從床上起來，真希望能找人幫我下樓買報紙，還有巧克力可頌和卡布奇諾。待在床上讀《美麗佳人》好了，然後塗指甲油，再看看茱德和小雪想不想去Jigsaw女裝店。很想買點新衣服，下週見到馬克時就可以穿，就像在強調我的改變……啊！門鈴。哪個頭腦正常的人會在星期六早上十點按別人的門鈴？是不是完全瘋了？

稍後。搖搖晃晃地走向對講機。是瑪格姐，她快活地喊道，「跟布莉琪阿姨打招呼！」

我驚恐萬分，模糊地想起曾經答應週六幫瑪格姐帶她的小孩去盪鞦韆，讓她今天可以像個單身女子一樣去做頭髮，然後跟茱德和小雪一起吃午飯。

我在慌張之下按了開門鍵，隨手披上手邊唯一的睡袍（非常短，半透明，很不合適），然後開始在公寓裡跑來跑去，收拾菸灰缸、伏特加酒杯、碎玻璃等等。

「呼,我們到了!我擔心哈利有點小感冒,是不是呀?」瑪格姐一邊哄孩子一邊咔嗒咔嗒地走上樓梯,帶著嬰兒車和幾個袋子,看起來像個遊民。「呼,那是什麼味道?」

我的乾女兒康絲坦絲下週要滿三歲,她說她帶了一份禮物要給我。她對自己選的禮物似乎非常滿意,認為我一定會喜歡。我興奮地拆開,是一本壁爐型錄。

「我覺得她以為那是一本雜誌。」瑪格姐小聲說。

我表現出非常快樂的樣子,康絲坦絲得意地笑,親了我一下,我喜歡。然後她開心地在電視機前坐下,看起《企鵝家族》錄影帶。

「抱歉,我得趕緊走了,挑染快遲到了,」瑪格姐說。「妳需要的東西都在嬰兒車底下的袋子裡。不要讓他們從牆上的洞掉出去。」

一切似乎都很好。寶寶在睡覺,快一歲的哈利坐在雙人推車的另一個座位,抱著一隻破爛的兔子,看起來也快要睡著了。但就在樓下的門砰然關上時,哈利和寶寶開始高聲尖叫,我試著把他們抱起來,但他們像要被強制遣返的人那樣扭動、雙腿亂踢。

我試了一切辦法(當然不包括用膠帶封住嘴巴)讓他們停止尖叫:跳舞、揮手和假裝吹喇叭,但都無濟於事。

這時,在看影片的康絲坦絲肅穆地抬起頭,把她的奶瓶從嘴巴拿開。「他們可能口渴了,」她說。「妳的睡衣是透明的。」

一個不到三歲的小孩比我更有母性,簡直是恥辱。我在袋子裡找到了奶瓶拿給他們,兩個寶寶果然停止哭泣,坐著吸奶瓶,瞇起眼睛盯著我看,好像我是來自內政部的大壞蛋。

我試著溜到隔壁房間去穿衣服,結果他們吐掉奶瓶又開始大吼大叫。後來我只好在客廳換衣服,他們緊盯著我,好像我是個脫衣舞孃,在做奇怪的逆向穿衣表演。

歷經四十五分鐘波斯灣戰爭式的行動,把小孩、嬰兒車和包包弄到樓下,我們終於到了街上,走到鞦韆的時候,感覺非常好。哈利就像瑪格姐所說,還沒有完全掌握人類的語言,當他咿咿呀呀時,康絲坦絲用一種很甜、好像大人講悄悄話的語氣對我說,「我覺得他想去盪鞦韆。」當我買了一包銀河脆皮巧克力豆,她又鄭重其事地說,「我覺得我們最好不要告訴別人這件事。」

不幸的是,我們走到前門時,哈利不知為何開始打噴嚏,一大坨綠色鼻涕噴射到空中又啪地彈回他的臉,好像《超時空奇俠》[16]會出現的東西。康絲坦絲嚇得吐在我的頭髮上,寶寶開始尖叫,讓另外兩個孩子跟著大哭起來。我拚命試著平息局面,彎下身擦掉哈利的鼻涕,把奶嘴放回他嘴裡,柔聲唱起〈我會永遠愛你〉[17]。

奇蹟般的靜默持續了一秒鐘,我為自己作為母親的天分而滿心喜

---

[16] 《超時空奇俠》(Dr Who),英國廣播公司製播的長壽科幻劇,從1963年播出至今。
[17] 〈我會永遠愛你〉(I Will Always Love You),原唱為鄉村歌手桃莉·巴頓(Dolly Parton),後被選為電影《終極保鏢》(The Bodyguard)主題曲,由惠妮·休士頓(Whitney Houston)翻唱。

悅，開始唱起第二段，衝著哈利的臉微笑。他突然把奶嘴從嘴裡拔出來，塞到我的嘴裡。

「又見面了。」哈利又開始尖叫時，一個充滿男子氣的聲音說。我轉過身，嘴裡含著奶嘴，頭髮上全是嘔吐物，發現馬克‧達西一臉困惑地看著我。

「是瑪格姐的小孩。」我終於開口。

「啊，我就想似乎有點太快，不然就是妳藏得很好。」

「他是誰？」康絲坦絲把手放在我的手中，懷疑地抬頭看著他。

「我是馬克，」他說。「我是布莉琪的朋友。」

「哦。」她說，仍然帶著懷疑的神情。

「不過她的表情倒是和妳一樣，」他說，用一種我無法解讀的神情看著我。「需要我幫忙你們上樓嗎？」

後來是我抱著寶寶牽著康絲坦絲的手，而馬克拿著嬰兒車牽著哈利的手。不知為何，我們只對孩子們講話，沒有跟彼此交流。但就在那時，我注意到樓梯口有說話聲，轉彎之後就看到兩名警察正在清空走廊上的壁櫥。他們接到隔壁的投訴，說有異味。

「妳帶孩子們上樓，我來處理這件事。」馬克輕聲說。我覺得自己好像《真善美》裡的瑪莉亞，在音樂節演出之後安頓孩子們上車，而馮‧崔普上校則面對蓋世太保。

我用假裝自信的輕聲細語跟他們說話，重新播放《企鵝家族》錄影帶，在奶瓶裡倒了無糖利賓那[18]，然後坐在孩子們中間的地板上，他們看起來非常滿意。

接著警察出現，緊握著一個大旅行袋，我認得是我的。他用戴著手套的手，責難地從拉鍊口袋裡抽出一個散發惡臭、沾滿血跡的塑膠袋，問道，「小姐，這是妳的嗎？這東西在走廊的壁櫥裡。我們可以問妳幾個問題嗎？」

我起身，留下沉迷在《企鵝家族》的孩子們，這時馬克出現在門口。

「我剛說過，我是律師。」他愉快地對年輕的警察說，話中隱約帶著一絲「所以你最好注意你的行為」的意味。

就在那時，電話響了。

「小姐，我可以幫妳接嗎？」其中一名警官懷疑地說，彷彿可能是我的屍塊供應商打來，我實在想不通為什麼沾滿血跡的肉會出現在我的包包裡。警察把電話貼在耳邊，臉上瞬間流露出驚恐的神情，然後迅速把電話推給我。

「哦，哈囉？親愛的，那是誰呀？妳家裡有男人嗎？」

突然間我恍然大悟。我上次使用那個包包，就是去爸媽家吃午飯的時候。

---

[18] 利賓那（Ribena），黑加侖果汁，源自英國的飲品。

「媽，」我說，「我回去吃午飯的時候，妳有放東西到我的包包裡嗎？」

「對，說到這個，我有啊，兩塊菲力牛排，妳連一聲謝謝都沒說，放在拉鍊口袋裡。我才跟尤娜說到這件事，菲力牛排可不便宜。」

「妳為什麼沒有告訴我？」我氣憤地說。

最後總算設法讓毫無悔意的老媽向警察招供。就算這樣，他們還是說要把牛排拿去分析，也許還要拘留我問話，這時候康絲坦絲哭了起來，我抱起她，她用手臂攬住我的脖子，緊緊抓住我的毛衣，彷彿我就要從她身邊被帶走並扔進熊洞裡。

馬克只是笑了笑，把手放在其中一名警察的肩膀上說，「別這樣，兄弟們，那只是她母親給的兩塊菲力牛排。我相信你們應該還有更重要的事要忙吧。」

警察互相看了一眼，點了點頭，然後準備合上筆記本，拿起頭盔。那個帶頭的說，「好的，瓊斯小姐，以後要留意一下妳母親放進妳包包裡的東西。謝謝你的協助，先生，祝你有個美好的夜晚，祝妳有個美好的夜晚，小姐。」

馬克盯著牆上的洞遲疑了一下，顯得不知所措，接著他突然說，「好好欣賞《企鵝家族》。」然後跟在警察背後匆匆下樓。

5月21日星期三

57.6公斤,酒3單位(非常好),菸12根(棒極了),卡路里3425(不吃了),蓋瑞製造的牆上大洞修復進度:0,家飾布作為特殊場合衣著的正面想法:0。

茱德完全瘋了。剛去她家,到處散落著婚禮雜誌、蕾絲布樣、金噴漿果、有蓋湯碗和葡萄柚刀介紹,還有裡頭長著雜草的陶土花盆和一些草繩。

「我想要一個圓帳,」她說道。「還是那個叫蒙古包?我不要營帳。我要那個像阿富汗遊牧民族的帳篷,地上鋪著地毯,我還想要長頸復古油燈。」

「妳要穿什麼?」我說,一邊翻閱那些修過圖的頭戴花卉裝飾、瘦如竹竿的模特兒照片,一邊想著是否該叫救護車。

「正在訂做。Abe Hamilton[19]設計的!有蕾絲,還要露很多事業線。」

「什麼事業線?」小雪惡狠狠地咕噥著。

「《Loaded》[20]雜誌應該叫這個名字才對。」

「妳說什麼?」茱德冷冷地說。

「《什麼事業線?》」我解釋道。「就像《什麼車?》雜誌。」

---

[19] Abe Hamilton,英國服裝設計師。
[20] 《Loaded》,英國男性生活風格雜誌,目前為線上發行。

「那雜誌叫《哪一輛車?》,不是《什麼車?》[21]。」小雪說。

「姊妹們,」茱德用過度和善的語氣說,很像體育老師準備叫大家穿著體育短褲站到走廊上,「我們可以開始了嗎?」

「我們」悄悄地滲透進來,這倒是很有趣。突然之間,這不是茱德的婚禮,而是我們的婚禮,我們不得不執行這些瘋狂的任務,像是替一百五十個仿古油燈綁上草繩,還要去一個健康農場幫茱德辦婚前派對。

「我可以說句話嗎?」小雪說。

「請說。」茱德說。

「**該死的,不要嫁給卑鄙李察**。他是一個不可靠、自私、懶惰、不忠、來自地獄的笨蛋。如果妳嫁給他,他會拿走妳一半的財產,然後跟一個胸大無腦的妹跑掉。我知道有婚前協議書這種東西,但是⋯⋯」

茱德沉默下來。我突然意識到(感受到小腿被小雪的鞋子踢著),我似乎應該支持她。

「妳們聽這個,」我抱著希望說,唸出《新娘婚禮指南》的內容。「『伴郎:新郎最好選擇一位頭腦冷靜且負責任的人⋯⋯』」

我得意地來回看著她們,彷彿我證明了小雪的觀點,卻只得到冰

---

[21] 布莉琪覺得《Loaded》雜誌可以改名叫《What Cleavage?》,就像汽車雜誌《What Car?》,小雪糾正她說,那本雜誌的名稱是《Which Car?》。不過英國的確有一本汽車雜誌叫《What Car?》,創刊於 1973 年。

冷的反應。「還有,」小雪說,「妳不覺得婚禮對感情關係帶來太大的壓力嗎?我意思是說,這就不叫欲擒故縱了吧?」

我們忐忑不安地看著茱德,她深吸了一口氣。

「好!」她終於開口,面帶勇敢的微笑抬起頭。「來討論伴娘的職責!」

小雪點了一根絲卡。「我們要穿什麼?」

「這個嘛!」茱德滔滔不絕地說。「我覺得應該訂做。妳們看這個!」那是一篇標題為〈為大喜之日省錢的五十種方法〉的文章。「『伴娘服,使用家飾布能有出奇的效果!』」

家飾布料?

「妳們聽,」茱德接著說,「賓客名單的部分,裡面說不一定要邀請賓客的新伴侶。但我一提,她就說,『哦,我們很樂意參加。』」

「誰?」我說。

「蕾蓓嘉。」

我目瞪口呆地看著茱德。不可能吧,她不可能會期待我穿得像沙發一樣走紅毯,而馬克·達西卻和蕾蓓嘉坐在一起?

「他們有邀請我一起去度假。我當然不會去啦,但感覺我沒早點跟蕾蓓嘉說我要結婚,她好像有點受傷。」

「什麼?」小雪爆炸了。「妳對『姊妹淘』這三個字一點概念都

沒有嗎？布莉琪是妳我最要好的朋友，而蕾蓓嘉無恥地搶走了馬克！她不但毫無顧忌，還企圖把每個人都捲入她那噁心的社交圈，這樣他就會被緊緊纏住，永遠無法脫身。而妳該死的完全沒有堅定立場。這就是現代社會的問題所在——一切都可以被原諒。嗯，我要吐了，茱德。如果妳就是這樣的朋友，那妳就請蕾蓓嘉穿著宜家窗簾跟在妳背後走進禮堂，不必找我們，看妳覺得怎麼樣。妳的蒙古包、圓帳、什麼帳的通通都去死吧！」

所以現在我和雪倫都不跟茱德講話了。哦，天哪。哦，天哪。

9／社交地獄
Social Hell

6月22日星期日

58.5公斤,酒6單位(感覺是我欠康絲坦絲的),菸5根(非常好),卡路里2455(主要都是覆蓋了橘色糖霜的東西),逃脫的農場動物1隻,被孩子攻擊2次。

昨天是康絲坦絲的生日派對。我大約晚一小時抵達,走進瑪格姐的屋子,循著尖叫聲來到花園,看到一幕混亂的場景:大人追著小孩,小孩追著兔子,角落有一個小圍欄,裡面關著兩隻兔子、一隻沙鼠、一隻看起來病懨懨的羊和一隻大肚豬。

我在落地窗前停下來,緊張地環顧四周,看到他時心裡一震,他一個人站著,經典的馬克·達西派對模式,看起來冷淡而疏離。他朝我站著的門口瞥了一眼,我們瞬間四目相對,他困惑地點了點頭,隨後便移開目光。然後我注意到蕾蓓嘉和康絲坦絲一起蹲在他旁邊。

「康絲坦絲!康絲坦絲!康絲坦絲!」蕾蓓嘉柔聲說話,拿著一把日本扇在她的臉前面揮舞,康絲坦絲皺著眉頭,不高興地眨著眼睛。

「妳看誰來了!」瑪格姐彎下身子對康絲坦絲說,遙指著我。

康絲坦絲的臉上浮現出一絲絲微笑,堅定地、步伐有點搖晃地向我走來,還在原地拿著扇子的蕾蓓嘉看起來有點窘。她靠近時,我彎下腰,她用手臂環住我的脖子,把她溫熱的小臉貼在我臉上。

「妳有帶禮物給我嗎？」她小小聲說。

好險她為了討禮物而對我親熱的事只有我聽到，我輕聲說，「說不定有哦。」

「在哪裡？」

「在我的包包裡。」

「我們去拿好嗎？」

「哦，也太可愛了吧？」我聽到蕾蓓嘉柔聲說話，抬頭看見她和馬克正看著我們，康絲坦絲牽著我的手，把我帶到涼爽的屋內。

我很滿意要送給康絲坦絲的禮物，一包銀河脆皮巧克力豆，一件粉紅色的芭比芭蕾舞衣，帶著金色和粉色紗裙，這還是逛了兩家沃爾沃斯才找到的。她非常喜歡，而且自然而然地（就像任何一個女人）想立刻換上。

「康絲坦絲，」我說，在我們從各個角度欣賞過之後，「妳看到我很高興，是因為我這個人還是因為禮物？」

她瞇起眼睛看著我。「因為禮物。」

「好吧。」我說。

「布莉琪？」

「嗯？」

「妳家裡啊，」

「嗯?」

「為什麼都沒有玩具?」

「嗯,因為我其實不太玩那種類型的玩具。」

「喔。為什麼妳沒有一間遊戲室?」

「因為我不玩那種遊戲。」

「為什麼妳沒有男朋友?」

我不敢相信。才剛到派對,就被一個三歲小孩用沾沾自喜已婚人士的態度對待。

我們坐在樓梯上,開始一段漫長而嚴肅的對談,討論到每個人都是不同的,有些人是單身族群,然後我聽見一個聲音,抬頭看到馬克‧達西在上面看著我們。

「我只是,呃,洗手間在樓上是吧?」他輕描淡寫地說。「妳好,康絲坦絲。Pingu 企鵝好嗎?」

「他不是真的企鵝。」她瞪著他說。

「好,好,」他說。「抱歉。是我太笨,」他直視我的眼睛,「太容易上當。總之,生日快樂。」接著他就走過我們身邊,連個打招呼的親吻都沒有。「太容易上當。」所以他還是認為我偷吃裝潢師傅蓋瑞和乾洗店員工嗎?總之,我心想,我不在乎了,不重要了,一切都很好,我已經完全放下他。

「妳看起來很難過。」康絲坦絲說。她想了一會,然後從嘴裡拿出吃到一半的銀河脆皮巧克力豆放進我嘴裡。我們決定走去外面炫耀她的芭蕾舞裙,康絲坦絲立刻被瘋狂的蕾蓓嘉帶走。

「哦,看啊,是仙女來了。妳是仙女對嗎?妳是哪一種仙女?妳的仙女棒呢?」她嘰哩咕嚕地說。

「好棒的禮物,小琪,」瑪格姐說。「我幫妳拿杯酒。妳認識科斯莫吧?」

「認識。」我說,心裡一沉,看著那位壯碩商業銀行主管的鬆垮下巴肉。

「哦!布莉琪,很高興看到妳!」科斯莫中氣十足地說,仔細地上下打量著我。「工作怎麼樣?」

「哦,很好啊,」我撒了個謊,慶幸他沒有直問我的感情生活。好大的進步!「我現在在電視圈工作。」

「電視圈?妙啊!該死的妙啊!妳會上鏡頭嗎?」

「偶爾而已。」我用謙虛的語氣說,好像我幾乎是席拉・布萊克[1],但不想讓任何人知道。

「哦!妳是名人了哦?」他以關切的語氣靠近問道:「那妳的下半輩子都打點好了嗎?」

---

[1] 席拉・布萊克(Cilla Black, 1943-2015),英國歌手及電視節目主持人。

不巧的是，雪倫正好在那時經過。她盯著科斯莫，神情就像克林·伊斯威特懷疑有人要背叛他。

「這是哪門子問題？」她咆哮著說。

「什麼？」科斯莫說，驚嚇地轉過身看著她。

「『那妳的下半輩子都打點好了嗎？』你究竟是什麼意思？」

「哦，妳知道的……就是她什麼時候要……妳知道……」

「結婚？所以就因為她的生活沒有跟你一樣，你就認為她的生活沒有打點好，是嗎？那你的下半輩子都打點好了嗎，科斯莫？你跟沃妮怎麼樣？」

「嗯我……好吧。」科斯莫氣呼呼的，臉漲得通紅。

「哦，很抱歉，顯然我戳到了痛處。好了，布莉琪，別讓我再說錯話！」

「小雪！」到了安全距離時，我說。

「哦，拜託，」她說。「真的是夠了，他們不能隨隨便便看扁別人，侮辱他人的生活方式。科斯莫大概希望沃妮減肥 25 公斤，不要整天發出尖銳的笑聲，但我們不會一見到他就這樣假設，也不覺得我們該落井下石，沒錯吧？」她眼中閃過一道邪惡的光芒。「搞不好我們就該這樣做。」她說，抓住我的手臂返回科斯莫的方向，但我們又碰到馬克、蕾蓓嘉和康絲坦絲。哦老天。

「妳覺得誰比較老，我還是馬克？」蕾蓓嘉正在說。

「馬克。」康絲坦絲臭著臉說，四處張望，好像打算逃跑。

「妳覺得誰比較老，我還是媽咪？」蕾蓓嘉接著逗弄著她說。

「媽咪。」康絲坦絲給了個不忠心的回答，蕾蓓嘉聽了之後，發出了一陣銀鈴般的笑聲。

「妳覺得我和布莉琪，誰比較老？」蕾蓓嘉說，對我眨了眨眼。

康絲坦絲懷疑地抬頭看我，蕾蓓嘉則對著她微笑。我快速朝蕾蓓嘉撇頭。

「妳。」康絲坦絲說。

馬克・達西爆出一陣笑聲。

「我們來玩小仙女吧？」蕾蓓嘉高聲轉變策略，試著牽起康絲坦絲的手。「妳住在一座童話城堡裡嗎？哈利也是仙子嗎？妳的仙女朋友們在哪裡？」

「布莉琪，」康絲坦絲平靜地看著我說，「我想妳最好告訴這位女士，我其實不是仙女。」

稍晚，我把這件事講給小雪聽的時候，她陰沉地說，「哦，天啊。妳看誰來了。」

茱德在花園另一邊，身穿亮麗的青綠色衣服，正在與瑪格姐聊天，但卑鄙李察不在旁邊。

「姊妹們已經到了！」瑪格姐開心地說。「看！在那邊！」

我和小雪低頭研究我們的杯子，彷彿我們什麼都沒注意到。當我們抬起頭，蕾蓓嘉正奮力跟茱德和瑪格姐親吻打招呼，像個攀附權貴的作家妻子剛瞄到馬丁・艾米斯[2]正在與戈爾・維達爾[3]交談一樣。

「噢，茱德，我真是為妳感到高興，太棒了！」她激昂澎湃地說。

「我不知道那女人嗑了什麼，但我也想來一點，」雪倫咕噥著。

「噢，妳和傑瑞米一定要來，不，你們一定要來，絕對要來，」蕾蓓嘉滔滔不絕。「嗯，帶他們來啊！孩子們一起帶來！我喜歡小孩！七月的第二個週末，我爸媽在格洛斯特郡的家。他們會喜歡那個泳池，很多可愛迷人的人都會來！有露易絲・巴頓—福斯特、沃妮和科斯莫⋯⋯」白雪公主的繼母、佛雷德和羅絲瑪麗・威斯特[4]，以及卡利古拉[5]，我覺得她會繼續說下去。

「⋯⋯茱德和李察，馬克當然也會在那裡，還有馬克的同事賈爾斯和奈吉⋯⋯」

我看到茱德朝我們這邊瞥了一眼。「還有布莉琪和雪倫嗎？」她說。

---

[2] 馬丁・艾米斯（Martin Amis, 1949-2023），英國作家，《泰晤士報》在 2008 年將艾米斯評為 1945 年以來最偉大的 50 位英國作家之一。
[3] 戈爾・維達爾（Gore Vidal, 1925-2012），著名美國小說家、劇作家。
[4] 佛雷德和羅絲瑪麗・威斯特（Fred and Rosemary West），連續殺人犯夫妻檔，姦殺十多人，包括自己的子女。
[5] 卡利古拉（Caligula），羅馬帝國第三任皇帝。

「什麼?」蕾蓓嘉說。

「妳有邀請布莉琪和雪倫嗎?」

「喔。」蕾蓓嘉看起來有點慌。「嗯,當然啊,我不確定臥房夠不夠,但應該可以住客房小屋。」每個人都盯著她看。「我有邀請啊!」她瘋狂地四處張望。「哦,妳們兩個在這裡啊!妳們十二日會來,對不對?」

「去哪裡?」雪倫說。

「到格洛斯特郡。」

「我們什麼都不知道。」雪倫大聲說。

「哦。那妳現在知道了!七月第二個週末,就在伍德斯托克再過去。妳去過啊,對不對,布莉琪?」

「對。」我說,臉紅了起來,想起那個可怕的週末。

「好!太好了!所以妳會來,那瑪格妲,所以……」

「嗯……」我開始說。

「我們很樂意去。」雪倫肯定地說,踩了踩我的腳。

「什麼?什麼?」我說,蕾蓓嘉則像馬一樣嘶叫著離開。

「我們當然是該死的非去不可,」她說。「妳不能就這樣讓她劫持妳所有的朋友。她正在強迫所有人進入一個荒謬的社交圈,把勉強算是馬克朋友的人都拉進去,好讓他們倆可以被湊成國王和

女王蜂皇后[6]。」

「布莉琪？」一個優雅的聲音說。我轉過身，看見一個淡黃色頭髮、身材稍矮的眼鏡男。「我是賈爾斯，賈爾斯·本威克，馬克的同事。妳還記得嗎？我太太說要離開我的那天晚上，妳在電話上幫了我好多。」

「哦，對，賈爾斯。你好嗎？」我說。「最近都好嗎？」

「哦，恐怕不太好，」賈爾斯說。雪倫只回頭看一眼就溜了，這時賈爾斯開始鉅細靡遺地講起婚姻破裂的經過。

「我真的很感謝妳的建議，」他認真地看著我說。「我也真的買了《男人來自火星，女人來自金星》。我覺得這本書寫得非常非常好，雖然好像還是沒有改變維洛妮卡的觀點。」

「嗯，那本書比較是處理約會而不是離婚。」我忠於火星與金星的概念說。

「對，對，」賈爾斯承認。「妳讀過露易絲·賀的《創造生命的奇蹟》嗎？」

「有！」我高興地說。賈爾斯·本威克的確對心靈成長書籍有著廣泛的認識，我很開心跟他討論多部作品，儘管他講得有點太久。後來，瑪格妲帶著康絲坦絲過來。

「賈爾斯，你必須來見見我的朋友科斯莫！」她說，不動聲色地

---

[6] 女王蜂皇后（Queen Buzzy-bee），1950年代復古發條玩具，造型是一隻女王蜂。

266 | Bridget Jones: The Edge of Reason

對我翻了個白眼。「小琪，可以幫我照顧一下康絲坦絲嗎？」

我蹲下來和康絲坦絲說話，她似乎擔心芭蕾舞裙上的巧克力汙漬會影響紗裙的美學效果。正當我們都堅信粉紅色上面的巧克力汙漬很有吸引力、很獨特，而且是一種很棒的設計時，瑪格姐又回來了。「我想可憐的賈爾斯有點迷戀上妳了。」她挖苦地說，然後帶康絲坦絲去上洗手間。就在我準備站起來時，有人開始打我的屁股。

我轉身（我承認，我心裡想著也許會是馬克·達西！）看到沃妮的兒子威廉跟他的朋友正邪惡地竊笑著。

「再來一次！」威廉說，他的小夥伴又開始拍打起來。我試著站起來，但年約六歲、個頭比同齡小孩高壯的威廉撲到我背上，雙手用力纏住我的脖子。

「住手，威廉。」我試圖用權威的語氣制止他，但這時花園另一邊突然發生一陣騷動──大肚豬掙脫了，在花園裡來回衝刺狂奔，發出尖銳的叫聲。家長們匆忙去找自己的孩子，現場一片混亂，但威廉依然緊緊扒著我的背，而那個男孩還在打我的屁股，尖叫著發出像《大法師》[7]那種笑聲。我想辦法讓威廉下來，但他出奇地強壯，緊緊抓住我不放。我的背真的很痛。

突然間，威廉的手臂從我脖子上鬆開了。我感覺到他被提了起來，拍打的動作也停止了。我低著頭喘氣，試圖恢復冷靜。然後

---

[7] 《大法師》(Exorcist)，1974年的美國恐怖片，描述一名12歲小女孩被惡魔附身，神父為她驅魔。

我轉身,看到馬克‧達西夾著兩個扭來扭去的六歲男孩走遠。

有一段時間,派對的重點完全變成了抓回那頭大肚豬,傑瑞米臭罵那個可愛動物區的管理員。當我再次看到馬克,他已經穿上外套,正在和瑪格姐說再見,這時蕾蓓嘉匆匆過來,也開始說再見。我趕緊轉過頭,試著不去想這件事。忽然間,馬克朝著我走來。

「呃,我走了,布莉琪,」他說。我敢發誓,他低頭瞄了一眼我的胸部。「別再把肉片放在妳的手提包裡,好嗎?」

「不會了,」我說。在那一刻,我們只是凝視著對方。「哦,謝謝你,剛才……」我朝著剛才事件發生的地方撇個頭。

「不客氣,」他輕聲說。「我隨時可以幫妳擺脫煩人的男生。」恰恰在這時候,該死的賈爾斯‧本威克拿著兩杯飲料又出現了。

「哦,你要走了嗎,老兄?」他說。「我正打算向布莉琪多請教一些寶貴的建議。」

馬克迅速地看看他又看看我。

「我相信你會得到妥善的照顧,」他生硬地說。「星期一辦公室見。」

幹,幹,幹。為什麼只有馬克在場時,才有人跟我調情?

「又要回酷刑室了,可不是嗎?」賈爾斯邊說邊拍拍他的背。「沒有結束的一天,再會。」

賈爾斯滔滔不絕地說要寄給我一本《恐懼 OUT:想法改變,人

生就會跟著變》，我開始頭暈目眩，他很想知道我和雪倫十二日會不會去格洛斯特郡。但太陽似乎下山了，我聽到很多哭聲、很多「媽媽要打人了」的聲音，而且所有人似乎都要走了。

「布莉琪。」是茱德。「妳想不想去 192 喝一杯……」

「我們不想，」雪倫怒答。「我們要去驗屍。」其實她撒謊，她等下要跟賽門見面。茱德看起來很受打擊，哦天啊。該死的蕾蓓嘉把一切都搞砸了，但我還是要記得不能怪別人，發生的一切都是我的責任。

7月1日星期二

57.6 公斤（有用了！），蓋瑞製造的牆上大洞修復進度：0。

我想我還是接受吧。馬克和蕾蓓嘉是一對，我無能為力。持續在讀《心靈地圖》，我意識到，人生不可能想要什麼就擁有什麼，可以擁有一部分，但不會是全部。人生重要的不是發生過什麼，而是如何打好手中的牌。我不要再想著過去，想著與男人相關的一連串災難，我要思考未來。哦，好耶，電話！萬歲！看吧！

只是湯姆打電話來抱怨。本來聊得還不錯，直到他說，「哦，對了，我今晚稍早看到丹尼爾・克利弗。」

「喔，真的嗎，在哪裡？」我用愉快又有點緊繃的高八度聲音說。我知道現在的我是全新的我，而且過去的約會尷尬事件（隨便舉

個例好了，去年夏天，我和丹尼爾應該算是在一起，我卻在他的屋頂上發現一個裸女）絕對不會發生在全新的我身上。但就算如此，我也不希望和丹尼爾有關的恥辱過往重新浮現，像尼斯湖水怪（或勃起）那樣。

「在格勞喬俱樂部[8]。」湯姆說。

「你有跟他講話嗎？」

「有。」

「你說了什麼？」我問了個危險的問題。朋友之間應該要懲罰並忽視朋友的前任，而不是像東尼和雪麗對待查爾斯和黛安娜那樣，試著與雙方和睦相處。

「喲，我現在記不得了。我說，嗯，『布莉琪人那麼好，為什麼你對她那麼差勁？』」

他說這話的方式有點像鸚鵡，表示他可能不是逐字逐句地引用自己的話。

「好」，我說，「非常好。」我沉默一下，決心就此打住並轉移話題。我才不在乎丹尼爾說了什麼呢。

「所以他說了什麼？」我用氣音問。

「他說，」湯姆說，然後開始大笑。「他說……」

---

[8] 格勞喬俱樂部（Groucho Club）是一間私人俱樂部，會員必須在藝文方面有所成就。

「說什麼？」

「他說⋯⋯」他現在幾乎快笑出眼淚了。

「什麼？什麼？什麼啦？？？」

「『你怎麼能跟一個不知道德國在哪裡的人來往？』」

我發出鬣狗般的刺耳笑聲，就好像有人聽到祖母去世的消息以為是開玩笑，然後我恍然大悟，緊握住廚房桌邊，一陣暈眩。

「小琪，」湯姆說。「妳還好嗎？我笑只是因為這太⋯⋯荒謬了。妳當然知道德國在哪裡吧⋯⋯小琪？不是嗎？」

「知道。」我微弱地低聲說。

一段漫長又尷尬的沉默，我試著接受眼前發生的事，也就是丹尼爾甩了我是因為他覺得我笨。

「那所以，」湯姆愉快地說。「德國⋯⋯在哪裡？」

「歐洲。」

「對，但在歐洲的哪裡？」

我說真的。現在這種時代，你不需要知道國家的實際位置，因為只要買張機票就可以到達。旅行社在賣你機票之前，並不會特別問你飛機會飛過哪些國家，對吧？

「給個大概位置。」

「呃。」我支吾著，低著頭，眼睛在房間裡四處搜索，看看是否能找到一本地圖集。

「妳認為德國鄰近哪些國家？」他逼問。

我仔細想了想。「法國。」

「法國。好，所以德國『在法國附近』，是嗎？」湯姆說話的方式讓我覺得我好像犯了一個大錯。

然後我想到，德國當然與東德相連，因此有可能更靠近匈牙利、俄羅斯或布拉格。

「布拉格。」我說。湯姆聽到就爆笑出聲。

「總之，現在沒有什麼所謂的常識了，」我憤慨地說。「許多文章已經證明，媒體創造了如此浩瀚的知識，不可能人人都擁有相同的選擇。」

「沒關係，小琪，」湯姆說。「別管了。妳明天想看電影嗎？」

11 p.m. 好，我現在要看電影和讀書，丹尼爾有說或沒說什麼，對我來說完全無關緊要。

11:15 p.m. 丹尼爾好大的膽子，竟敢到處說我壞話！他怎麼知道我不知道德國在哪裡？我們甚至連接近德國都沒有，最遠才到拉特蘭水庫[9]，呵。

---

[9] 拉特蘭水庫（Rutland water），位於英格蘭中部。

11:20 p.m. 總之,我人非常好,就這樣。

11:30 p.m. 感覺糟透了,我很笨。我要開始研讀《經濟學人》,去上夜間課程,還要讀馬丁・艾米斯的《金錢:絕命書》[10]。

11:35 p.m. 哈哈,找到地圖集了。

11:40 p.m. 哈!好,我要打電話給那個混蛋。

11:45 p.m. 剛撥通了丹尼爾的電話。

「布莉琪?」他說,我根本還沒開口。

「你怎麼知道是我?」

「超現實的第六感吧,」他被逗樂似地懶洋洋地說。「等等。」我聽到他點了一根菸。「說吧。」他深吸了一口。

「說什麼?」我咕噥著。

「告訴我德國在哪裡。」

「在法國旁邊,」我說。「還臨近荷蘭、比利時、波蘭、捷克斯洛伐克、瑞士、奧地利和丹麥。而且它有海岸線。」

「哪一個海?」

「北海。」

---

[10] 《金錢:絕命書》(*Money: A Suicide Note*),英國作家馬丁・艾米斯(Martin Amis, 1949-2023)創作的小說。

「還有呢？」

我怒瞪著地圖集，上面沒有提到另一個海。

「好，」他說。「兩個海答對一個可以了。那妳想過來嗎？」

「不要！」我說。我說真的，丹尼爾真是讓人無法忍受，我不要再捲入那些烏煙瘴氣的事。

7月12日星期六

132.4公斤（跟蕾蓓嘉比起來的感覺），因為糟透的泡棉床墊而背痛9次，關於蕾蓓嘉與自然災害、電線走火、洪水及職業殺手的聯想次數：數字龐大但成比例。

蕾蓓嘉的家，格洛斯特郡。糟糕的客房小屋裡。我為什麼要來這裡？為什麼？為什麼？雪倫和我出發得有點晚，因此我們在晚餐開始前十分鐘才到，這讓蕾蓓嘉頗為不悅，她尖聲說，「哦，我們差點以為妳們迷路了！」像老媽或尤娜·厄康伯利那樣的語氣。

我們住在僕人小屋，我本來覺得很好，因為就不會在走廊碰見馬克，直到我們進去後才發現：裡面全部漆成綠色，床是泡棉橡膠單人床，床頭板是塑料貼片，比起上次住在有獨立衛浴的漂亮飯店式房間，簡直天壤之別。

「典型的蕾蓓嘉，」雪倫抱怨。「單身人士是二等公民，戳妳的痛點。」

我們搖搖晃晃地遲到走進宴客廳，因為化妝化得很匆忙，感覺像浮誇的剛離婚的婦女。宴客廳看起來仍然壯觀迷人，盡頭有一個巨大的壁爐，二十個人圍著一張古老的橡木餐桌而坐，銀燭台照亮桌面，並點綴著花卉裝飾。

馬克坐在桌子的主位，置身於蕾蓓嘉和露易絲・巴頓—福斯特之間，談得正盡興。

蕾蓓嘉看似沒有注意到我們進來了，我們尷尬地站在桌邊，直到賈爾斯・本威克大喊，「布莉琪！這邊！」

我被安排坐在賈爾斯和瑪格妲的老公傑瑞米之間，傑瑞米似乎忘了我曾經跟馬克・達西交往過，一開口就說，「所以！看來達西對妳的朋友蕾蓓嘉下手了，這倒有趣，因為有個叫希瑟還什麼的性感美女，她是巴基・湯普森的朋友，她好像也很喜歡那老傢伙。」

顯然傑瑞米沒注意到馬克和蕾蓓嘉聽得見他說什麼，但我注意到了。我試著專心聽他講話，不去聽蕾蓓嘉和馬克在說什麼，然而他們已經開始討論蕾蓓嘉正籌劃八月和馬克（彷彿這是理所當然的）去托斯卡尼的別墅度假，大家一定會參加，除了我和小雪。

「那是什麼東西，蕾蓓嘉？」有個人大聲吼叫，我依稀記得那次滑雪之旅聽過那個聲音。大家都看向壁爐，上面刻著一個嶄新的家徽，還有一句座右銘，「Per Determinam ad Victoriam」。有家

徽就奇怪了,因為蕾蓓嘉的家族並不是貴族,而是在奈特法蘭克與魯特利不動產公司[11]擔任要職。

「Per Determinam ad Victoriam？」那人又大吼。「不擇手段贏得勝利。這就是我們的蕾蓓嘉。」

現場爆出一陣哄笑聲,我和小雪幸災樂禍地對視了一眼。

「其實那句話意思是『決心是成功的要素』。」蕾蓓嘉冷冷糾正。我抬頭瞥了一眼馬克,他用手遮住嘴巴也在笑。

我設法撐過了這頓飯,聽著賈爾斯極度緩慢地分析他太太的情況,並試著分享我對勵志書籍的知識,讓我的思緒遠離馬克坐的那一端。

我等不及上床睡覺,逃離這個痛苦的惡夢,但我們所有人都得去大廳跳舞。

我瀏覽房間裡的 CD 收藏,盡量不去看蕾蓓嘉拉著馬克緩緩在舞池裡轉圈,她用手臂環繞著他的脖子,用愉悅的眼神四處環顧著室內。我覺得噁心,但我不要讓別人看出來。

「哦天啊,拜託,布莉琪。有點常識好不好。」雪倫走到 CD 播放器前,把〈Jesus to a Child〉[12]抽掉,換上快節奏的車庫電音組

---

[11] 此處用虛構的公司名——奈特法蘭克與魯特利（Knight, Frank and Rutley）開玩笑,Knight 這個字也可指爵士。另外,現實中的確有一間國際房地產顧問服務公司名叫萊坊（Knight Frank）。

[12] 〈Jesus to a Child〉是英國歌手喬治・麥可（George Michael, 1963-2016）於 1996 年發行的一首深情單曲,收錄於他的第三張個人專輯《Older》。

曲。她大步走到舞池，把馬克從蕾蓓嘉身邊拉走，開始與他跳舞。事實上，馬克還滿有幽默感的，看著小雪試圖把他變得時髦的模樣，讓他笑了出來。蕾蓓嘉的表情則像剛吃了一塊提拉米蘇，然後才發現它的脂肪含量。突然間，賈爾斯・本威克抓住我，開始瘋狂地帶我跳起搖滾舞步，我在舞池裡被甩來甩去，臉上僵著微笑，腦袋像布娃娃一樣不斷上下晃動。

那一刻，我真的無法再忍受了。

「我得走了。」我小聲跟賈爾斯說。

「我懂，」他神祕地說。「我送妳回小屋好嗎？」

我設法拒絕了他，穿著我的 Pied à Terre 裸跟鞋在礫石路上踉蹌地走回小屋，最後倒在那張難睡到離譜但至少是床的東西上，馬克這時可能和蕾蓓嘉正準備上床。要是我不在這裡就好了：克特陵扶輪社夏日慶典、《早安英國》晨間會議、健身房，哪裡都可以。但這是我自己的錯，是我決定要來的。

7月13日星期日

144.2 公斤，酒 0 單位，菸 12 根（都是偷偷抽的），從溺水意外救出的人 1 個，應該留在水裡泡到起皺褶而不要救出的人 1 個。

奇異又發人省思的一天。

早餐後,我決定躲開人群,在花園水塘附近閒逛。那裡非常美麗,草地間有淺淺的小河流過,河上有小石橋,周圍環繞著樹籬,遠處則是一片田野。我坐在石橋上,看著小河,心想一切都不重要,因為大自然始終存在。然後,我聽到樹籬後面有聲音漸漸接近。

「……全世界最糟的駕駛……我媽總是不斷……糾正他,但……對於操縱方向盤……沒有概念。他四十五年前就失去未出險折扣了,後來再也沒有拿到。」是馬克。「如果我是我媽,我會拒絕坐他的車,但他們不願意分開。其實很可愛。」

「哦,我喜歡這個故事!」是蕾蓓嘉。「如果我跟一個我摯愛的人結婚,我就會想要一直和他在一起。」

「是嗎?」他的語氣熱切,然後接著說,「我覺得,隨著年齡增長……危機就在於,當你單身了一段時間,你會被朋友的圈子緊密包圍,女性尤其如此,她們的生活幾乎已經沒有空間留給另一個男人,在情感上更是如此,因為她們的朋友及朋友的觀點,就是她們主要的參考意見。」

「哦,我完全同意。我當然愛我的朋友們,但對我來說,他們不是我的第一優先。」

這還要妳說?我心想。沉默了一會,馬克又突然激動地開口。

「勵志書都在胡扯,杜撰出那麼多叫人一定要遵守的行為準則,你心裡清楚知道,自己的每一個行動,都會被一群姊妹淘用她們從《今日佛學》、《維納斯與佛祖上床去》和《可蘭經》任意拼

湊出來的標準去拆解、去分析。最後，你會覺得自己是一隻耳朵長在背上的實驗室小白鼠！」

我緊握著我的書，心臟怦怦跳。他不會是這樣看待我們的事吧？

但蕾蓓嘉又開始了。「哦，我完全同意，」她激昂地說。「我對那個才沒興趣。如果我決定愛上一個人，任何事也無法阻擋我，完全沒有。朋友啊，理論啊，都不行。我只跟隨我的直覺，跟隨我的心。」她用一種我沒聽過的痴傻口吻說話，好像什麼大自然的花之女孩。

「我欽佩妳的態度。」馬克輕聲說。「一個女人必須了解自己信仰的是什麼，否則你又怎麼能相信她呢？」

「而且最重要的是，要信任她的男人。」蕾蓓嘉又換了一種語氣，聲音低沉而宏亮，呼吸控制得宜，像一個裝腔作勢演出莎士比亞劇作的女演員。

接著是令人難以忍受的沉默。我感覺自己快死掉了，僵在原地動彈不得，想像他們正在接吻。

「當然，這些我跟茱德都說過，」蕾蓓嘉又開口。「她很擔心布莉琪和雪倫叫她不要嫁給李察的事，他是個很棒的男人啊，我就說，『茱德，跟隨妳的心吧。』」

我呆在原地，看著飛過的蜜蜂尋求一點安慰。

馬克不會連這個也要欽佩吧？

9／社交地獄 ｜ 279

「對⋯⋯」他略帶猶豫地說。「嗯,我不確定⋯⋯」

「賈爾斯好像對布莉琪很感興趣!」蕾蓓嘉猛地開口,顯然是發現自己離題了。

一陣沉默。然後,馬克用異常尖銳的聲音說,「哦,真的嗎?那⋯⋯他們是互有情愫嗎?」

「哦,你也知道布莉琪,」蕾蓓嘉漫不經心地說。「我意思是,茱德說有很多男人追求她,」茱德這好傢伙,我心想。「但她狀況太糟,她不能──嗯,就像你說的,她沒辦法和其中任何一個好好相處。」

「真的嗎?」馬克立刻回她。「所以有沒有⋯⋯」

「哦,你知道的,我覺得她的約會準則太多還什麼的,沒有一個人符合標準。」

我無法理解發生了什麼事。也許蕾蓓嘉正試著讓馬克不再對我感到愧疚。

「真的嗎?」馬克又問。「所以她沒有⋯⋯」

「噢,看啊,那裡有一隻小鴨!哦,快看,一整窩的小鴨!那邊還有母鴨和公鴨。真是個完美的時刻!哦,我們去看看吧!」

他們走了,留下氣喘吁吁、腦海中思緒萬千的我。

午餐過後,天氣仍相當炎熱,大家移師到湖邊一棵樹下乘涼。這

裡就像是一幅田園詩歌般的景象：一座古老的石橋橫跨水面，柳樹垂在青草岸邊。而蕾蓓嘉容光煥發。「哦，真好玩啊！不是嗎，各位？真好玩！」

馬克的同事胖奈吉正用頭頂著足球，傳給其中一個大嗓門，他巨大的肚子在明亮的陽光下不住顫抖。他撲身過去救球，但沒救到，一頭栽進水裡，激起一大片水花。

「好耶！」馬克笑著說。「了不起的笨拙。」

「真美啊，不是嗎？」我心不在焉地對小雪說。「獅子跟羔羊同臥[13]。」

「獅子嗎，布莉琪？」馬克說。我嚇了一跳，他坐在一群人的另一邊，穿過人群空隙看著我，挑起一邊眉毛。

「我是說，像《詩篇》裡那一段。」我解釋。

「好的，」他說，眼神流露一絲熟悉的逗弄。「妳講的會不會是朗利特的獅子[14]？」

蕾蓓嘉突然站了起來。「我要從橋上跳下去！」她四處張望，面露期待的微笑。其他人都穿著短褲或小洋裝，但她卻幾近全裸，全身上下只穿了一件咖啡色的 Calvin Klein 比基尼。

---

[13] 這個《聖經》典故出自《以賽亞書》第 11 章，「豺狼必與綿羊羔同居，豹子與山羊羔同臥；少壯獅子與牛犢並肥畜同群⋯⋯」，而非出自《詩篇》，布莉琪弄錯了。
[14] 此處指英國朗利特野生動物園（Longleat Safari Park）。

「為什麼？」馬克說。

「因為已經五分鐘沒人注意她了。」雪倫小聲說。

「我們小時候都這樣做！很好玩的！」

「但是水很淺。」馬克說。

是真的，水線周圍露出一英尺半的乾裂泥土。

「不，不。這我很拿手，我很勇敢的。」

「蕾蓓嘉，我真的覺得妳不應該跳，」茱德說。

「我已經下定決心了。我心意已決！」她淘氣地眨眨眼，套上一雙 Prada 穆勒鞋，左扭右擺地走上石橋。好笑的是，她右上方的臀部沾了一點泥巴和雜草，為這場戲更增添效果。在我們的注視下，她脫下穆勒鞋拿在手中，然後爬上護欄的邊緣。

馬克站了起來，擔心地看了看水面，又往上看著橋樑。

「蕾蓓嘉！」他說。「我真的覺得……」

「沒事的，我相信自己的判斷。」她俏皮地甩了甩頭髮，接著仰起臉，舉起雙臂，戲劇性地停頓了一下，然後往下跳。

她入水的當下，所有人都看著，到了該重新浮出水面的時候，她卻沒有出現。就在馬克朝湖邊走去時，她尖叫著破水而出。

他步伐堅定地朝她走去，另外兩個男孩也跟著走進湖裡。我伸手

在包包裡翻找行動電話。

他們把她拉到淺水處，蕾蓓嘉不斷掙扎和哭泣，最後終於在馬克和奈吉的攙扶下，一瘸一拐地來到岸邊。很明顯，情況沒有那麼嚴重。

我站起來，把我的毛巾遞給她。「要打 999[15] 嗎？」我半開玩笑地問。

「要⋯⋯要⋯⋯」

大家圍過來盯著女主人受傷的腳。幸好，美甲師替她塗了 Rouge Noir 的優雅腳趾還能活動，所以算是不幸中的大幸。

後來我問了她醫師的電話號碼，從答錄機的預錄資訊抄下非門診時段的聯絡號碼，撥通後把電話遞給了蕾蓓嘉。

她跟醫師講了很久，按照他的指示挪動她的腳，發出各種不同的慘叫聲，但最終雙方都確認沒有骨折，也不算扭傷，只是稍微撞到。

「本威克呢？」奈吉一邊擦乾身體，一邊喝了一大口冰鎮白酒。

「對啊，賈爾斯呢？」露易絲・巴頓─福斯特說。「我一整個早上都沒見到他。」

「我去看看。」我說，慶幸能藉此遠離馬克揉捏蕾蓓嘉纖細腳踝

---

[15] 英國的緊急求助電話號碼。

的可怕景象。

走進有著氣派樓梯的涼爽大廳真是舒服。大理石基座上列著一排雕像，石板地上鋪著東方地毯，門上還有一個巨大的華麗紋章。我站了一會，享受片刻的寧靜。「賈爾斯？」我說，我的聲音在廳裡迴蕩不止。「賈爾斯？」

沒有回音。我不知道他的房間在哪裡，只好沿著那座壯麗的樓梯走上去。

「賈爾斯！」

我探頭看進其中一個房間，裡面有張精緻雕刻的橡木四柱大床。整個房間都是紅色的，可以俯瞰湖邊的景色，蕾蓓嘉昨晚晚餐時穿的紅色洋裝正掛在鏡子上。我瞄向那張床，感覺胃被重重打了一拳——我買給馬克作為情人節禮物的紐卡索聯四角褲，折得整整齊齊放在床罩上。

我衝出房間，背靠著門，急促地呼吸。然後，我聽到了一聲呻吟。

「賈爾斯？」我說。沒人回應。「賈爾斯？我是布莉琪。」

呻吟的聲音再次傳來。

我沿著走廊走去。「你在哪裡？」

「這裡。」

我推開門，這個房間是刺眼的綠色，擺滿了深色的大型木頭家

具,非常難看。賈爾斯仰躺在床上,頭轉向一側,微微呻吟,身旁的電話話筒沒掛上,掉落在他身旁。

我坐到床邊,他微微睜開眼睛又閉上。他的眼鏡斜斜地掛在臉上,我把眼鏡拿下。

「布莉琪。」他手上拿著一瓶藥丸。

我從他手中拿過來。是替馬西泮[16]。

「你吃了幾顆?」我握住他的手問。

「六顆⋯⋯還是四顆?」

「什麼時候吃的?」

「不久之前⋯⋯大概⋯⋯不久之前。」

「先去催吐。」我說,想到醫院總是幫用藥過量的人洗胃。

我們一起走進浴室。老實說,過程並不很吸引人,之後我讓他喝了很多水,他又倒回床上,握著我的手輕聲啜泣。當我摸著他的頭,他痛苦地說,他打了電話給他太太維洛妮卡。他拋下了自我和自尊,毀掉過去兩個月所做的一切努力,就為了求她回頭。但她卻宣布她非常確定要離婚,這令他深深感到絕望。我完全能理解。我跟他說,這足以讓任何人尋求藥物的解脫。

這時,走廊傳來腳步聲,接著是敲門聲,然後馬克出現在門口。

---

[16] 替馬西泮(Temazepam),治療睡眠障礙的藥物成分。

「你可以再打電話給醫師嗎？」我說。

「他吞了什麼？」

「替馬西泮。大約六顆，剛剛吐過了。」

馬克走到走廊。外面傳來更多的聲音，我聽到蕾蓓嘉說，「哦，看在上帝的份上！」馬克試著讓她安靜下來，然後我聽到更多含糊的低語。

「我只希望一切都停止，我不想再有這種感覺，我只想要一切都停下來。」賈爾斯呻吟著。

「不，不，」我說。「你要抱持希望和信心，相信一切都會好轉，一定會的。」

屋子裡傳來更多的腳步聲和說話聲，然後馬克再次出現。

他微微一笑。「剛才真抱歉。」隨後他又變得嚴肅起來。「你會沒事的，賈爾斯。你得到了很好的照顧。醫師十五分鐘內會到，他說沒什麼好擔心的。」

「妳還好嗎？」他對我說。

我點了點頭。

「妳做得很棒，」他說。「像個更有魅力的喬治・克隆尼。妳能陪著他等到醫師過來嗎？」

當醫師終於安頓好賈爾斯，半數的客人似乎已經離開了。蕾蓓嘉

腳抬著高高地，坐在富麗堂皇的大廳裡，淚流滿面地和馬克說話，而小雪站在前門抽菸，我們兩人的行李都已經打包好了。

「真的很不為別人著想，」蕾蓓嘉正說著。「他毀了整個週末！人應該堅強獨立，這樣太……任性、太自溺了。不要不說話，難道你覺得我說得不對嗎？」

「我覺得我們應該……晚點再討論這件事。」馬克說。

我和小雪向其他人道別，正把行李放進車上時，馬克朝我們走了過來。

「做得好！」他低吼。「抱歉。天啊，我聽起來像個軍官。我開始受到這地方的影響了。妳剛才表現得很好，跟……嗯，那兩位一起的時候。」

「馬克！」蕾蓓嘉大喊。「我的拐杖掉了。」

「撿啊！」雪倫說。

馬克臉上掠過一絲窘迫的神情，但他很快控制住自己，然後說，「很高興見到妳們，開車小心。」

我們驅車離開，小雪想像著馬克的下半輩子——被迫繞著蕾蓓嘉團團轉，聽她指揮、像小狗一樣替她撿東西，她開心得咯咯笑。但我心裡卻反覆思索著那天我在樹籬後偷聽到的談話。

10／火星與金星在垃圾桶裡
Mars and Venus in the Dustbin

7月14日星期一

59公斤,酒4單位,菸12根(已不再是首要問題),卡路里3752(節食前),計畫丟掉的勵志書47本。

8 a.m. 心情很亂。難道為了改善感情關係而讀的勵志書,反而破壞了我的感情關係?感覺這輩子的努力都失敗了。但是,我至少從這些書裡學到一件事,那就是發生的事情就讓它過去,繼續向前邁進。

即將丟掉的:
《男人要什麼》
《男人的思維模式與情感世界》
《男人為什麼以為自己想要那些》
《終極規則》
《拋掉終極規則》
《待會再說,親愛的,我在看球賽》
《如何尋找並獲得你想要的愛情》
《如何在不尋求愛情的情況下,找到你想要的愛情》
《如何發現你渴望的愛情不是你尋找的》
《單身萬歲》
《如何避免單身》
《如果佛祖也約會》
《如果阿拉也約會》
《如果耶穌與愛神約會》

班‧歐克里寫的《飢餓之路》（就我所知，它不算是勵志書，但反正我永遠不可能會讀這本該死的書[1]）

好，全部進垃圾桶，還有另外三十二本也是。但天啊，我捨不得丟掉《心靈地圖》和《創造生命的奇蹟》。如果不靠勵志書，還能往哪尋求靈性指導以應付現代社會的問題呢？還是該把書捐給樂施會？不行，不能破壞別人的感情關係，尤其是第三世界國家的人的感情。這簡直比菸草商的行為更糟糕。

問題

公寓牆上的大洞。

為公寓牆上大洞辦的二順位房貸，導致財務狀況陷入負數。

男友跟**另一個女人**約會。

不跟摯友之一說話了，因為她要跟男友及**另一個女人**一起去度假。

工作很爛，但為了繳二順位房貸（因為公寓牆上的大洞），所以不能辭職。

因為男友／摯友／公寓牆上大洞／職業和財務危機的關係，非常需要度假，但卻沒人可以同行。湯姆要回舊金山。瑪格姐和傑瑞米要跟馬克、該死的蕾蓓嘉一起去托斯卡尼，誰知道，也許茱德和卑鄙李察也會同行。小雪還在含糊其詞，大概是在等賽門開口，看看他願不願意以睡雙床房（不能小於五英尺）的名義跟她

---

[1] 《飢餓之路》(The Famished Road) 是尼日作家班‧歐克里 (Ben Okri) 的代表作，1991 年首次出版。這部小說融合了魔幻現實主義和西非傳統文化，是現代非洲文學的經典之一。

一起出門旅行,然後爬上她的床。

此外,因為財務危機和公寓牆上的大洞,我也沒錢去度假。

不,我不能動搖,我太容易受他人想法的影響了。這些書全都要、進、垃、圾、桶。我要獨、立、自、主、靠、自、己。

8:30 a.m. 公寓裡的勵志書都清掉了,感到空虛而迷惘,但肯定還有些資訊留在腦子裡吧?

研究勵志書而獲得的心靈指南(非約會類):

1. 正向思考很重要,參見:《EQ:決定一生幸福與成就的永恆力量》、《情感自信》、《心靈地圖》、《如何在三十天去除大腿橘皮組織》、《路加福音》第十三章。
2. 寬恕很重要。
3. 順其自然和依靠直覺很重要,不要試著強行塑造和組織一切。
4. 自信很重要。
5. 誠實很重要。
6. 享受當下很重要,不要幻想或後悔過去的事情。
7. 不要執著於勵志書,很重要。

所以解決方案是:

1. 感受當下,寫下各種問題和心靈解決方案清單的現在是多麼愉快,比起提前計畫未來⋯⋯

啊!啊!8:45了!晨間會議要遲到了,沒時間喝卡布奇諾。

10 a.m. 辦公室。感謝老天，買到了卡布奇諾，助我平復剛才在快遲到時買卡布奇諾的地獄時刻。真奇怪，排隊買卡布奇諾的場景讓倫敦整區看起來像是戰後或遭到共產主義的摧殘，人們耐心地站在冗長的隊伍裡，排好幾個小時，彷彿在塞拉耶佛等著買麵包，另一邊的店員則是汗流浹背忙著烘豆子、磨豆子，敲打著充滿黏性物質的金屬器具，同時間還有呼嘯的蒸汽。但怪的是，人們普遍越來越沒有耐心等待任何事，唯獨卻對這件事特別有耐心：彷彿在這殘酷的現代世界裡，這是唯一可以真正信任和依賴的事物……啊！

10:30 a.m. 辦公室洗手間。剛才是理查·芬奇對著我大喊大叫。「快點，布莉琪，別忸怩，」那肥子當著所有人的面大吼，又抽搐又嚼個不停的，陷入嗑了古柯鹼之後的狂躁。「妳什麼時候走？」

「呃……」我說，想說待會再問帕楚莉，「走去哪裡？」

「妳完全不知道我在說什麼吧？真是不可思議。妳什麼時候去度假？如果妳現在不填表就不用去了。」

「哦嗯，對。」我隨口說。

「不填表就去不了。」

「對，對，我只是要確認一下日期。」我咬著牙說。會議一結束，我立刻衝進洗手間抽根菸緩和心情。就算全辦公室只有我一個人不去度假也沒關係，沒關係。這不表示我是被社會排斥的人，絕

對不是。我的世界一切安好。即便我又得做代孕的專題。

6 p.m. 試著請女性討論讓人反感的排卵話題排列組合，惡夢般的一天，實在不想直接回到家裡的工地。這麼一個柔和、陽光明媚的傍晚，去漢普斯特德曠野散散步好了。

9 p.m. 不可思議，真的不可思議。這證明了，如果你不費盡心思要解決一切，而是以禪意的正面態度順其自然，解決方案就會出現。

我沿著通往漢普斯特德曠野最高處的小徑走，心想倫敦的夏天真美妙，下班後的人們鬆開領帶、邋遢地攤在陽光下放鬆。這時，我注意到一對看起來很幸福的情侶：她仰躺著，頭枕在他的肚子上，他則微笑撫摸她的頭髮，一邊說話。他們看起來有些面熟。當我走近時，發現是茱德和卑鄙李察。

我意識到，我從來沒見過他們兩人獨處的模樣——當然啦，如果我在場，那就不是獨處了。茱德突然因為卑鄙李察說了某句話而哈哈大笑起來，她看起來非常快樂。我遲疑著，不知道該走過去還是回頭，此時卑鄙李察說，「布莉琪？」

我停下來，不知所措，茱德抬起頭，目瞪口呆的樣子毫無形象。

卑鄙李察站起來，拍掉身上的草屑。

「嘿，很高興看到妳，布莉琪，」他咧嘴笑著。我才發現每次看到他，他都是和茱德一起出現，我身旁永遠是小雪和湯姆，而他總是有點不屑的樣子。

「我正要去買酒,妳坐下來和茱德聊聊吧。哦,拜託,她不會吃了妳。她不碰含乳製品的東西。」

他走了以後,茱德羞怯地笑笑。「我看到妳才沒有很高興呢。」

「我也不高興看到妳。」我粗聲粗氣說。

「那妳要坐下嗎?」

「好吧,」我說,跪坐在地毯上,結果她笨拙地一拳打在我肩膀上,差點把我推倒。

「我想妳。」她說。

「閉——嘴——」我微張嘴角說。有一瞬間,我以為自己快哭出來了。

茱德為了蕾蓓嘉的事對我不夠體貼而道歉,她說她只是因為終於有人高興她要嫁給卑鄙李察而沖昏頭。結果她和卑鄙李察沒有要跟馬克和蕾蓓嘉去托斯卡尼,雖然他們有受邀,但卑鄙李察說他不想被一個瘋狂社交工程師操縱指揮,他寧願兩人自己去度假。我發現自己莫名開始對卑鄙李察有好感。我也向茱德道歉,為蕾蓓嘉這麼蠢的事情吵架而感到過意不去。

「那不是蠢事,妳真的受傷了。」茱德說。然後她說他們要延後婚禮,因為一切變得太複雜了,但她還是希望我和小雪能當伴娘。「如果妳願意的話,」她害羞地說。「但我知道妳不喜歡他。」

「妳真的很愛他吧?」

「對，」她快樂地說。然後她看起來很焦慮。「但我不知道我有沒有做錯。《心靈地圖》裡說，愛不是一種感覺，而是你決定去做的事情。而且《如何得到你想要的愛情》裡也說，如果你跟一個無法自食其力、依賴父母資助的人交往，表示這個人還沒有脫離爸媽，這種感情關係行不通。」

我腦海中響起老爸在小屋裡播放的納京高。「你將會學到……最重要的事……」

「而且我覺得他有藥癮，因為他抽大麻，有藥癮的人沒辦法建立感情關係。我的心理醫師說……」

「……就是去愛，並且得到愛的回報。」

「……我至少一年之內不應該談戀愛，因為我對戀愛成癮，」茱德繼續說。「而且妳和小雪都覺得他是個白痴。小琪？妳在聽我說話嗎？」

「有，有，抱歉。如果感覺對了，我覺得妳應該放手去做。」

「沒錯。」卑鄙李察說，像酒神巴克斯般高高在上站在我們面前，手裡拿著一瓶夏多內白酒和兩包絲卡。

我和茱德、卑鄙李察度過了美好的時光，然後大家一起搭計程車回家。一回到家，立刻打給小雪告訴她這個消息。

「哦，」當我解釋完禪一般的順其自然奇蹟，她說。「呃，小琪？」

「怎樣？」

「妳想去度假嗎？」

「我以為妳不想跟我一起去。」

「我只是想等到⋯⋯」

「等到什麼？」

「哦，沒什麼。但總之⋯⋯」

「小雪？」我追問。

「賽門要去馬德里找他在網路上認識的女孩。」

我不知道我是該為了雪倫難過，為了有人能一起度假感到超級興奮，還是為了自己永遠無法是個六英尺高、有老二的建築師而感到自卑。

「呿，那只是羊絨披肩主義，搞不好她其實是個男人。」我說，想讓小雪覺得好過一點。

「不過呢，」從話筒接收到一段超痛苦的沉默之後，她漫不經心地說，「我找到去泰國的超便宜機票，只要249鎊，我們可以去蘇梅島當嬉皮，幾乎不花什麼錢！」

「萬歲！」我說。「泰國！我們可以學習佛教，得到心靈頓悟。」

「對！」小雪說。「對！我們絕對不要跟任何該死的男人有任何

瓜葛。」

所以,看吧……哦,電話。說不定是馬克‧達西!

午夜。 電話是丹尼爾打來的,他的聲音跟平時不太一樣,但顯然一樣是醉的。他說他心情低落,因為工作很不順利,還說他對德國的事情感到抱歉。他承認其實我的地理很好,然後問我週五能不能一起吃晚餐,只是聊聊。所以我說好。我對這件事也感覺很好,為什麼我不能在丹尼爾需要幫助時,做他的朋友呢?人不應該心懷怨恨,因為那只會阻礙自己,必須學會寬恕。

還有,就像茱德和卑鄙李察讓我看見——人是可以改變的,而我過去曾經為他瘋狂。

而且,我真的很寂寞。

反正只是吃晚飯。

我絕對不會跟他上床。

7月18日星期五

57.6公斤(棒極了的預兆),嘗試購買的保險套84個,實際購買的保險套36個,購買後可用的保險套12個(應該夠多了,尤其在不打算使用的情況下)。

2 p.m. 打算在午休時間出去買一些保險套。不是因為要跟丹尼

爾上床之類的,只是以防萬一。

3 p.m. 買保險套探險活動徹底失敗。一開始還滿享受這種突然成為保險套消費者的感覺,沒有性生活的時候,經過保險套區總會有點難過,彷彿生活的一部分被剝奪了。然而,真的站到貨架前才發現,種類繁多的保險套令人眼花繚亂:**安心型**──「提供超敏感體驗」、**綜合包裝**──「提供更多選擇」(像綜合口味麥片那麼誘人)、**超薄型**──「殺精潤滑」、**絲薄型**──「溫和潤滑且不加(可怕又令人不適的詞要來了)殺精劑」,還有專為**特級舒適**設計的**自然型**(意思是比較大嗎?那萬一太大怎麼辦?)。我拚命低下頭,透過睫毛盯著這一排保險套,大家想要的當然是**超敏感**、**特級舒適**和**超薄**,到底為什麼非得在這之中做出選擇?

「需要幫忙嗎?」雞婆的藥劑師詭祕地笑著問。我當然不能說我要買保險套,因為這等於是宣布「我待會要跟人上床」,就像那些挺著孕肚走在路上的人,彷彿在說,「大家看我,我跟別人上過床!」不敢相信,保險套產業的存在,本身就是默認所有人一天到晚在做愛(除了我以外),而不是繼續假裝大家都不做這件事,那才應該是我們國家的正常狀態吧。

總之,最後只買了 Bradasol 喉片。

6:10 p.m. 惱火地加班到六點,藥局已經關門,保險套還沒買。沒關係,我可以去特易購城市店,那種為衝動型單身人士設計的商店肯定有賣吧。

6:40 p.m. 在牙膏那條走道鬼鬼祟祟來回走動，沒有。最後逼不得已，悄悄靠近那位看起來像主管的女士，試著擺出輕鬆自在的裝熟笑容，挑起一邊眉毛，壓低聲音問，「保險套放在哪裡？」

「我們之後會賣，」她想了一下說。「可能要再過幾個星期。」

「對我一點用也沒有！」我想大喊大叫。「那今晚怎麼辦？」不過，我當然不會跟他上床！

還自稱是服務現代都會單身人士的商店，哼。

7 p.m. 剛去了街角那間裡面很臭、東西賣雙倍價錢的雜貨店，看到櫃檯後面擺了保險套、香菸和廉價絲襪，但環境太髒了，決定還是放棄。我想在 Boots 藥妝店那種舒服乾淨的環境買保險套產品。而且剛才那裡的選擇實在太少了，他們只有**高品質前端儲精囊設計**這款。

7:15 p.m. 忽然靈光一現。我可以去加油站，排隊結帳時偷偷觀察保險套的種類，然後……絕對不能落入過時的男性刻板印象，隨身攜帶保險套並不代表前衛或放蕩，所有乾淨的女生都會準備保險套，這是為了衛生。

7:30 p.m. 啦啦啦，搞定了，易如反掌。我其實還買到了兩盒：一盒**綜合包裝**（生活需要點調劑），一盒**全新升級超薄乳膠前端儲精囊設計**，提供更高敏感度。店員看到我買的種類和數量先是有點愣住，但隨即又表現得格外尊重：可能以為我是生物老師之類的，買保險套是為了教導發育較早的學生。

7:40 p.m. 被說明書上的露骨示意圖嚇了一跳,而且詭異的是,我想到的不是丹尼爾,而是馬克‧達西。嗯。嗯。

7:50 p.m. 我敢打賭,他們當初在決定示意圖上的尺寸時,一定也很為難,因為不能讓任何一個人感到洩氣或自滿。綜合包裝太瘋狂了,「Mates 彩色保險套,以豐富的色彩增添額外的樂趣。」額外的樂趣?眼前突然出現一幅花俏的畫面——情侶戴著彩色保險套和紙帽,性感地開懷大笑,拿著氣球互相打打鬧鬧。還是把這盒瘋狂的綜合包裝扔掉好了。好,該準備出門了。哦天啊,電話。

8:15 p.m. 噢,見鬼了。湯姆抱怨他的行動電話掉了,覺得可能是掉在我這裡。我的時間已經很趕,他還是逼我到處找,結果翻遍公寓還是找不到,最後我懷疑自己可能把行動電話跟那些勵志書還有報紙一起扔了。

「哦,那妳可以去拿回來嗎?」他急切地說。

「我要遲到了。可以明天再拿嗎?」

「但要是他們清空了垃圾桶怎麼辦?他們哪天會來收垃圾?」

「明天早上,」我心裡苦澀地一沉。「但問題是,那裡有好幾個公共垃圾桶,我不知道丟進了哪一個。」。

最後我只好披上長版皮夾克,裡頭只穿了胸罩和內褲,走到街上等湯姆打電話來,這樣才知道電話在哪一個垃圾桶裡。當我正站在牆邊、探頭往垃圾桶裡看的時候,突然聽到一個熟悉的聲音

說,「妳好。」

我轉過身,馬克‧達西站在那裡。

他低頭看了一眼,我才發現身上的內衣(還好是一套)完全暴露在外。

「妳在做什麼?」他問。

「我在等垃圾桶響。」我回答得很有尊嚴,同時把夾克拉緊。

「明白。」他遲疑了一下。「那妳……等很久了嗎?」

「沒有,」我謹慎地說。「只等了正常的一段時間。」

就在那時,其中一個垃圾桶開始響了起來。「啊,是找我的。」我說,試著伸手去翻。

「請讓我來,」馬克說,放下他的公事包,敏捷地跳上牆,伸手進垃圾桶,拿出電話。

「這是布莉琪‧瓊斯的電話,」他說。「好的,沒問題,我請她聽。」他把電話交給我,「找妳的。」

「剛才是誰?」湯姆壓低聲音問,異常興奮。「好性感的聲音──是誰?」

我用手按住聽筒。「非常感謝你。」我對馬克‧達西說,他剛從垃圾桶裡撿起一堆勵志書,正用困惑的表情翻看著。

「不客氣，」他說，把勵志書放回去。「呃……」他停頓了一下，看著我的皮夾克。

「怎麼了？」我問，心跳加速。

「哦，沒什麼，只是很高興看到妳。」他躊躇了一會。「嗯……很高興又看到妳。」然後他試著擠出一個微笑，轉身要走。

「湯姆，我等下打給你。」我對著電話那頭正在抗議的湯姆說。我的心狂跳著。依照所有約會禮儀的規定，我應該就讓他離開，但我一直想著那天在樹籬後偷聽到的對話。「馬克？」

他轉過身來，臉上寫滿了複雜的情感。有一度，我們只是凝視著對方。

「嘿！小琪，妳沒穿裙子就出來吃晚餐嗎？」

是丹尼爾，他提早到了，正走過來。

我看見馬克打量著丹尼爾。他深深看了我一眼，目光裡滿是痛苦，然後轉身大步離開。

11 p.m. 丹尼爾沒注意到馬克・達西──這既是幸運也是不幸，因為我不必解釋馬克為什麼出現，但我也無法解釋自己為什麼這麼心煩意亂。一踏進公寓，丹尼爾就開始試著親我，我卻不想要他這麼做。這感覺非常奇怪，因為我去年花了那麼多時間，迫切想要他親我，甚至苦苦猜測他到底為什麼不碰我。

「好，好，」他舉起雙手，掌心朝向我。「沒問題。」他為我們

倆倒了一杯酒,坐到沙發上,穿著牛仔褲的長腿格外性感。「聽著。我知道我傷害了妳,我很抱歉。我知道妳現在有些防備,但我真的不一樣了。過來,坐這裡。」

「我先去穿衣服。」

「不,不,過來,」他邊說邊拍著身邊的沙發。「來吧,小琪。我保證不會碰妳。」

我小心翼翼地坐下來,把夾克拉好,雙手整齊地疊放在膝蓋上。

「好了,好了,」他說。「來吧,喝點這個,放輕鬆。」

他輕輕摟住我的肩膀。

「我不斷在想我之前是怎麼對妳的,真是不可原諒。」再次被摟抱的感覺很舒服。「瓊斯,」他溫柔地低聲說。「我的小瓊斯。」

他把我拉近,讓我的頭靠在他的胸膛上。「我不該那樣對妳。」他那熟悉的氣味撲面而來。「來。抱一下,妳沒事了。」

他撫摸我的頭髮,撫摸我的脖子、我的背,他開始輕輕將我的夾克從肩膀上推開,手往下伸,輕輕一搭,就解開了我的胸罩。

「住手!」我喊,試著把外套重新披回身上。「我說真的,丹尼爾。」我半笑著抗議。突然間,我看到他的表情,他並沒有笑。

「為什麼?」他說,再次粗暴地把外套從我肩膀上扯下來。「為什麼不要?拜託。」

「不!」我說。「丹尼爾,我們只是要出去吃晚餐,我不想親你。」

他往前低下頭,呼吸急促,然後坐直,仰起頭,閉上眼睛。

我站起來,拉緊外套,走向桌子。當我回頭看,丹尼爾雙手抱著頭。我才意識到他在啜泣。

「對不起,小琪。我被降職了,我的工作被轉交給柏珮嘉,我好像一個多餘的人,現在連妳也不要我,再也不會有女孩要我了。沒有人會要一個像我這個年紀卻沒事業的男人。」

我震驚地盯著他。「那你以為我去年的感覺又是如何?我在那個辦公室的最底層,而你卻一直玩弄我,讓我感覺自己就像個翻新貨?」

「翻新貨?小琪?」

我原打算向他解釋翻新貨理論,但不知怎地我突然感覺根本沒必要。

「我覺得你最好現在就離開。」我說。

「哦,拜託,小琪。」

「你走吧。」我說。

嗯。總之,我要徹底抽離整件事。很高興要出遠門了,到了泰國就能擺脫所有跟男人相關的問題,專注在自己身上。

7 月 19 日星期六

58.5 公斤（為什麼是買比基尼的那天？為什麼？），關於丹尼爾的混亂想法：太多，穿得下的比基尼下裝 1 件，穿得下的比基尼上衣 0.5 件，關於威廉王子的粗魯想法 22 個，在《哈囉！》[2]雜誌上面寫「威廉王子與可愛的約會對象布莉琪・瓊斯小姐出席雅士谷賽馬會」7 次。

6:30 p.m. 該死，該死，該死。整整一天都待在牛津街的試衣間，試圖把我的胸部擠進設計不良的比基尼上衣，能穿進那些上衣的人要不是胸部長在中間一上一下，就是各自長在兩邊腋下，而試衣間刺眼的聚光燈，讓我看起來就像河畔咖啡[3]的義式烘蛋。最明顯的解決方案是買一件式泳裝，但這樣等我旅行回來時，軟綿綿的肚子對比身體其他部位，就會因為白皙而更明顯突出。

比基尼減肥緊急計畫：第 1 週

7 月 20 日星期日	58.5 公斤
7 月 21 日星期一	58.1 公斤
7 月 22 日星期二	57.6 公斤
7 月 23 日星期三	57.2 公斤
7 月 24 日星期四	56.7 公斤
7 月 25 日星期五	56.2 公斤
7 月 26 日星期六	55.8 公斤

---

[2] 英國的八卦雜誌。
[3] 河畔咖啡（River café）是一間位於倫敦的義大利餐廳。

萬歲！再過一週，體重就幾乎達到目標，之後只要透過運動來調整脂肪的質地和分布就行了。

噢，幹。不可能行得通。而且我們要合住一個房間，大概還得跟小雪睡一張床。還是專注在我的心靈好了。總之，茱德和小雪很快就要過來了。萬歲！

午夜。美好的夜晚。很高興跟姊妹淘再次合體，不過小雪因為丹尼爾的事氣到不行，我只能盡我所能阻止她打電話報警，指控他約會強暴。

「多餘的人？妳看吧？」她怒罵。「丹尼爾就是個典型的世紀末男性代表。他終於逐漸明白女性才是更優越的族群，並開始意識到自己失去角色和功能，所以他該怎麼辦呢？他訴諸暴力！」

「可是，他只是試著親她。」茱德溫和地說，一邊隨意翻閱《選對婚禮帳篷》雜誌的頁面。

「呸！這就是重點。那是她該死的運氣好，他沒打扮成『都市戰士』衝進銀行，拿出衝鋒槍殺死十七個人。」

這時，電話響了。是湯姆，但他打來不是為了感謝我費九牛二虎之力把行動電話寄還給他，而是想要我媽的電話號碼。湯姆似乎跟老媽變得關係很好，我懷疑他是把她當作俗氣的茱蒂・嘉蘭或伊凡娜・川普看待（這其實很奇怪，畢竟我記得去年老媽還教訓我說，同志只是「懶惰，親愛的，他們根本懶得和異性交流」，但那畢竟是去年的事）。我突然擔心，湯姆該不會要找我

媽去一家叫 Pump 的俱樂部穿亮片禮服演唱〈Non, Je Ne Regrette Rien〉[4]吧？她可能會（天真又自戀地）同意，以為俱樂部跟科茨沃爾磨坊的古董器具有關。

「你要她的電話幹嘛？」我懷疑地問。

「她是不是參加了一個讀書會？」

「不知道，什麼都有可能。怎麼了？」

「傑若姆覺得他的詩已經準備好要發表了，所以我在幫他找讀書會場地。他上週在斯托克紐因頓做了一場，反應熱烈。」

「熱烈？」我對茱德和小雪做了一個鼓著臉頰的嘔吐表情。雖然有些疑慮，但最後還是把電話號碼給了湯姆，因為我猜老媽在威靈頓走後可能需要別的消遣。

「讀書會是怎麼回事？」我掛上電話時說。「是只有我這麼覺得，還是現在突然冒了一堆出來？我們需要參加嗎？還是只有『沾沾自喜已婚人士』才能參加？」

「必須得是『沾沾自喜已婚人士』才行，」小雪斬釘截鐵地說。「因為他們害怕自己的思想被父權主義的要求榨乾……哦天啊，看看威廉王子。」

「給我看！」茱德插嘴，搶過《哈囉！》雜誌，裡頭有張這位年輕優雅王室成員的照片。我克制自己不去搶來看。我當然希望能

---

[4] 法國歌手 Edith Piaf 演唱的名曲，意思是「我無怨無悔」。

欣賞更多威廉王子的照片，最好搭配不同的服裝造型，但我也意識到這種衝動既不合適又不得體。然而，我無法忽視這位年輕皇室成員腦袋裡正醞釀著偉大思想的印象，感覺他成年後，就會如同古代圓桌騎士揮劍而起，創造出令人驚豔的新秩序，到時柯林頓總統和東尼・布萊爾就會看起來像過時的老紳士。

「妳們覺得多年輕算太年輕？」茱德滿懷憧憬地問。

「年輕到甚至不能合法當妳兒子的程度。」小雪斬釘截鐵地說，彷彿這已經成為政府的法令：其實仔細想想，確實是要看妳年紀多大。就在這時，電話又響了。

「哦，哈囉？親愛的，妳猜怎樣？」我媽。「妳朋友湯姆，妳知道的，那位『同志』，他要帶一位詩人來救生艇讀書會朗誦詩作！他要為我們朗讀浪漫詩歌，像拜倫勳爵那種！很好玩，不是嗎？」

「呃……是嗎？」我不知道要怎麼回答。

「其實，這也沒什麼特別的，」她輕蔑地哼了一聲。「我們經常有作家來訪。」

「真的嗎？像是誰？」

「噢，很多人，親愛的。潘妮跟薩爾曼・魯西迪[5]是非常要好的

---

[5] 薩爾曼・魯西迪（Salman Rushdie, 1947- ），印裔英美籍作家，1989 年出版小說《魔鬼詩篇》遭到伊朗發出追殺令，多年之後的 2022 年仍在紐約遇刺受傷，第二部小說作品《午夜之子》獲 1981 年布克獎。

朋友。總之，親愛的，妳會來吧？」

「什麼時候？」

「下星期五。我跟尤娜會做熱騰騰的雞肉酥皮點心。」

我突然被一陣恐懼攫住。「上將和伊蓮・達西會去嗎？」

「咄！男生不能參加，傻瓜。伊蓮會來，男生他們要晚點才到。」

「可是湯姆和傑若姆會去啊。」

「哦，他們不算男生，親愛的。」

「妳確定傑若姆的詩適合……」

「布莉琪，我不明白妳想表達什麼。我們又不是小孩子，文學的重點在於自由表達。哦，我想馬克晚點也會過來，他要來幫麥爾康立他的遺囑，世事難料嘛！」

8月1日星期五

58.5公斤（比基尼節食計畫徹底失敗），菸19根（節食助手），卡路里625（還不算太晚吧）。

6:30 p.m. 啊，啊啊啊。明天就要去泰國了，行李還沒收，而且才剛意識到「下週五」的讀書會指的其實就是該死的今晚。我真的、真的不想一路開車到格拉夫頓安德伍，今晚天氣又悶又熱，

而茱德和小雪要去河畔咖啡參加美妙的派對。不過當然了,支持老媽、湯姆的感情生活和藝術等等,這都是很重要的事。尊重自己就是要學會尊重他人,而且就算明天上飛機時累一點也無所謂,反正要去度假。行前準備一定不會太花時間,因為只要準備一個膠囊衣櫃(幾件連身內衣和一條紗籠!)就好了,而且打包總是佔掉所有可用的時間,因此利用時間最有效率的方式,就是把可用時間縮到最短。沒錯!看吧!一次就能搞定所有事情!

午夜。剛回來。我到得非常晚,因為高速公路路標一如往常地混亂(如果今天爆發戰爭,路標還是留著最好,才能混淆德國人吧?)。老媽穿著一件奇怪的栗色天鵝絨長袍來迎接我,我猜她是想營造一種文藝氣息。

「薩爾曼好嗎?」我問,她正對我遲到發出不滿的嘖嘖聲。

「哦,我們最後還是決定做雞肉了。」她語氣傲慢地說,一邊帶我走過水紋玻璃落地門,一進到客廳,我第一眼注意到的竟是壁爐上方新掛了一個花俏的「家徽」,寫著「哈庫納馬塔塔」。

「噓。」尤娜舉起一隻手指說,看來很陶醉。

裝模作樣傑若姆穿著黑色漆皮背心,穿孔的乳環清楚可見。他站在雕花玻璃碗盤收藏的前方,挑釁地咆哮:「我盯著他那結實、骨感、慾火高漲的臀。我凝視著、我想要、我抓住,」底下是一群穿著 Jaeger 兩件式套裝的救生艇午宴讀書會女士,滿臉驚恐地坐在仿攝政時期餐椅上。房間另一頭,我看見馬克·達西的媽媽伊蓮,臉上強忍著笑意。

「我想要，」傑若姆大聲吼。「我抓住他慾火高漲、多毛的臀。我一定要擁有。我上下騎，我⋯⋯」

「呀！我覺得真是太棒了！」老媽瞬間站起來。「有人想吃法式酥皮餡餅嗎？」

中產階級女士的世界真了不起，總是能撫平所有混亂和複雜的世事，將它們化為一道美好而安全的母性暖流，就像廁所清潔劑能把廁所裡的一切變成粉紅色。

「哦，我熱愛朗讀和書寫！這讓我覺得好自由！」尤娜對著伊蓮讚美個不停，而潘妮・哈斯本－波思沃斯和梅薇絲・安德比則圍繞著裝模作樣傑若姆，好像他是Ｔ・Ｓ・艾略特一樣。

「但我還沒唸完，」傑若姆哀怨地說。「我還想唸〈拳的沉思〉和〈空虛之洞〉。」

這時傳來一聲大吼。

「如果眾人失去理性責難於你，而你仍能保持冷靜，」是老爸和達西上將。兩人都酩酊大醉了，噢天哪。這陣子每次看到老爸，他好像都喝得醉醺醺的，彷彿我們父女互換了角色。

「如果眾人對你心存猜疑，而你能相信自己，」達西上將聲如洪鐘，跳上椅子，引起在場女士的一陣驚呼。

「還能包容他們的懷疑，」幾乎泛著淚的老爸接著說，一邊靠在上將身上站穩步伐。

喝醉二人組隨後以勞倫斯・奧利弗爵士[6]和約翰・吉爾古德[7]的戲劇腔調，繼續把魯德亞德・吉卜林[8]的〈如果〉朗誦完，讓老媽和裝模作樣傑若姆同時火冒三丈，開始發起脾氣。

「果然，完全不出所料！」媽媽氣憤地說。達西上將正跪在地上捶著胸，緩慢而莊重地吟誦，「或被人誣衊時不以謊言回應。」

「這根本是倒退的殖民主義蹩腳詩。」傑若姆也氣憤地說。

「如果你能鞭策你的心、勇氣和筋骨，」

「我是說，他媽的還押韻呢！」傑若姆再次氣憤地說。

「傑若姆，在我家裡不許這樣說話！」老媽也再次氣憤地說。

「在它們俱已枯竭時仍為你奮起效勞，」老爸說，然後假裝死去般猛地倒在漩渦圖案的地毯上。

「哦，那妳幹嘛邀請我來？」傑若姆用更尖銳惱怒的語氣低聲咆哮。

「並且在一無所有時依然堅持下去，」上將大吼。

「只因內心那股勇氣，」老爸在地毯上低吼著。「它告訴你，」他忽然爬起來跪著，舉起雙手，「繼續堅持！」

---

[6] 勞倫斯・奧利弗爵士（Laurence Olivier, 1907-1989），英國演員、導演和製片，多次獲得金球獎、英國藝術學院獎、奧斯卡獎、艾美獎的肯定。
[7] 約翰・吉爾古德（John Gielgud, 1904-2000），英國演員、劇場導演。
[8] 魯德亞德・吉卜林（Rudyar Kipling, 1865-1936），印裔英籍作家、詩人，第一位榮獲諾貝爾獎的英國作家。

女士們報以熱烈的歡呼和掌聲,傑若姆甩門而出,湯姆趕緊追了上去。我萬念俱灰地回頭看向屋裡,眼神直接對上了馬克‧達西。

「哦!這真是太有趣了!」伊蓮‧達西說,她走過來站到我身邊,我低著頭試著恢復鎮定。「詩歌團結了老人和年輕人。」

「還有醉鬼和清醒的人。」我補充。

這時,達西上將抓著他的詩稿,搖搖晃晃地走向我們這邊。

「親愛的,親愛的,我的寶貝!」他撲向伊蓮。「哦,這不就是那位叫什麼的,」他盯著我看。「太好了!馬克來了,我的乖兒子!他來接我們,清醒得像個法官。自己一個人來,我真是搞不懂!」他說。

他們兩人轉過身去,看著坐在尤娜八邊形小桌旁的馬克,正低頭寫著什麼,桌上一隻藍色玻璃海豚守護著他。

「在派對上為我立遺囑是嗎!誰知道。老是在工作!」上將咆哮著。「那天帶了個美女一起過來,親愛的,她叫什麼來著,瑞秋是嗎?還是貝蒂?」

「蕾蓓嘉。」伊蓮語氣尖酸地說。

「結果下一秒就看不到她人影了。問他發生了什麼事,他卻支吾其詞!最受不了說話支支吾吾的人!從來都受不了!」

「嗯,我不覺得她是⋯⋯」伊蓮咕噥著。

「怎麼不是？怎麼不是？她哪有什麼問題！誰知道！挑三揀四的！我希望妳們年輕小姐不要像年輕小伙子一樣，見一個愛一個！」

「不會的，」我懊悔地說。「其實，要是我們真愛上了一個人，在他們離開之後，要把他們從我們的心裡抹去是很困難的事。」

後面傳來一聲巨響。我轉頭一看，發現馬克‧達西撞倒了那隻藍色玻璃海豚，結果連帶又撞倒了插著菊花的花瓶和一個相框，現場頓時變成滿地碎玻璃、花朵和碎紙的混亂景象，但那隻醜陋的海豚居然完好無缺。

一陣騷動中，老媽、伊蓮和達西上將全都急忙衝了過去。上將大步走來走去還大聲嚷嚷，老爸試著把海豚往地上摔，嘴裡邊說，「把這該死的東西丟掉。」馬克則急忙收拾他的文件，說會賠償一切損失。

「爸，你準備好要走了嗎？」馬克低聲說，顯得非常尷尬。

「不，不用急，我跟布蘭達在這裡聊得正開心呢，再幫我倒杯波特酒吧，兒子？」

馬克和我看著對方，陷入尷尬的沉默。

「妳好，布莉琪，」馬克突然開口。「好了，爸，我真的覺得我們該走了。」

「好啦，走吧，麥爾康，」伊蓮溫柔地挽著上將的手臂。「不然

你待會就會在地毯上撒尿了。」

「哦,撒尿,誰知道呢。」

他們三人向大家道別,馬克和伊蓮扶著上將走出門口。我看著他們,心裡頭感到一陣空虛和失落,這時,馬克突然又出現,朝著我走過來。

「啊,差點忘了拿我的筆。」他邊說邊從小桌上拿起他的萬寶龍。「妳什麼時候去泰國?」

「明天早上。」就在那一瞬間,我敢發誓他的表情看起來有點失落。「你怎麼知道我要去泰國?」

「格拉夫頓安德伍的人最近只聊這件事。妳打包了嗎?」

「你覺得呢?」

「連一條內褲都還沒收吧。」他挖苦地說。

「馬克!」他的父親大喊。「快點,兒子,你不是急著要走。」

「來了。」馬克回頭看了一眼。「這個給妳。」他遞給我一張皺巴巴的紙條,然後給了我一個⋯⋯呃⋯⋯銳利的眼神後就離開了。

我一直等到沒人注意時,才用顫抖的雙手展開那張紙。那只是老爸和達西上將用的詩抄。他給我這個幹嘛?

8月2日星期六

58.1公斤（呵，假期前的節食徹底失敗），酒5單位，菸42根，卡路里4457（徹底絕望），打包好的東西0件，關於護照去向的想法6個，其中證實可信的想法0個。

5 a.m. 為什麼？哦，我為什麼要去度假？整個度假期間，我都會想著為什麼雪倫不是馬克・達西，而她想著為什麼我不是賽門。現在是早上五點，整個臥室到處都是濕衣服、原子筆和塑膠袋。我不知道該帶多少件胸罩，我找不到那件沒有它就不能出門的黑色Jigsaw小洋裝，也找不到那雙粉紅色透明穆勒鞋。我還沒買旅行支票，而且我的信用卡似乎也不能用了。只剩下一個半小時就要出門，但無法把所有東西塞進行李箱。也許先抽根菸，看看傳單，讓自己冷靜幾分鐘。

嗯……躺在海灘上曬太陽，把皮膚曬成古銅色一定很美妙。在陽光下游泳，還有……哦。答錄機的燈在閃。剛才怎麼會沒注意到？

5:10 a.m. 按下**留言播放鍵**。

「哦，布莉琪，我是馬克。我只是在想，妳知道泰國現在是雨季吧？也許妳該帶把傘。」

11／泰式外賣
Thai Takeaway

8月3日星期日

沒有體重（正在空中飛），酒 8 單位（但在飛機上，受海拔高度影響而抵消），菸 0 根（絕望：禁菸座位），卡路里 100 萬（全部來自那些不放在飛機餐盤裡，就不會想放進嘴裡的東西），同行旅客放屁次數 38 次（目前為止），放屁氣味的變化 0。

4 p.m. 英國時間。正坐飛機在天上飛。我不得不戴著隨身聽寫東西裝忙，因為身旁穿淺棕色合成布料西裝的可怕男子一直想跟我說話，同時還不斷放很臭的無聲屁。我試著捏著鼻子裝睡，但幾分鐘後，可怕男子拍拍我的肩膀問，「妳有什麼嗜好嗎？」

「有，睡午覺。」我回答，但即使如此也沒讓他打退堂鼓，不出幾秒，我就被拖入伊特魯里亞[1]早期錢幣的晦澀世界裡。

雪倫和我分開坐，因為我們到機場的時候已經太晚了，只剩下零散的座位，她因此對我發脾氣。但不知為何，她現在似乎已經氣消了，這當然絕對和她坐在一個外型像哈里遜·福特的陌生人旁邊毫無關係。那人穿著牛仔褲和皺巴巴的卡其襯衫，他每開口說一句話，雪倫就放聲大笑，笑得像排水管那樣轟轟作響（奇怪的比喻，不是嗎？）[2]。這，就是痛恨所有男人，認為他們失去了自己的角色，轉而訴諸羊絨披肩主義和盲目暴力的雪倫。而此時的我，和合成布料放屁機器困在一起，而且連續十二個小時都不

---

[1] 伊特魯里亞（Etruria）是位於義大利中部的古代城邦國家。
[2] 原文中 laughing like drain 是個口語用法，指狂笑、放聲大笑，而 drain 本身有排水管的意思。

能抽菸,還好有尼古清口香糖。

雖然開頭不太順利,但我對泰國之行仍然非常興奮。雪倫和我要當旅人,而不是**觀光客**。這意思是,我們不會只待在觀光區,而是要真正**體驗**當地的宗教和文化。

假期目標
1. 做個嬉皮風格的旅人。
2. 透過輕微、最好不會危及生命的痢疾來減肥。
3. 曬出淡淡的餅乾膚色,但不能像喬治・漢彌頓[3]那種亮橘色,也不要引發黑色素瘤或皺紋。
4. 玩得開心。
5. 找到自我,也找到太陽眼鏡。(希望在行李箱裡。)
6. 游泳和做日光浴(應該只會有短暫的熱帶降雨)。
7. 參觀寺廟(但希望不要太多)。
8. 獲得心靈頓悟。

8月4日星期一

54公斤(無法量體重,因此可以根據心情選擇體重:旅行的極大優勢),卡路里0,沒待在洗手間的時間12分鐘(感覺如此)。

2 a.m. 當地時間。曼谷。小雪和我正努力在這個有生以來住過最糟糕的地方入睡,我感覺自己快要窒息,完全無法呼吸。飛機

---
[3] 喬治・漢彌頓(George Hamilton, 1939-),美國影星。

降落曼谷的時候,整片天空都是厚厚的灰色雲層,下著傾盆大雨。我們住的 Sin Sane(或 Sin Sae)民宿沒有廁所,只有隔間裡頭地上一個臭氣沖天的洞。開窗和風扇根本沒有任何作用,因為空氣幾乎就是溫水,只差沒有實際變成液體而已。樓下(民宿下面,不是廁所下面)有間迪斯可舞廳,即使噪音稍停的時候,也還是能聽見整條街的人都在抱怨睡不著。感覺自己像是個巨大、臃腫的白胖生物。頭髮先變成羽毛,然後貼在臉上。最糟糕的是,雪倫一直喋喋不休地講起那個長得像哈里遜・福特的機上陌生人。

「……他去過好多地方……他之前搭蘇丹航空的時候,機長和副機長決定出來跟所有乘客握手,結果駕駛艙的門在他們身後關上了!最後只好用斧頭劈開。他好聰明。他就住在東方酒店,叫我們過去找他。」

「我們不是說好,這次不想跟男人有任何牽扯?」我不高興地說。

「不不不,我只是想說,身在陌生的地方,跟一個見多識廣的人多聊聊會有幫助。」

6 a.m. 終於在 4:30 時睡著,結果 5:45 就被在床上活蹦亂跳的雪倫吵醒,她說我們應該去參觀寺廟,然後看日出(隔著三百英尺厚的雲層嗎?)。受不了了。啊!肚子裡好像有什麼非常可怕的動靜,一直打嗝,還有股蛋味。

11 a.m. 雪倫和我已經起床五個小時,其中四個半小時都在輪流

「上廁所」。雪倫說,受苦和簡樸的生活是心靈頓悟的一部分。物質上的舒適不僅不必要,甚至還是靈性修行的障礙。我們決定要開始冥想。

中午。萬歲!入住了東方酒店!我知道一個晚上的房費比在科孚島[4]待一個星期還貴,但這是緊急情況,不然信用卡是拿來幹嘛的?(小雪的信用卡還能用,她說我可以之後再還她錢。不知道能不能用別人的信用卡體驗心靈頓悟?)

我們一致同意這家酒店超棒,立刻換上了淡藍色浴袍,開始玩起泡泡浴之類的。小雪還說,成為旅人不需要隨時過著艱苦的生活,因為透過不同世界與生活方式之間的對比,才能讓人獲得心靈頓悟。我完全同意。尤其以當前腸胃的情況來說,特別感恩能在房裡同時看到馬桶和坐浴桶。

8 p.m. 小雪睡著了(或得痢疾死了),我決定去酒店的露台散步。真是太美了,站在漆黑的夜裡,柔和溫暖的微風輕輕撫起貼在臉上的髮絲,我望向蜿蜒的昭披耶河,放眼望去是一片閃爍的燈火,還有幾艘若隱若現的東方小船。搭飛機真是件神奇的事,才不過二十四小時前,我還坐在家裡的床上,身邊到處是濕衣服,現在卻置身在不可思議的異國情調和浪漫場景中。正要點菸時,面前突然出現了一只豪華的金色打火機。我順著火光瞥了一眼那張臉,忍不住發出奇怪的叫聲。是飛機上的哈里遜・福特!服務生送來的琴湯尼好像滿烈的。哈里遜・福特,也就是「傑

---

[4] 位於希臘的島嶼。

德」,向我解釋,到了熱帶地區一定要服用奎寧[5]。瞬間理解小雪為什麼一直提起他了。他問我們接下來有什麼計畫,我告訴他我們決定前往嬉皮小島——蘇梅島,住在小屋裡,體驗心靈的頓悟。他說他可能也會來,我說雪倫應該會很高興(顯然他是雪倫的目標,但我沒告訴哈里遜·福特這點),也許我該去叫醒她。這時,我可能是因為喝了太多奎寧而有點頭暈,當他輕輕用手指拂過我的臉頰、微微向我靠近時,我慌張了起來。

「布莉琪!」一個憤怒的聲音低吼著說,「妳這樣還算該死的朋友嗎?」

喔不,喔不。是小雪。

8月7日星期四

53.5 或 51.7 公斤,菸 10 根,陽光露面的次數 0 次。

泰國蘇梅島。(嗯,就像饒舌歌那樣押韻[6]。)

來到一個如詩如畫的嬉皮海灘(只是大雨滂沱),沙灘是美麗的弧形,有高腳小屋,還有一整排的餐廳。小屋是用竹子做的,還有面向大海的陽台。我和小雪之間的氣氛還是有點僵,而且她對於「附近住了男生的小屋」產生了非理性的厭惡,導致我們雖然

---

[5] 調製琴湯尼會使用含有奎寧的通寧水(tonic water),服用奎寧可預防瘧疾。
[6] 泰國是 Thailand,蘇梅島是 Koh Samui Island。

來這裡還不到十八個小時，卻已在雨中搬了三次小屋。第一次還算合理，因為才住進去三分鐘，那些男生就過來兜售可能是海洛因、鴉片或軟糖的東西。於是我們換了一間新的竹屋旅館，隔壁小屋的男生看起來非常整潔體面，有種生化學家的氣質。不幸的是，生化學家們過來告訴我們，三天前有人在我們住的小屋裡上吊自殺，小雪聽了堅持要離開。這時，天色已經漆黑一片，生化學家們提議幫我們提行李，但小雪拒絕，我們只好扛著背包在海灘上走了好久好久。結果，我們大老遠從兩萬英里外的地方飛來，為了醒來時能看見海，最後入住的小屋面對的卻是餐廳後院和一條水溝。所以，現在我們正在海灘上來回尋找另一間靠海的小屋，而且旁邊不能有不良少年，或是吊死鬼的業障。該死的小雪。

11:30 p.m. 噢我的天，大麻餐廳真是該死的讚，小雪該死的太棒了。最好的朋友。

8月8日星期五

50.8公斤（腸胃爆炸的精彩副作用），酒0單位，菸0根（非常好），神奇蘑菇12個（嗯嗯嗯嗯噢噢噢噢嘻嘻嘻嘻）。

11:30 a.m. 醒來的時候，我承認是挺晚的，發現只有我一個人。小屋裡到處都沒看見小雪，所以走去陽台找找看。令人擔憂的是，隔壁那些嚇人的瑞典女孩似乎已經離開，現在變成**住了一個**

男生的小屋，但這顯然不是我的錯，因為旅人總是來來去去。戴上有度數的太陽眼鏡（因為還沒戴上隱形眼鏡）靠近一看，**剛搬到隔壁小屋的男生**就是飛機上那個像哈里遜・福特、在酒店要親我的人。當我看著他時，他轉身對著從他小屋走出來的人微笑，那是小雪。她證明了「旅行時要小心，避開附近住了男生的小屋」的理論，背後隱藏了一個巨大但書──「除非他們真的很迷人」。

1 p.m. 傑德要帶我們去咖啡店吃神奇蘑菇煎蛋卷！一開始還抱持著疑慮，畢竟我們嚴格反對管制藥物，但傑德解釋說，神奇蘑菇不是毒品，它們是天然的，能夠引領我們通往心靈頓悟。非常興奮。

2 p.m. 我很美，一種非比尋常、充滿異國情調的美，我的美屬於所有顏色與生命法則。當我躺在沙灘上，透過迷彩帽望向天空，點點的光芒閃耀，那是一幅多麼美麗、珍貴的影像。小雪很美。我要帶著我的帽子走進海裡，讓大海的美與珍貴如珠寶般的亮光結合在一起。

5 p.m. 自己一個人在大麻餐廳。小雪不跟我說話。吃了神奇蘑菇煎蛋卷之後，一開始沒怎樣，但在回到我們小屋的路上，一切突然變得異常有趣，而我很不幸地完全無法控制自己開始傻笑起來，然而小雪似乎並不覺得好笑。回到我們最新入住的小屋後，我決定把吊床掛在外面，結果因為用的繩子太細，直接啪地一聲斷掉，我整個人摔在沙子上。當時，這感覺實在太有趣了，我立刻想再做一次。小雪宣稱，我重複這個吊床墜落表演整整四十五分鐘，而且每次都感覺一樣爆笑。傑德原本跟小雪待在小屋裡，但他後來跑去游泳，所以我決定進去找她，結果發現她躺在床上

呻吟，「我好醜，好醜，好醜。」小雪和我完全相反的自我厭惡讓我很擔心，趕緊走過去安慰她。然而途中瞥見鏡中的自己，驚訝地發現，我畢生沒見過這麼美麗迷人的生物。

小雪指責我說，接下來的四十分鐘裡，我不斷試著鼓舞她，卻又一直受鏡子裡的自己吸引，擺出各種姿勢，還懇求她欣賞我的美貌。與此同時，小雪正承受著精神創傷，深信自己整張臉和身體都嚴重變形了。我跑去餐廳替她拿點吃的，帶了一根香蕉和一杯血腥瑪麗咯咯笑著回來，告訴她餐廳的女服務生頭上戴著燈罩，然後又如痴如醉地回到鏡子前的位置。在這之後，小雪宣稱，我在沙灘上躺了兩個半小時，盯著迷彩帽發呆，手指在空中輕輕揮舞，而她則在考慮要不要自殺。

我只記得，當時我處在人生中最幸福的時刻，深信自己已經理解了深刻而永恆的生命真理，我只需要進入深度的「心流」狀態（就像《EQ：決定一生幸福與成就的永恆力量》仔細描述的那樣），以禪宗的方式順應生命的法則。但是突然之間，一切就像某個開關被關掉了。我回到小屋，在鏡裡看到的不是耀眼如佛陀或雅思敏‧樂‧朋[7]的女性化身，就只是我，臉色漲紅、滿臉是汗，一邊頭髮緊貼頭皮，另一邊則怪形怪狀地翹起。小雪躺在床上，用斧頭殺人魔般的表情看著我。我對自己的行為感到非常難過和羞愧，但那不是我，是蘑菇的錯。

也許我該回小屋和她聊聊心靈頓悟的事，她就不會那麼暴躁了。

---

[7] 雅思敏‧樂‧朋（Yasmin Le Bon, 1964- ），英國超模。

8月15日星期五

51.3公斤（今天心情稍微圓潤一點），酒5單位，菸25根，心靈頓悟0個，災難1個。

9 a.m. 雖然沒得到心靈頓悟，但我們過了一個很棒的假期。感覺有點落單，因為小雪經常跟傑德黏在一起，但是出了好幾次太陽，所以他們上床的時候，我就去游泳和曬太陽，晚上三個人再一起吃晚飯。傑德昨晚離開，去了別的島嶼，小雪有點心碎。我們決定要來頓振奮精神的早餐（但不是神奇蘑菇），然後回到只有我們兩人的開心時光。萬歲！

11:30 a.m. 哦我的老天，該死的，幹。雪倫和我剛回到小屋，發現鎖頭是開著的，我們的背包不見了。明明鎖上了，一定是被撬開的。還好我們的護照還在，也不是所有東西都放在背包裡，但機票和旅行支票好像不見了。小雪的信用卡經歷曼谷血拚之後就不能用了，我們身上只有三十八美元，從曼谷飛回倫敦的航班是星期二，但我們現在卻在數百英里外的島上。雪倫在哭，我不斷試著安慰她，但沒什麼效果。整個情景讓人想到《末路狂花》，塞爾瑪跟布萊德・彼特上床，結果布萊德・彼特偷走她們所有的錢，吉娜・戴維斯說沒關係，然後蘇珊・莎蘭登哭著說，「有關係。塞爾瑪，這絕對有關係。」[8]

---

[8] 塞爾瑪（Thelma）是片中角色的名字，由吉娜・戴維斯飾演，其他提到的都是演員的名字。

光是飛回曼谷轉機，我們一人就需要一百塊美金，而且到了機場誰知道他們會不會相信我們的機票掉了，還是我們能不能⋯⋯哦，天啊。一定要冷靜，保持樂觀。剛跟小雪提議先去那間大麻餐廳，喝幾杯血腥瑪麗，睡一覺再想辦法，她就抓狂了。

問題是，一部分的我感到焦慮，另一部分的我卻覺得這場危機和冒險是很精彩的事，比起天天擔心大腿多粗有趣多了，真是一大轉變。我看我還是偷溜出去喝幾杯血腥瑪麗好了，給自己打打氣，反正星期一之前什麼也不能做，因為店家都關了——除非我們去酒吧靠乒乓球表演十八招賺旅費，但總覺得我們的競爭力應該是比不過別人。

1 p.m. 萬歲！小雪和我要像嬉皮一樣住在蘇梅島，吃香蕉維生，在海灘上賣貝殼了。這就是我的心靈頓悟。該死的太讚了。只能靠自己。心靈頓悟。

5 p.m. 嗯，小雪還在睡，我覺得這樣很好，因為她好像把事情看得太嚴重了。這次呢，我認為是個考驗我們自力更生的機會。我知道了，我去那間大飯店的櫃檯詢問有哪些應對危機的設施，例如我可以打電話給旅行支票公司，可是我們不可能及時拿到退款⋯⋯不行，不行。要保持正向。

7 p.m. 看吧，只要保持正向，總會有辦法度過難關。我竟然在飯店大廳碰到了傑德！他說他的島嶼行程因為下雨取消了，今天稍晚要回曼谷，走之前正準備來和我們打聲招呼。（我想小雪可能會不高興他沒有馬上去找她，但算了。也許他以為我們已經走

了⋯⋯不行,我不要開始替雪倫鑽牛角尖。)

總之,傑德很同情我們的遭遇,雖然他也說就算上了鎖,我們還是不該在小屋裡留下任何貴重物品。他稍稍訓了我們一頓(語氣該死的超性感,有點像父親或牧師的角色),然後告訴我們要趕週二在曼谷轉機的航班會有點困難,因為今明兩天從這裡起飛的所有航班都滿了,但他會試著幫我們訂明天出發的臥鋪火車票,這樣應該就能銜接上。他還主動要給我們一點錢搭計程車,並幫我們支付這裡的飯店費用。他認為,如果我們週一一早打電話給倫敦的旅行社,他們一定會幫我們改機票,讓我們直接在機場領取。

「我們會還你錢。」我感激地說。

「嘿,別擔心,」他說。「又沒多少錢。」

「不,我們一定會還。」我堅持地說。

「嗯,等妳們負擔得起的時候再說吧。」他笑笑。

他真是一位慷慨而富有的夢幻之神,但金錢當然不是重點,除了急用的時候以外。

8月18日星期一

從蘇梅島素叻他尼府前往曼谷的火車上。在火車上欣賞沿途的稻田和戴著三角帽的人們,真是很愜意。只要火車一停下來,就會

有人來到窗邊向我們兜售美味的雞肉沙嗲。一直想到傑德，他人真好，一直照顧我們，讓我想起還沒跟蕾蓓嘉跑掉之前的馬克·達西。他甚至把自己的包包給我們，讓我們裝沒被偷走的東西，還給了他從不同旅館蒐集的小瓶洗髮精和香皂。小雪很開心，因為他們交換了電話號碼和地址，等她回去後就會約見面。其實我坦白說，小雪現在沾沾自喜到一種我快受不了的程度，但這樣很好，因為她和賽門在一起的時候很慘。我一直都懷疑她並不討厭所有男人，只是討厭渣男而已。哦天啊。希望我們能趕上飛機。

8月19日星期二

11 a.m. 曼谷機場。可怕的惡夢正在發生。我感覺全身血液都衝進了腦袋，視線也變得模糊。小雪先去拖延登機時間，我在後面拿著行李。但當我經過一個牽著狗的官員時，那隻狗突然衝向我的包包，拉扯著牽繩，還不斷吠叫。航空公司職員都開始嘰哩咕嚕說個不停，然後一個女軍官把我和那個包包帶到一個房間。他們把旅行包清空，拿了一把刀割開內襯，裡面竟有個裝滿白色粉末的塑膠袋。然後……哦天啊，哦天啊。誰來救救我。

8月20日星期三

38.1公斤，酒0單位，菸0根，卡路里0，這輩子再吃泰式外賣的可能性：0。

11 a.m. 曼谷，警察拘留所。冷靜。冷靜。冷靜。冷靜。

11:01 a.m. 冷靜。

11:02 a.m. 我戴著腳鐐。我戴著**腳鐐**。我在一個臭烘烘的第三世界監獄裡，跟八個泰國妓女關在一起，角落有個便盆。快要熱暈了。這不可能是真的。

11:05 a.m. 哦天啊，事情都明朗起來了。不敢相信怎麼會有這麼冷酷無情的人，與別人上床後偷走她的財物，還欺騙她的朋友幫忙運毒，不可思議。總之，英國大使很快就會過來將一切解釋清楚，把我弄出去。

中午。 開始有一點擔心英國大使的行蹤。

1 p.m. 英國大使肯定會在午休之後過來。

2 p.m. 也許英國大使被耽擱了，可能他碰到更緊急的真實毒品走私案，而我只是個無辜上當的人。

3 p.m. 哦我的天啊，該死的，幹。希望他們該死的有通知英國大使。小雪一定已經通報了。也許他們也抓住了小雪。但她到底在哪？

3:30 p.m. 好，我一定一定要冷靜下來。我現在只能靠自己。該死的傑德。不要心懷怨恨……哦天啊，我好餓。

4 p.m. 警衛剛送來一些噁心的米飯，也讓我保留一些個人物品：一條內褲，一張馬克·達西的照片，一張茱德教小雪如何達到性

高潮的照片，還有一張從牛仔褲口袋裡掏出的皺巴巴紙條。我試著詢問警衛英國大使的事，但他只是點點頭，說了一些我聽不懂的話。

4:30 p.m. 看吧。雖然情況好像很糟，但還是發生了啟發心靈的事，皺巴巴的紙條是老爸在讀書會上唸的詩稿，後來馬克拿給我的。這是文學。我要來讀一下，思考更美好的事物。

〈如果〉　魯德亞德‧吉卜林
如果眾人失去理性責難於你，而你仍能保持冷靜……

哦我的天。哦我的**天啊**。泰國還有斬首的刑罰嗎？

8月21日星期四

31.8公斤（非常好，但是想像的），酒14單位（也是想像的），菸0根，卡路里12（米飯），覺得要是去克利索普斯[9]就沒事了的次數55次。

5 a.m. 縮在塞了襪子假裝成床墊又滿是跳蚤的舊麻袋上，過了可怕的一夜。真奇怪，人就是能夠適應骯髒和不舒適。最糟糕的是味道，但還是設法睡了幾個小時，很不錯，只是醒來以後就想起發生的事。還沒見到英國大使的人影。我相信一切只是誤會，

---

[9] 克利索普斯（Cleethorpes）是英格蘭中部城鎮，海濱度假區。

不會有事的。一定要保持積極向上的心態。

10 a.m. 警衛帶著一個穿粉紅色襯衫、一副上流社會模樣的年輕人出現在門口。

「你是英國大使嗎？」我大喊，幾乎撲向他。

「啊，不是。我是領事助理，查理・帕爾默—湯普森。很高興認識妳。」他和我用英國人的方式握了手，原本該要讓人安心的，可是他握手後就不自覺在褲子上擦擦手。

他問我發生了什麼事，然後用一本 Mulberry 皮革筆記本記下細節，不時說著「是的，是的」、「哦，天啊，真可怕」，彷彿我在跟他聊一件馬球趣聞。我開始感到驚慌，因為（1）他似乎沒有完全理解情況的嚴重性，（2）他看起來不像（我不是勢利眼或什麼的）英國最聰明的人，（3）他對這整件事只是個錯誤、我很快就會被釋放這點，似乎不如我期待的篤定。

「但是為什麼？」我把整個故事再告訴他一遍之後問。我解釋說，傑德一定是自己破壞門鎖、闖進小屋，策劃了整件事情。

「嗯，妳知道，但乏味的就是，」查理身子往前傾，好像要吐露什麼，「每個被送進來的人都有自己的故事，通常都跟妳的差不多。所以，除非這個該死的傑德全部招供，否則情況有些棘手。」

「我會被判死刑嗎？」

「哦老天，不會。天啊，我不覺得。最壞的情況大概是十年。」

「**十年**？可是我什麼都沒做。」

「是啊,是啊,這是件麻煩事,我知道。」他認真點了點頭。

「但我根本不知道東西在裡面!」

「沒錯,沒錯,」他說,看起來像在酒會上陷入了尷尬的情境。

「你會盡全力幫我嗎?」

「當然,」他站起來。「會的。」

他說他會帶一份律師名單來讓我選擇,也可以代我打兩通電話,以便告知發生的事。我不知道該如何是好。從實際角度來看,最理想的人選是馬克・達西,可是我很不想向他承認自己又陷入麻煩,尤其他去年還幫忙處理了老媽和朱力歐的事情。最後我選了小雪和茱德。

感覺我的命運現在掌握在剛從牛津或劍橋畢業的富家子弟手中了。天啊,這裡真是糟透了,又熱又臭又怪異。我覺得一切都不真實。

4 p.m. 心情非常陰鬱。這輩子一直有種大難要臨頭的預感,現在終於發生了。

5 p.m. 絕對不能消沉,必須讓自己不去想這些事。我來讀詩好了,然後盡量忽略前兩行。

〈如果〉　魯德亞德‧吉卜林

如果眾人失去理性責難於你，而你仍能保持冷靜；
如果眾人對你心存猜疑，而你能相信自己，還能包容他們的懷疑；
如果你能耐心等待，而不厭倦，或被人誣衊時不以謊言回應，
或遭人憎恨，卻不怨天尤人；
同時又不顯得過於完美，話也不說得太聰明；

如果你有夢想，而不為夢想所宰制；
如果你能思考，而不只以思考為目的；
如果你能坦然面對勝利和慘敗，並將這兩者視為一樣的假象；
如果你聽說你講的真話遭小人扭曲去誘陷無知，
卻仍能泰然自持，
或者眼見你畢生心血毀於一旦，而仍能憑堪用的工具去重建；

如果你能把贏得的財富集中在一處，並且孤注一擲，
若失敗了，再從頭開始，並且從不哀嘆你的損失；
如果你能鞭策你的心、勇氣和筋骨，
在它們俱已枯竭時仍為你奮起效勞，
並且在一無所有時依然堅持下去，只因為內心那股意志告訴你，
「繼續堅持！」

如果你能與人群交談，保持你的美德，
或者與權貴同行而不忘群眾；若敵人和摯友都無法傷害你；
如果所有人都看重你，但又不會過於依賴你；
如果你能用善用無情流逝的一分鐘，跑出等同於六十秒的距離——

> 那麼，世界和其中的一切都將屬於你，
> 更重要的是，兒啊，你將成為一個真正的男子漢！

這首詩寫得很好，真的很好，幾乎像勵志書。也許這就是馬克‧達西拿給我的原因！也許他感覺到我可能會碰上危險！又或者他只是想糾正我的態度，真厚臉皮。不過，我不太確定跑出等同於六十秒的距 是什麼意思，也不確定自己想不想成為男子漢。另外，要把這場災難當成勝利看待也有點困難，畢竟我好像也沒有值得一提的勝利事蹟，但總之，我會鞭策我的心、勇氣和筋骨為我奮起效勞，就像第一次世界大戰的士兵或叢林戰士（看魯德亞德‧吉卜林是什麼就是什麼），繼續堅持下去。至少我不會被射殺，或必須衝鋒陷陣。而且待在監獄裡也不用花錢，對解決財務危機很有幫助。沒錯，我必須往積極的一面看。

在獄中的好處：
1. 不用花錢。
2. 大腿真的瘦了，大概瘦了至少 3 公斤，甚至沒有刻意減肥。
3. 不洗頭對頭髮有益，以前一直沒辦法嘗試，因為也不敢頂著亂髮出門。

所以當我回到家時，我會變瘦，頭髮有光澤，經濟狀況也變好了。但問題是，我什麼時候才能回家？什麼時候？到時我已經是個老人。或死人。如果我在這裡關十年，我就再也不可能有孩子了，除非我出獄後立刻吃排卵藥，一次生八個小孩。我會變成一個寂

寬、破產的老太婆，對著那些往信箱裡丟大便的街頭小混混揮拳怒罵。但也許我可以在監獄裡生個孩子？我可以設法讓英國領事的助理讓我懷孕。可是在監獄裡，要從哪裡弄到葉酸？寶寶會發育不良。不可以，停止，停止。我正在往壞處想。

可是這真的是一場災難。

我再讀一次詩好了。

8月22日星期五

卡路里22，在無情流逝的一分鐘裡跑出的距離為0。

8 p.m. 曼谷女子監獄。今天早上，他們把我從警察拘留所移到正式監獄，徹底絕望。感覺這意味著他們已經放棄我，認為我沒救了。牢房是一個擁擠不堪的大房間，裡面至少有六十個女人。感覺我所有的力量或個性都被一層層剝去，變得越來越骯髒，越來越疲憊不堪。今天是我四天來第一次哭。感覺我像是從網子裡掉出去，感覺我會被遺忘在這裡，憔悴地虛度一生。試著睡一下好了，如果能好好睡一覺就好了。

11 p.m. 啊！才剛睡著，就被吸住我脖子的某種東西嚇醒。我落到女同志組織的手裡了。她們都在親我、摸我，我沒辦法拿東西賄賂她們叫她們住手，因為我的魔術胸罩已經送人了，而我絕對不可能不穿內褲在監獄裡到處晃。我也不敢大喊叫警衛來，因為這

在牢裡是最糟糕的事情。最後,我只好拿我的牛仔褲交換一條破舊的紗籠。雖然我感覺被侵犯了,但心裡有一部分卻忍不住覺得被觸碰的感覺真好。啊!難道我是女同性戀?不,我不這麼認為。

8月24日星期日

哭泣的時間0分鐘(萬歲!)。

睡醒之後,心情好多了。決定去找帕勞,帕勞是我的朋友,我們同時被移送到這間監獄,我還借給她我的魔術胸罩。雖然她平胸穿不太起來,但她好像很喜歡,穿著到處走來走去,嘴裡喊著「瑪丹娜」。雖然忍不住想著她是因為禮物才跟我做朋友,但窮人沒選擇的餘地,有個朋友總是好的。我也不希望自己像貝魯特人質獲釋事件裡那個沒人喜歡的泰瑞・韋特[10]。

看吧,只要努力,什麼事情都能習慣。我不會再消沉下去了。家鄉的人肯定在設法做些什麼。小雪和茱德會在報上發起請願運動,就像要營救約翰・麥卡錫[11]那樣,站在國會大廈外面,舉著印有我頭像的布條和火炬。一定有什麼是我能做的。在我看來,如果出獄取決於能否抓到傑德,並且叫他招供,那負責抓他、叫他招供的人應該該死的再努力一點。

---

[10] 泰瑞・韋特(Terry Waite, 1939-),英國人權鬥士,曾經擔任坎特伯里大主教的特使,前往黎巴嫩交涉釋放人質一事,後來自己也被綁架,從1987年被扣押至1991年。

[11] 約翰・麥卡錫(John McCarthy, 1956-),英國記者,曾在黎巴嫩被俘虜5年。

2 p.m. 萬歲！我忽然變成牢房裡最受歡迎的女孩。原本只是默默在教帕勞唱瑪丹娜的歌，畢竟她很迷瑪丹娜，結果一小群人開始聚集在我們身邊。只因為我會背《無暇精選輯》[12]每一首歌的歌詞，就好像被當成了某種女神。受到大家的熱烈要求，最後我被迫穿上魔術胸罩和紗籠，拿衛生棉條當麥克風，站在一堆床墊上表演〈宛如處女〉[13]，這時候警衛開始尖聲大吼。抬頭一看，發現英國領事館的代表剛剛被放行進來。

「啊，查理，」我優雅地說，從床墊上跳下來，快步朝他走去，一邊試著把紗籠拉上來遮住胸罩以保持我的尊嚴。「真高興你能來！我們有很多事情要談！」

查理似乎不知道該把眼神往哪裡放，但最後還是選擇了魔術胸罩的方向。他從英國大使館帶了一套用品給我，裡頭有水、餅乾、三明治、驅蟲劑、幾支筆和紙，最棒的是——還有肥皂！

太感動了。這是我這輩子收過最好的禮物。

「謝謝，謝謝，我真的不知道該怎麼感激你才好！」我激動地說，幾乎想要透過監獄欄杆狠狠一把抱住他。

「不客氣，其實這是標準配置物資，早就想帶給妳了，但辦公室那些該死的漂亮女孩一直在搶三明治。」

「這樣啊，」我說。「那麼，查理。那個傑德。」

---

[12] 《無暇精選輯》（*Immaculate Collection*），歌手瑪丹娜於1990年發行的精選專輯。
[13] 〈宛如處女〉（Like a Virgin），歌手瑪丹娜於1984年發行的單曲。

茫然的眼神。

「你還記得傑德吧？」我用一種「聽媽媽說話」的語氣問。「那個把包包給我的人？我們一定要抓到他。我要你詳細記錄他的資訊，然後派一位緝毒組的人來主導搜索行動。」

「好的，」查理鄭重地說，但同時又很沒說服力。「好的。」

「現在聽我說，」我搖身一變，彷彿化身英屬印度末期的佩姬．阿什克羅夫特[14]飾演的那種人物，準備拿雨傘敲他的腦袋。「如果泰國當局這麼想用掃毒來樹立榜樣，甚至在未經審判的情況下，就把無辜的西方人關起來，那他們至少也該試著把毒品走私犯抓起來吧。」

查理迷茫地盯著我看。「對，沒錯，對。」他皺著眉，熱切地點頭，但眼神裡絲毫看不出理解的跡象。直到我又耐心解釋了幾次之後，查理終於茅塞頓開。

「是的，是的。我懂妳的意思了。對。他們必須去追捕害妳被關進來的人，否則就顯得他們根本沒有作為。」

「完全沒錯！」我笑著說，對我的成果感到非常滿意。

「對，沒錯。」查理邊說邊站起來，臉上依然帶著非常誠懇的表情。「我這就叫他們立刻開始行動。」我看著他離開，對這樣一個人物竟然能在英國外交界一路晉升感到相當驚訝。忽然，我靈

---

[14] 佩姬．阿什克羅夫特（Peggy Ashcroft, 1907-1991），英國女演員，在《印度之旅》（*A Passage to India*）中扮演了重要角色。

光一閃。

「查理?」我叫住他。

「嗯?」他低頭檢查自己的褲頭拉鍊,確保有拉好。

「你父親是做什麼的?」

「我爸?」查理的臉亮了起來。「噢,他在外交部工作。該死的老頑固。」

「他是政治人物嗎?」

「不,他是文官,以前是道格拉斯・賀德[15]的得力助手。」

我迅速環視四周,確認警衛沒在看我們,然後傾身向前。

「你在這裡的事業進展得怎麼樣?」

「說實話,該死的沒什麼動靜,」他滿不在乎地說。「跟困在該死的加爾各答黑洞差不多,當然啦,去島嶼度假又是另外一回事了。哦,抱歉。」

「如果你能成功完成一項外交壯舉,一定很讚吧?」我開始用誘惑的口吻說。「為什麼不打個電話給你爸呢⋯⋯」

---

[15] 道格拉斯・賀德(Douglas Hurd, 1930-),英國政治家,曾任外交、國協及發展事務大臣及內政大臣等職位。

8月25日星期一

45.4公斤（引人關注的瘦），次數——媽的懶得算了，大腦已經融化。應該對減重有幫助吧。

中午。糟糕又心情低落的一天，我真是瘋了才會以為自己能左右任何事。快被蚊子和跳蚤咬死，感覺噁心又虛弱，不斷拉肚子，而目前的廁所情況簡直讓人崩潰。但在某種程度上，這樣也好，因為頭暈目眩讓一切都顯得不真實，比面對現實好太多了。我只希望能睡著。好熱，可能得了瘧疾。

2 p.m. 該死的傑德。我是說，怎麼會有人這麼……？但我不該心懷怨恨，否則傷害的是自己。抽離。我對他不抱惡意，也不抱好意。我抽離。

2:01 p.m. 該死的臭狗爛豬黑心畜生來自地獄的混蛋。我希望他的臉被放在一隻豪豬身上。

6 p.m. 有結果了！有結果了！一個小時前，警衛突然進來，匆匆把我帶出牢房。能夠遠離那個臭味真是太棒了。我被帶到一間小審訊室，裡面有一張木頭貼皮塑膠桌，一個灰色的金屬檔案櫃，還有一本日本男同志色情雜誌，警衛匆忙把雜誌收走。一個矮小、氣質優雅的泰國中年男子走了進來，自我介紹說他叫杜瓦尼。

原來他是緝毒組的，而且還是一個狠角色。好樣的，查理。

我開始向他描述事情的細節,包括傑德抵達的航班、他離開時可能會搭的航班、那個包包,還有傑德的長相。「應該從這些就能找到他的下落吧?」我總結說。「那個包包上面肯定會有他的指紋。」

「哦,我們知道他在哪裡,」他不屑地說。「而且他沒有指紋。」嗯,沒有指紋。感覺好像沒有乳頭還是什麼的。

「那你們為什麼還沒抓到他?」

「他在杜拜。」他沉著地說。

突然之間,我感到一陣強烈的憤怒。

「哦,他在杜拜是嗎?」我說。「所以你對他瞭若指掌,你也知道是他做的。你知道我沒做這件事,是他把事情嫁禍給我,但其實我沒做。可是你每天晚上還能回家享受美味的沙嗲串,陪著妻子和家人,我卻被困在這裡,生小孩的黃金時間就這樣浪費掉了,只因為你懶得去叫犯人招供他做的錯事?」

他驚愕地看著我。

「你為什麼不叫他招供?」我說。

「他在杜拜。」

「哦,那就叫別人招供啊。」

「瓊斯小姐,我們在泰國有⋯⋯」

「一定有人看到他闖入小屋,或是有人替他闖進去。一定有人把毒品縫進包包的襯裡,那是用縫紉機縫的。去調查啊,盡你的本分啊!」

「我們已經竭盡所能,」他冷冷地說。「我國政府嚴正看待任何違反藥物法規的行為。」

「而我國政府嚴正看待保護公民的責任。」我說,腦中想像東尼‧布萊爾大步走進來,用棍子敲了一下這名泰國官員的頭。

泰國官員清了清喉嚨,準備開口。「我們……」

「我是記者,」我打斷他。「為英國最頂尖的時事節目做報導,」我說,努力不去想像理查‧芬奇說話的模樣,「我在想喝啤酒的蝸牛,我在想溜滑板的鴨子,我在想……」

「他們正積極為我奔走,準備策劃一場聲援活動。」

腦中切換到理查‧芬奇的畫面:「哦,穿比基尼不能看的布莉琪還沒度假回來啊?一定是在沙灘上跟人親熱,忘了搭上飛機。」

「我認識政府高層,我認為,考慮到當前的情勢──」我停頓一下,給他一個意味深長的眼神,當前情勢聽起來總像是有那麼回事,不是嗎?「──如果我因為一宗我明顯未犯下的罪行,你也承認我沒犯下這些罪,被關在這麼惡劣的環境裡,而這裡的警察部門卻無法敦促執法人員有效執法,也沒徹底調查這起案件,這件事在我國媒體上會看起來非常糟糕。」

我以無比的尊嚴拉緊身上的紗籠，往後坐直，冷冷地瞪著他。

那名官員在座位上不安地扭動了下，翻看他手上的文件。然後抬起頭，握緊了筆。

「瓊斯小姐，我們可以回到妳發現小屋被闖入的那一刻嗎？」

哈！

8月27日星期三

50.8公斤，菸2根（代價高昂），腦中上演馬克‧達西／柯林‧佛斯／威廉王子衝進來高喊：「以上帝和英格蘭之名，釋放我未來的妻子！」的幻想：沒有間斷。

擔心了兩天卻毫無結果，沒有音訊，也沒有訪客，只有不斷被要求表演瑪丹娜的歌曲。反覆閱讀〈如果〉，這是維持冷靜的唯一方法。然後今天早上查理來了，而且表現出全新的心情狀態！顯得極為認真、表現專業且過度自信，還帶了一套新的物資用品，裡面包含一個奶油乳酪三明治（由於之前想像過自己在獄中懷孕），但發現我其實沒那麼想吃。

「是的，情況動起來了，」查理沉重地說，彷彿身負爆炸性軍情五處機密的政府特工。「還該死的相當不錯。外交部那邊已經開始運作了。」

試著不去想外交部高層的「內部運作」和裝在機密小盒子裡的高

層便便[16],「你跟你爸說到話了嗎?」我問。

「有,有,」他說。「他們都很清楚了。」

「報紙上有報導嗎?」我興奮地問。

「沒有,沒有,要保密,先別製造麻煩。總之,這邊有妳的信。妳朋友託我爸送來的。我爸說她們很迷人。」

我緩緩打開那個巨大的外交部棕色信封,雙手在顫抖。第一封信來自茱德和小雪,寫得很小心,幾乎像是暗碼,彷彿擔心內容會被間諜讀過。

> 小琪,
> 別擔心,我們愛妳。我們會救妳出來。知道傑德的下落了。馬克·達西在幫忙(!)。

我心跳加速。這是最棒的消息了(當然,僅次於十年刑期被撤銷)。

> 記得內在安定,還有監獄伙食可能有助減肥。很快在 192 見面。再說一次,別擔心。姊妹淘在處理。
> 愛妳,
> 茱德和小雪

我讀著信,情緒激動地眨了眨眼,然後急著撕開另一個信封。也許是馬克?

---

[16] 原文中,查理提到「movements from the Foreign Office」(外交部的行動),而布莉琪因此聯想到「bowel movements」(腸道蠕動、排便)。

裡面是一張溫德米爾湖景色的摺頁明信片，背面寫著：

> 我們在聖安納斯拜訪奶奶，順便遊覽湖區。天氣有點不穩定，但工廠直營店非常棒。爸買了一件羊皮背心！妳可以打給尤娜，確認她有沒有設定好計時器嗎？
> 愛妳，
> <u>媽媽</u>

8月30日星期六

50.8公斤（希望），酒6單位（萬歲！），菸0根，卡路里8755（萬歲！）檢查包包確保裡頭沒有毒品24次。

6 a.m. 在飛機上。要回家了！自由！變瘦了！乾淨了！頭髮閃閃發亮！穿著自己的乾淨衣服！萬歲！手上還有八卦小報、《美麗佳人》和《哈囉！》，一切都太美好了。

6:30 a.m. 不明原因的低落。再次坐上擁擠的飛機，感到不知所措，現在一片黑暗，乘客都在睡覺。我好像應該要欣喜若狂，但其實感到非常恐慌。昨晚，警衛過來叫我出去，我被帶到一個房間，拿回我的衣物，一個沒見過的大使館官員跟我見面，他叫布萊恩，穿著奇怪的短袖尼龍襯衫，戴著金框眼鏡。他說杜拜那邊出現「新進展」，外交部高層承受很大壓力，他們必須在局勢改變前，立即讓我離開這個國家。

大使館裡的一切都很奇怪。除了布萊恩沒看到別人，他直接帶我到一間非常簡陋的老舊浴室，我全部的東西在裡面堆成一小疊。他叫我趕緊沖個澡、換上衣服，一定要快。

不敢相信我變得這麼瘦，但因為沒有吹風機，頭髮還是非常狂亂。這顯然不是重點，但返抵國門的時候，能打扮好看一點會更棒。正要化妝時，布萊恩敲門說，真的該出發了。

一切都恍恍惚惚地發生，在悶熱的夜裡搭上車，快速穿梭在滿是山羊、嘟嘟車、喇叭聲響、全家共騎一輛自行車的人們的街道上。

簡直無法相信機場竟然這麼乾淨。我走的不是正常通關路線，而是外交使館準備的特別路線，一切文件都蓋好章，也核對無誤。到了登機口，整個區域都沒有人，飛機準備起飛，只有一個穿亮黃色夾克的男子在等我們。

「謝謝你，」我對布萊恩說。「也幫我謝謝查理。」

「我會的，」他苦笑地說。「或是謝謝他老爸。」然後他把護照交給我，用一種非常尊重的方式跟我握手，就連在進監獄以前，我也很少受到這樣的對待。

「妳表現得非常好，」他說。「做得好，瓊斯小姐。」

10 a.m. 剛睡了一覺，終於要回家了，非常興奮。我確實得到了心靈頓悟，從現在起，一切都不一樣了。

心靈頓悟後的嶄新人生願望:

1. 不再開始抽菸或喝酒。目前已經 11 天沒喝酒了,菸也只抽了 2 根(不想細談為了拿到那 2 根菸而做的事)。不過,現在可能會喝一小瓶紅酒,畢竟需要慶祝。沒錯。

2. 不再依靠男人,而是依靠自己。(除非馬克·達西想和我復合。天啊,希望如此,希望他意識到我仍然愛他。希望是他讓我脫離險境。希望在機場看到他。)

3. 不再為愚蠢的事情煩惱,例如體重、不聽話的頭髮、茱德邀請誰參加婚禮。

4. 不再拋棄那些勵志書、詩歌裡的建議,但僅限於關鍵事項,例如樂觀、不要驚慌、寬恕(但可能不包括那個該死的傑德)。

5. 對男人要更謹慎小心,因為他們顯然很危險(如果該死的傑德還不夠證明這點,那麼還有丹尼爾能作為參考)。

6. 不再忍受像理查·芬奇那種人對我的無禮,對自己的能力要有信心。

7. 追求心靈成長,堅守心靈指導的原則。

好耶,現在可以看《哈囉!》和八卦小報了。

11 a.m. 嗯,這張身材圓潤的黛安娜和體毛多多的多迪[17]跨頁照片真是讚。哼,只是當我終於瘦下來了,她卻開始引領身材圓潤的新流行。好極了。看到她快樂,很替她開心,但總感覺他不太適合她。希望她不只是因為他不像個混蛋才跟他約會。不過如果

---

[17] 多迪·法耶茲(Dodi Fayed, 1955-1997),埃及富豪、電影製片,黛安娜王妃的男友。1997 年,兩人在巴黎麗茲酒店用餐後乘車離開,為躲避狗仔追逐而發生致命車禍,不幸喪生。

是的話，我也能理解。

11:15 a.m. 報紙上完全沒有關於我的任何報導。但正如查理所說，這件事要保密，政府必須低調處理，以免影響與泰國的外交關係、影響花生醬進口之類的。

11:30 a.m. 棕色是這季的黑色！剛翻了《美麗佳人》。

11:35 a.m. 不過，棕色應該是本季的灰色才對，因為灰色是上一季的黑色。沒錯。

11:40 a.m. 可是這是個大災難，因為衣櫃裡棕色單品的數量為零，但說不定會有一筆意外之財出現，就像意外獲釋一樣。

11:45 a.m. 嗯嗯。好久沒喝酒了，真好喝，一下就飄飄然的。

12:30 p.m. 噁。大量閱讀小報後，感覺有點噁心。我都忘了，這種事後沮喪羞愧的感受，有點像宿醉——對世界的感覺一而再再而三被寫成同一個可怕的故事：先把人捧成好人，然後再揭露他們其實又壞又邪惡。

不過，看得最有感的還是那篇「牧師變成濫交混蛋」的報導，看到別人行為不檢總是特別有趣。但話說回來，我覺得幫「濫交牧師的受害者」成立支持團體的創辦人（因為「與牧師發生關係的女性，往往孤立無援、無人傾訴」）也太偏頗了吧。那其他孤立無援的人怎麼辦？應該也要替其他人成立支持團體，像是濫交保守黨部長的女性受害者、與王室成員上床的英國國家隊運動員、與名人或王室成員上床的天主教神職人員，還有與一般民眾上

床、民眾在告解時洩漏給天主教神職人員、然後神職人員又把消息賣給週日報紙的名人。不如我來寫報導賣給週日報紙，當作我的收入來源。不，這樣是不對的，看吧，我的心靈立刻就被小報心態汙染了。

還是我來寫一本書？也許回到英國時，我會像約翰·麥卡錫那樣受到英雄式的歡迎，然後寫一本叫做《其他雲層形式》或其他氣象現象的書。也許馬克、茱德、小雪、湯姆、我爸媽，還有現場守候的一大群攝影師，會在機場迎接我，理查·芬奇則會卑躬屈膝地求我做獨家專訪。最好還是別喝得太醉，希望我不會太失控。總覺得會是警察或律師之類的在等我，要把我帶去一個祕密基地詳細盤問，我最好睡一下。

9 p.m.（現在是英國時間。）抵達希斯洛機場，在飛行後宿醉的攻擊下，努力拍掉衣服上的麵包屑和航空公司騙人的粉紅色牙膏味甜點，一邊在心裡排練說詞，準備面對媒體陣仗——「那是一場惡夢，活生生的惡夢，晴天霹靂。但我內心沒有怨恨（怨懟？），如果世人能因此對朋友與陌生男子共度春宵有所警覺，那麼我也就沒被白關了（還是該說不算白費？）。」但說實話，我其實不覺得真的會有媒體陣仗等著我。通關時一切順利，我興奮地環顧四周，尋找熟悉的面孔，結果湧上來的就是——嗯，媒體陣仗，一群帶著閃光燈的攝影師和記者。我的腦袋一片空白，不知道該說什麼或做什麼，只能像一個爆出召妓醜聞的政府部長一樣，不斷重複「無可奉告」，推著行李車繼續往前走，感覺雙腿隨時會因支撐不住而癱軟。然後突然間，有人接過手推車，摟

著我說,「沒事了,小琪,我們來了,我們接到妳了,沒事了。」是茱德和小雪。

8月31日星期日

51.7公斤(耶!耶!18年的節食計畫勝利告終,雖然代價未免過於慘烈),酒4單位,卡路里8995(肯定是應得的),裝潢師傅蓋瑞造成的牆上大洞修復進度:0。

2 a.m. 我的公寓。回到家真好,又見到茱德和小雪真好。在機場時,警察帶著我們穿過人群,進到一間面談室,裡面有緝毒組的人和一個來自外交部的官員,對著我提出一大堆問題。

「拜託,這些問題就不能該死的晚點再問嗎?」不到一分鐘,小雪就已經憤慨地爆氣。「你們沒看到她現在的狀況嗎?」

那些男人似乎認為有必要繼續問話,但最終被小雪怒吼的「你們到底是男人還是怪物?」和要通報國際特赦組織的威脅嚇到,最終派了一名警察送我們回倫敦。

「下次要小心來往的對象,女士們。」外交部官員說。

「哦,拜託!」小雪說,茱德則同時說:「哦,說得沒錯,官員先生。」然後開始發表一段專業女性的致謝演講。

回到我的公寓,冰箱裡滿是食物,還有等著被送進烤箱的披薩、

吉百利巧克力禮盒和雀巢綜合巧克力、煙燻鮭魚捲、很多包銀河脆皮巧克力豆，還有幾瓶夏多內白酒。牆上塑膠布蓋著的洞上掛著一張大海報，寫著「歡迎回家，布莉琪」，還有一張來自湯姆的傳真（他已經搬去舊金山跟那個在海關工作的傢伙同居了）：

> 親愛的，毒品是撒旦的粉末。勇敢說不！我猜妳現在是史上最瘦的狀態。立刻放棄所有男人，成為同志，來加州跟我們一起住，享受三人同志性愛好時光。我傷了傑若姆的心！哈哈哈哈。打電話給我。愛妳。歡迎回來。

此外，茱德和小雪也替我收拾了臥室地板上堆滿的行李雜物，換上乾淨的床單，還在床頭櫃擺了鮮花和絲卡。我愛我可愛的姊妹淘，也愛可愛又自戀的湯姆。

她們幫我放了洗澡水，端了一杯香檳給我，我則給她們看我被跳蚤咬的痕跡。然後換上睡衣，三個人坐在床上，抽菸、喝香檳、吃吉百利巧克力禮盒，開始聊起發生的所有事情。但我想我一定是中途睡著了，因為現在房間裡一片漆黑，茱德和小雪已經離開，在我枕頭上留了張便條，要我醒來後再打電話給她們。她們現在都住小雪家，因為茱德的公寓正在裝修，她和卑鄙李察婚後要一起住。希望她有找到比較好的裝潢師傅，牆上大洞完全沒變。

10 a.m. 啊！這是哪裡？我在哪裡？

10:01 a.m. 躺在有床單的床上感覺好奇怪，很舒服，但很不真實。哦哦，剛想起來我會上報，等下就去店裡買。我要剪下所有

內容，收藏在剪貼簿裡，然後未來拿給孫子、孫女看（如果有機會的話）。萬歲！

10:30 a.m. 不敢相信。我是在做夢，還是報上開了個病態的愚人節玩笑。不敢相信。黛安娜死了，這絕不是她會做的事情。

11:10 a.m. 我要開電視，他們一定會說搞錯了，她回來了，然後我們會看到她走出海港俱樂部，所有攝影師追著她問感覺怎麼樣。

11:30 a.m. 還是無法相信。最可怕的是，顯然所有權威人士都不知道該怎麼辦。

中午。至少東尼・布萊爾控制了局面。他說出了大家的心聲，而不是像隻鸚鵡不斷重複「悲痛和震驚」。

1:15 p.m. 感覺全世界都瘋了。竟然沒有一個正常的現實能讓我回歸。

1:21 p.m. 為什麼茱德和小雪還沒打電話來？

1:22 p.m. 哦，她們可能以為我還在睡。我來打給她們。

1:45 p.m. 茱德、我和小雪都同意她是我們的國寶，我們都為她感到難過。大家過去對她那麼苛刻，導致她不喜歡待在英國。感覺就像有一隻從天而降的大手，對我們說，「如果你們要為了她這樣吵來吵去，那乾脆誰也別想擁有她了。」

2 p.m. 但這件事偏偏該死的發生在我要上報的這一天。報上完全沒有我的新聞，完全沒有。

6 p.m. 還是不敢相信她死了,不斷看著報紙頭條,試圖說服自己相信這件事。說真的,黛安娜王妃對單身女性來說,就像守護神。她一開始就像典型童話故事裡的人物,做了我們所有人都認為該做的事,就是嫁給一位英俊的王子,但她也坦誠說出人生不該是這樣的。她讓我們發現,就連這麼美麗動人的女人,也會被愚蠢男人當成垃圾對待,感覺自己不被愛又孤單,但這種事會發生並不是因為自己不夠好。而且她不斷試著重新改造自己,解決自己的問題。她總是像現代女性一樣努力。

6:10 p.m. 嗯,我在想如果我死了,大家會怎麼說我?

6:11 p.m. 什麼都不會說。

6:12 p.m. 參考那些人在我被關在泰國監獄時對我說的話,就知道了。

6:20 p.m. 有了一個可怕的領悟。開靜音在看電視,畫面上出現一張小報頭版,看起來像是車禍現場的真實照片。發現我心裡竟然有點想看看那些照片,真是可怕。就算能買到,我也絕對不會買那份報紙,嗯!嗯!所以這代表了我是什麼樣的人?哦,天啊。我好糟糕。

6:30 p.m. 一直怔怔望著前方發呆。之前完全沒意識到,黛安娜王妃在我們心裡佔據了多麼重要的地位。這種感覺就像,茱德或小雪明明在我面前活潑地開著玩笑、塗著唇蜜,然後忽然間,她們卻變成某種成熟、可怕又陌生的存在,變成了死亡。

6:45 p.m. 剛在電視上看到一名女子去花店買了一棵樹，想為黛安娜王妃而種。也許我也可以在窗台的花盆裡種些東西，例如，嗯，羅勒？可以去庫倫斯超市買一盆。

7 p.m. 嗯，羅勒好像不太適合。

7:05 p.m. 所有人都帶著花前往白金漢宮致意，好像這是一個由來已久的傳統。大家一直都這樣做嗎？那是俗人為了上電視才做的事，就像為了折扣在商店外面徹夜排隊那樣？還是這其實是一種真誠的舉動？嗯。但我覺得我想去。

7:10 p.m. 感覺帶著花去好像有點詭異⋯⋯但我真的很喜歡她。那感覺像是，發現有個跟你一樣的人處在權力核心裡。那些喜歡指指點點的人總是批評她，例如地雷的事[18]，但如果問我的話，我覺得她聰明得要命，把瘋狂的媒體關注變成一種影響力。總比在家抱怨的人好得多吧。

7:15 p.m. 如果住在首都還不能與群眾一同表達情感的話，那住在首都要幹嘛？這不太像英國人會做的事，但也許隨著氣候和歐洲的變化，還有東尼‧布萊爾的影響，一切都在改變，自我表達也不成問題。也許她改變了英國人的拘謹個性。

7:25 p.m. 好，我一定要去肯辛頓宮[19]。但我沒有花。去加油站再買。

---

[18] 黛安娜王妃曾經只穿簡單的防護背心、戴保護面罩走過地雷區，呼籲各界重視掃雷行動。
[19] 肯辛頓宮（Kensington Palace）是黛安娜王妃生前的正式官邸。

7:40 p.m. 加油站的花賣完了。只剩下橘子巧克力和奶油夾心餅乾。雖然好但不合適。

7:45 p.m. 但我猜她會喜歡。

7:50 p.m. 最後選了一本《Vogue》、一盒吉百利巧克力禮盒、一盒即溶咖啡和一包絲卡。不算完美,但大家一定都買了花,然後我知道她喜歡《Vogue》。

9:30 p.m. 很慶幸自己來了。一開始走過肯辛頓區時有點害羞,怕別人知道我要去哪裡,而且是獨自一人。但後來想到黛安娜王妃常常也是一個人。公園裡黑漆漆的,氣氛卻祥和平靜,所有人都默默地朝同一個方向走去。沒有像新聞上那樣誇張。牆腳布滿了鮮花和蠟燭,人們把熄滅的蠟燭重新點燃,閱讀卡片上的留言。

這麼久以來,她一直擔心自己不夠好,現在看到大家對她的情感之後,希望她明白了。真的,那些總是擔心自己的外表、認為自己不夠好、對自己要求太高的女人,應該要從中得到一個訊息:不需要那麼焦慮。帶著《Vogue》、巧克力和即溶咖啡來,感覺有點不好意思,所以把東西藏在花堆底下。看著大家的留言,意識到無須成為代言人,也能表達自己的想法。最打動我的一則留言,好像是抄自《聖經》,用老太太的顫抖字跡寫著:「當我陷入困境,妳關心我;當我遇到危險,妳努力保護我;當我生病,妳悉心探望;當人們遠離,妳握住了我的手。妳為最貧窮、最卑微的人做的一切,我感覺彷彿是為我而做。」

12／奇異時代
Strange Times

9月1日星期一

51.7公斤（要確保不能立刻恢復原來的體重），卡路里6452。

「我到登機門的時候，就覺得不對勁，」昨晚她和茱德過來找我時，小雪說。「但航空公司的人不肯告訴我發生了什麼事，堅持要我上飛機，然後又不讓我下機，接著飛機就開始在跑道上滑行了。」

「所以妳是什麼時候知道的？」我一邊問，一邊喝完杯中的夏多內白酒，茱德立刻拿起酒瓶再幫我倒了一杯。太美好了，太美好了。

「落地之後，」小雪說。「真是史上最糟糕的飛行經驗。我一直希望妳只是沒趕上飛機，但他們對我態度很奇怪，而且還很輕蔑。然後我一下飛機……」

「她就被逮捕了！」茱德幸災樂禍地說。「而且醉得一塌糊塗。」

「哦，不，」我說。「妳當時還希望傑德會在機場吧。」

「那個混蛋。」小雪漲紅了臉。

總覺得以後還是不要再提到傑德比較好。

「他在曼谷安排了一個人排在妳後面，」茱德解釋。「他在希斯洛機場等電話，然後一接到消息立刻搭上前往杜拜的飛機。」

後來小雪從警察局打電話給茱德，她們很快就聯絡上外交部。

「然後他們什麼動作都沒有，」茱德說。「還說妳會被關十年。」

「我記得。」我抖了一下。

「我們星期三晚上打給馬克，他馬上聯繫他在國際特赦組織和國際刑警組織認識的所有人。我們試著聯絡妳媽，但她的答錄機說她在湖區旅行。我們考慮過要不要打給傑佛瑞和尤娜，但後來覺得大家只會變得歇斯底里，對事情沒什麼好處。」

「非常明智。」我說。

「到了第一個星期五，我們聽說妳已經被轉移到正規監獄……」小雪說。

「然後馬克就搭飛機去杜拜了。」

「他去杜拜？為了我？」

「他做得很棒。」小雪說。

「那他現在在哪裡？我留言給他，但他還沒回電。」

「他還在那裡，」茱德說。「我們星期一接到外交部的電話，情況好像突然有了轉機。」

「那一定是查理跟他爸聯絡的時候！」我激動地說。

「他們允許我們寄出要給妳的信……」

「然後到了星期二，我們聽說他們已經抓到傑德了……」

「馬克在星期五打電話來，說他們拿到了自白書……」

「然後星期六突然接到通知,說妳已經在飛機上了!」

「萬歲!」我們一齊說,碰杯慶祝。我急著想談馬克的事,但又不想顯得膚淺,或是對姊妹淘的努力表現得忘恩負義。

「所以他還在跟蕾蓓嘉交往嗎?」我脫口就問。

「沒有!」茱德說。「他沒有!沒有!」

「到底發生了什麼事?」

「我們也不知道,」茱德說。「前一分鐘還很確定,下一分鐘馬克卻不去托斯卡尼了,而且──」

「妳絕對猜不到蕾蓓嘉現在跟誰約會,」小雪插話說。

「誰?」

「是妳認識的人。」

「不會是丹尼爾吧?」我說,心中感到一種奇怪的複雜情緒。

「不是。」

「柯林・佛斯?」

「不是。」

「好險。湯姆?」

「不是。一個妳很熟的人。已婚。」

「我爸?瑪格姐的傑瑞米?」

「越來越接近了。」

「什麼？不會是傑佛瑞・厄康伯利吧？」

「不是。」小雪噗嗤一笑。「他是和尤娜結婚了，但他是同志。」

「賈爾斯・本威克，」茱德突然說。

「誰？」我說。

「賈爾斯・本威克，」小雪證實。「妳認識賈爾斯啊，老天，馬克的同事，就是妳在蕾蓓嘉家把他從自殺邊緣救出來那位。」

「對妳有興趣的那個。」

「事發之後，他跟蕾蓓嘉一直待在格洛斯特郡靜養、讀勵志書，現在——他們在一起了。」

「兩個人合而為一。」茱德補了一句。

「他們沉浸在愛的交融之中。」小雪再次補充。

我們三人沉默地看著彼此，對於上蒼奇妙的安排感到震驚。

「這世界瘋了，」我帶著驚奇和恐懼冒出這句話。「賈爾斯・本威克又不帥，也不有錢。」

「嗯，其實他很有錢。」茱德咕噥地說。

「但他不是別人的男朋友。也不是蕾蓓嘉標準裡認定的那種地位象徵。」

「除了真的非常有錢之外。」茱德說。

「但蕾蓓嘉還是選擇了他。」

「沒錯,就是這樣,」小雪奮地說。「奇異時代!真的是奇異時代!」

「沒多久,菲利普親王就會要我當他的女友,然後湯姆會跟女王交往!」我大喊。

「不是裝模作樣傑若姆那種女王,而是我們親愛的女王。」小雪澄清。

「**蝙蝠會開始吞食太陽**,」我誇張地說。「馬出生的時候尾巴長在頭上,尿尿做成的冰塊落在我們的屋頂露台,還會遞給我們香菸。」

「而且現在,戴安娜王妃去世了。」小雪突然莊重地說。

氣氛瞬間變了。我們全都陷入沉默,試圖消化這個殘酷、震撼且難以置信的事實。

「奇異時代,」小雪說,一邊意味深長地搖著頭。「真的太奇異了。」

9月2日星期二

52.2公斤(明天一定要停止暴飲暴食),酒6單位(不能開始喝太多),菸27支(不能開始抽太多),卡路里6285(不能開始

吃太多）。

8 a.m. 我的公寓。由於戴安娜王妃的離世，理查・芬奇取消了所有泰國毒品女孩（也就是我）的相關報導，並給了我兩天假期，讓我好好整理自己。我無法接受她的死，也無法接受任何其他事情。也許現在全國都陷入憂鬱之中。這是個時代的終結，毫無疑問，但同時也是一個新時代的開始，就像秋季開學一樣。這是一個全新開始的時刻。

決心不再陷入過去的生活方式，不再把生命全耗費在檢查答錄機和等待馬克的電話，我要保持冷靜和專注。

8:05 a.m. 可是馬克為什麼跟蕾蓓嘉分手？為什麼她要跟眼鏡男賈爾斯・本威克交往？為什麼？為什麼？馬克去杜拜是因為他還愛我嗎？那他為什麼還沒有回電話給我？為什麼？為什麼？

不管怎樣，那些對我來說都無關緊要了，我要專注在自己身上。要去做腿部除毛。

10:30 a.m. 回到公寓。做腿部除毛遲到了（約了 8:30），結果發現美容師「因為黛安娜王妃的死」沒來上班。櫃檯人員的說明語氣幾乎帶著諷刺，但如同我向她指出的，我們哪有資格去評斷每個人心裡經歷了什麼？如果這一切給了我們什麼啟示，那就是不要輕易評判他人。

然而，在回家的路上，這種心情很快就破滅了。在肯辛頓大街碰

上大塞車,平常只需十分鐘的回家路程變成了四倍時間。終於抵達塞車的源頭時,發現竟只是道路施工,但現場十分安靜,也沒有工人在場,只有一個標示牌寫著:「本路段的施工工人決定停工四天,以表達對黛安娜王妃的敬意。」

哦,發現答錄機的燈在閃。

是馬克!他的聲音聽起來很小聲,還夾雜著雜音。「布莉琪⋯⋯剛收到消息。很高興妳自由了,非常高興。我稍晚回去的時間大約是⋯⋯」電話裡傳來一陣嘶嘶聲,然後通話就斷了。

十分鐘後,電話響了。

「哦,哈囉,親愛的,妳猜怎樣?」

我媽。我的母親!一股強烈的愛湧上心頭。

「怎樣?」我說,感覺淚水在眼眶裡打轉。

「『在喧囂和匆忙中靜靜前行,記住靜默中可能蘊藏的安寧。[1]』」

一陣漫長的沉默。

「媽?」我終於開口。

「噓,親愛的,靜默。」(又是一陣沉默。)「記住靜默中可能蘊藏的安寧。」

---

[1] 出自美國詩人麥克斯・埃爾曼(Max Ehrmann)的詩作〈Desiderata〉。

我深吸一口氣，用下巴夾著話筒，繼續煮咖啡。這就是我學到的重點，從他人的瘋狂中抽離，因為光是要讓自己維持在正軌上，就已經有夠多事情要操心了。就在這時，行動電話也響了起來。

努力忽略第一支電話，此時它已經開始震動，還在大喊——「布莉琪，如果不學會與靜默共處，就永遠無法找到內在的平衡！」我按下行動電話的接聽鍵，是老爸。

「啊，布莉琪，」他用一種生硬的軍人語調說。「妳可以接一下妳媽打去的家用電話嗎？她似乎把自己弄得有些激動。」

她有點激動？他們完全不在乎我嗎？我是他們的骨肉耶？

「家用電話」裡傳來一連串哭泣、尖叫和說不上來的碰撞聲。「好，爸，再見。」我說，然後拿起真正的電話。

「親愛的，」老媽用沙啞、自怨自艾的語氣低聲說。「有件事我必須告訴妳。我再也無法對家人和摯愛隱瞞這件事了。」

努力不去糾結「家人」和「摯愛」之間的區別，開朗地說，「嗯！如果妳不想說也不用勉強哦。」

「妳要我怎麼樣？」她誇張地大喊。「過著虛偽的生活嗎？親愛的，我是個成癮者，一個成癮的人！」

我絞盡腦汁思考她可能對什麼成癮。自從 1952 年梅薇絲・安德比在她的二十一歲生日派對喝醉，不得不被一個叫「皮威」的人放上腳踏車橫桿載回家後，我老媽從未喝超過一杯奶油雪莉酒。

她攝取的藥物也僅限於克特陵業餘戲劇協會每年兩次公演時，因為刺激性咳嗽而偶爾服用的老船長喉糖。

「我是個成癮者，」她又說了一次，然後戲劇化地停頓。

「好，」我說。「妳是成癮者。那請問妳到底是對什麼東西成癮？」

「感情關係，」她說。「親愛的，我沉迷於感情關係。我有依賴的問題。」

我直接把頭砸在桌上。

「跟妳爸在一起三十六年！」她說。「而我一直都不明白。」

「可是，媽，跟某人結婚不代表……」

「哦，不，我不是依賴妳爸，」她說。「我依賴的是樂趣。我跟妳爸說了，我……哦，我要掛了，該做我的肯定句練習了。」

我呆坐著，盯著咖啡濾壓壺，感覺頭昏腦脹，一片混亂。他們難道不知道我發生了什麼事嗎？還是她終於徹底瘋了？

電話又響了，是老爸。

「剛才真抱歉。」

「發生什麼事了？你現在和媽在一起嗎？」

「嗯，可以算是……她去上課了。」

「你們在哪裡？」

「我們在⋯⋯嗯，這是一個⋯⋯嗯⋯⋯一個叫『彩虹』的地方。」

統一教[2]？我心想。山達基[3]？教練學[4]？

「那個，呃，是一個勒戒中心。」

哦，我的天。原來不只我開始擔心老爸的飲酒問題。老媽說，他們去聖安納斯拜訪奶奶時，老爸有天晚上跑去黑潭喝得爛醉，最後醉醺醺地回到老人院，手裡拿著一瓶威雀威士忌和一個猛辣妹[5]塑膠模型，她的胸部上還掛著一副發條假牙。醫師被找來，他們就直接從聖安納斯來到了這間勒戒中心，而老媽一如既往，決心不被老爸搶了風頭。

「他們好像不認為威士忌是嚴重的問題，只說我是因為朱力歐和威靈頓的那些事情，一直在掩飾我的痛苦之類的。現在的計畫是，我們要縱容她對『樂趣』的成癮，一起接受治療。」

哦天啊。

我想，還是暫時別告訴爸媽泰國的事好了。

---

[2] 統一教（Unification Church），信徒被稱為 Moonies，由文鮮明於 1954 年在韓國創立的新興宗教。
[3] 山達基（Scientology），美國作家 L・羅恩・賀伯特（L. Ron Hubbard）在 1952 年創立的宗教。
[4] 教練學（Erhard Seminars Training, EST），1971 年由 Werner Erhard 創辦的個人成長體驗工作坊。
[5] 猛辣妹（Scary Spice），辣妹合唱團（Spice Girls）的成員之一。

10 p.m. 還是在公寓裡。好了，萬歲！花了一整天整理和分類，現在一切都在掌控之中。郵件都整理好了（嗯，至少都堆成一疊了）。茱德說的對，牆上破了一個大洞已經四個月都還沒修好，實在太荒謬了，而且沒人從後牆爬進來偷竊，真是個奇蹟。我不要再聽裝潢師傅蓋瑞的莫名藉口了，已經請茱德的律師朋友寫了一封信給他。看吧，成為一個嶄新自信的人真的能做到很多事情，真是太棒了……

親愛的先生，

我們是布莉琪・瓊斯女士的代理人。

據了解，我方委任人在 1997 年 3 月 5 日前後與您達成了一份口頭合約，根據該合約，您同意以報價 7000 鎊的價格為我方委任人建造其公寓的擴建部分（包括第二間書房／臥室及屋頂露台）。我方委任人於 1997 年 4 月 21 日預付了 3500 鎊作為工程款，並明確約定該項工程應於首次付款後六週內完工。

您於 1997 年 4 月 25 日開工，在我方委任人的公寓外牆上敲出了一個 5 乘 8 英尺的大洞。然而，接下來的幾週，工程未見進展。我方委任人曾多次致電給您並留言，但您未做回覆。直到 1997 年 4 月 30 日，您在我方委任人外出工作時來到公寓，但並未按照合約繼續進行工程，而僅僅使用厚塑膠布覆蓋了外牆上的洞。自此，您並未返回工地完工，我方委任人多次致電留言要求您完工，您皆未回覆。

您在我方委任人公寓外牆留下的洞，導致該處寒冷、極易遭竊，且已失去竊盜險保障。您未能履行約定的工程，已構成明顯違約行為。因此，您的違約行為已被我方委任人視為拒絕履行合約，而我方

委任人已接受您合約終止行為……

巴拉巴拉巴拉,嘟滴呼哩胡扯一通……有權追討費用……負責賠償任何損失……除非在本信件發出後七天內收到您確認賠償的回覆,以彌補我方委任人所遭受的損失,否則我們將依指示對您提起違約訴訟,恕不另行通知。

哈。哈哈哈哈!給他一個難忘的教訓。信已經寄出去了,他明天就會收到。讓他知道我是認真的,我不會再忍受別人的欺負和無禮了。

好。現在我要花半小時想一些晨間會議的點子。

10:15 p.m. 嗯,可能需要去買份報紙找些靈感,不過現在有點晚了。

10:30 p.m. 說真的,我不要再管馬克‧達西了。我並不需要男人。以前男人和女人會在一起,是因為女人無法在沒有男人的情況下生存,但現在──哈!我有自己的公寓(雖然有洞)、有朋友、有收入,還有工作(至少到明天還有),哈哈!哈哈哈哈哈!

10:40 p.m. 好,開始想點子。

10:41 p.m. 天啊,但我真的很想做愛,已經好久沒有性生活了。

10:45 p.m. 或許可以做一個新工黨、新英國的專題?就像你跟某人交往了六個月,蜜月期結束了,開始會因為對方沒洗碗而覺

得不爽？取消了學生補助？[6] 嗯。當學生的時候，找人上床或約會都那麼簡單。也許學生不值得拿到該死的補助，反正他們只是一天到晚在上床。

> 沒有性生活的月數：6
> 沒有性生活的秒數：
> （一天有幾秒來著？）
> 60 X 60 = 3,600 X 24 =
> （去拿計算機好了。）
> 86,400 x 28 = 2,419,200
> x 6 個月 = 14,515,200
> 已經一千四百五十一萬五千兩百秒沒有性生活。

11 p.m. 也許我這輩子就**再也不會做愛了**。

11:05 p.m. 不知道長期沒有性生活會怎麼樣？這對身體是好還是壞？

11:06 p.m. 也許就會**封閉起來**。

11:07 p.m. 等下，我不該想這些，我現在追求的是心靈。

11:08 p.m. 可是繁衍後代對一個人來說，肯定是好事吧？

11:10 p.m. 吉曼・基爾[7]就沒有小孩。但這又證明了什麼？

---

[6] 新工黨政府在 1998 年通過《教育與高等教育法案》（Teaching and Higher Education Act），終結了高等教育普遍免學費的時代。
[7] 吉曼・基爾（Germaine Greer, 1939- ），澳洲作家，女性運動代表人物之一。

11:15 p.m. 好。新工黨,新……

哦天啊。我變成禁慾者了。

禁慾主義!新時代的禁慾者!如果這事發生在我身上,那麼很可能也正發生在許多人身上。這不就是時代精神的重點嗎?

「突然之間,人們減少了性生活。」但我討厭大眾新聞總是這樣報導。這讓我想到,《泰晤士報》有篇報導的開頭是:「突然之間,到處都是流行餐廳。」而《每日電訊報》同一天卻出了一篇:「曾經風靡一時的餐廳如今該何去何從?」

好,該睡覺了。明天是上工第一天,全新的我一定要提早到。

9 月 3 日星期三

53.7 公斤(啊啊),卡路里 4955,沒有性生活的秒數 14601600(昨天的數字加上今天的 86400)。

7 p.m. 早早進了辦公室,這是從泰國回來後的第一天上班。原本預期會受到多點關注和尊重,結果發現理查・芬奇仍舊是個脾氣糟糕的混蛋:暴躁又菸抽個不停,嘴巴不知道在嚼什麼,眼神瘋狂。

「嗬!」我走進去時他說。「嗬!哈哈哈哈哈!妳那袋子裡有什麼?鴉片是嗎?臭鼬?包包襯裡有快克?還是妳帶了紫心勳

章？[8]搖頭丸？波波瓶？[9]或是安非他命？哈希什？[10]古『柯柯』鹼？噢噢噢，古『柯柯』鹼」，」他開始瘋狂地唱歌。「哦耶，古『柯柯』鹼，古『柯柯』鹼！」他亮著愚蠢的眼神，抓住旁邊兩個研究員往前衝，大喊，「膝蓋彎曲，手臂伸直，全都藏在布莉琪的包包裡，嘿嘿！」

這讓我明白，我們的執行製作人正處於用藥過後的瘋狂階段，我面帶平靜的微笑，選擇無視他。

「哦，今天扮演高傲的小姐是吧？哦！來吧，各位。剛出獄的高傲布莉琪到了。我們開始吧，開始開會吧啦嘟噠。」

這真的跟我想的完全不一樣。大家陸續聚集到會議桌旁，一臉不滿地看看時鐘又看看我。現在才剛過該死的 9:20，會議本來是 9:30 才開始的啊。就因為我提早到，不代表會議也要提前開始，而不是像往常一樣延後才對吧？

「好啦，布莉琪！說吧，有什麼想法？我們今天有什麼妙點子，能讓全國驚喜不已？女間諜的十大走私技巧？最適合在增厚胸墊裡藏古柯鹼的英國胸罩？」

如果眾人對你心存猜疑，而你能相信自己，我心想。哦媽的，我乾脆直接揍他一頓。

---

[8] 紫心勳章是德塞美（Dexamyl）的俗名，一種結合了安非他命和巴比妥酸鹽的藥物。
[9] 波波瓶（Poppers），亞硝酸酯類成分產品，亞硝酸鹽的可使全身平滑肌放鬆，常被同志族群作為助興藥物，台灣多稱 Rush。
[10] 哈希什（Hashish），大麻的樹脂。

374 | Bridget Jones: The Edge of Reason

他一邊嚼嚼嚼，一邊帶著期待的笑容看著我。有趣的是，我卻沒聽見平時會議上總會傳來的竊笑聲。事實上，泰國插曲似乎讓我的同事對我有了全新層次的尊重，這讓我感到欣慰又開心。

「蜜月期過後的新工黨怎麼樣？」

理查・芬奇一頭栽到桌上，開始打鼾。

「其實，我還有一個點子，」我停頓了一下，滿不在乎地說。「關於性。」我補了一句，理查立刻豎起了耳朵。（希望只有耳朵。）

「怎麼樣？妳是打算與我們分享，還是留著給妳在緝毒組的好友？」

「禁慾。」我說。現場出現一陣驚豔的沉默。

理查・芬奇瞪大眼睛盯著我，彷彿不敢相信自己聽到的話。

「禁慾？」

「禁慾。」我得意地點點頭。「新時代的禁慾主義。」

「妳是說——僧侶跟修女那種？」理查・芬奇問。

「不是，是禁慾。」

「沒有性生活的普通人。」帕楚莉插話，沒好氣地看著他。

會議桌上的氣氛明顯變了。也許是因為理查變得太過失控，再也沒有人要巴結他了。

「什麼？是因為什麼密宗或佛教的關係嗎？」理查一邊竊笑一邊咀嚼，腿不由自主地抽搐著。

「不是，」性感麥特低頭認真看著他的筆記本。「就是像我們這種普通人，很長一段時間沒性生活的這種。」

我迅速瞥了麥特一眼，正好他也在看我。

「什麼？你們？」理查不可思議地看著我們。「你們還年輕正盛啊——哦，除了布莉琪。」

「謝囉。」我咕噥了一聲。

「你們每晚都跟兔子一樣忙個不停，不是嗎？進進出出，然後全身搖一搖？」他開始哼唱。「嗑了再上，把她轉過來，然後從後面做！不是嗎？」

會議桌邊的人開始坐立不安。

「不是嗎？」

沉默。

「好吧，有誰過去一個星期都沒有上床的？」

所有人都緊盯著自己的筆記本。

「好。那有誰在過去一個星期有上床的？」

沒有人舉手。

「不敢相信。好。有誰在上個月內有上床的？」

帕楚莉舉手。哈洛也舉手，在眼鏡下對著我們露出得意的眼神。他大概是騙人的，或者只是像青少年那種打情罵俏而已。

「所以剩下的你們其他人⋯⋯天啊。你們這些怪胎。不可能是因為你們工作太認真。禁慾。呸！想點讓觀眾沸騰的。你們最好想出比這更好的點子來填補這季的內容，不要再提這種沒性生活的亂七八糟爛點子。我們下星期要強勢回歸！」

9月4日星期四

53.5公斤（不能再繼續下去，否則牢就白坐了），想像殺死理查・芬奇的方法32種（這也不能繼續下去，否則坐牢的威懾力就被抵消了），考慮購買的黑色夾克23件，沒有性生活的秒數14688000。

6 p.m. 很喜歡這種學期開學的秋天氣氛。晚點回家的路上要去逛街，不是要買東西（畢竟有財務危機），只是想試試新的「棕色即黑色」秋裝。非常興奮，決心要在今年提升自己的購物技巧，也就是（1）不再因為恐慌而認定自己只能買黑色夾克，一個女孩需要的黑色夾克數量有限。（2）從別的地方籌錢來買東西。也許去拜佛祖？

8 p.m. 安格斯牛排館，牛津街。無法控制自己的恐慌發作。每

間店賣的東西好像都一樣，只是版本稍微不同。陷入沉思，心無法平靜，腦袋必須先做出統整並掌握分類，例如所有市面上能買到的黑色尼龍夾克：French Connection 那款要 129 鎊，Michael Kors 的高檔款（小方格絎縫款）要 400 鎊，Hennes 賣的黑色尼龍夾克只要 39.99 鎊。舉例來說，買一件 Michael Kors 可以買十件 Hennes 的黑色尼龍夾克，但這樣衣櫃就會塞滿更多黑色夾克，不過反正也沒錢買。

也許我的整體形象出了問題。說不定我應該開始穿贊德拉·羅德斯[11]或蘇·波拉德[12]那種色彩鮮豔的舞台服裝，或者維持膠囊衣櫃，只買三件非常經典的衣服，一天到晚穿著它們？（但萬一弄髒或吐在上面怎麼辦？）

好。冷靜，冷靜。購物清單如下：

> 黑色尼龍夾克（限買 1 件）。
> 領巾。還是叫頸鍊？反正就是套在脖子上的東西。
> 「靴腿」棕色長褲（先看「靴腿」究竟是什麼意思）。
> 上班穿的棕色套裝（或類似款式）。
> 鞋子。

去鞋店就跟惡夢一樣。剛在 Office 試穿棕色方頭 70 年代復古高跟鞋的時候，有個似曾相識的感覺，想到以前開學時跟老媽去買新鞋，該死的老媽總是對鞋款有很多意見。然後我突然有個可怕

---

[11] 贊德拉·羅德斯（Zandra Rhodes, 1940- ），英國時尚設計師。
[12] 蘇·波拉德（Su Pollard, 1949-1988），英國演員。

的發現:這不是什麼怪怪的似曾相識,而是這些鞋跟我高中時在 Freeman Hardy Willis 買的根本一模一樣。

突然感覺自己像個冤大頭,那些時尚設計師根本懶得想新的設計。更糟糕的是,我現在已經老到那些逛街的年輕人不記得我年輕時曾經流行過同樣的東西了。終於明白為什麼女人到某個年紀會開始穿 Jaeger 兩件式套裝,因為不想再被街頭時尚提醒自己青春已逝,我現在已經到達了這個時間點。我以後要放棄 KOOKAÏ、 agnès b.、Whistles 這些品牌,改選 Country Casuals 和心靈成長,也比較便宜。我要回家了。

9 p.m. 我的公寓。感覺非常奇怪和空虛,本以為從泰國回來後一切都會不同,但結果還是和往常一樣,什麼都沒變。也許我應該主動做出改變。但我到底要如何規劃我的人生呢?

我知道了。先吃一點起司。

事實上,就像《佛教:富僧的戲劇》裡面說的,你身邊的氛圍和事件都是由你內心的狀態所創造的,難怪會發生那麼多不好的事——泰國、丹尼爾、蕾蓓嘉等。我要更專注在內在安定與心靈上的頓悟,這樣才能開始吸引和平的事物,以及善良、充滿溫暖和心態平衡的人,就像馬克・達西。

馬克・達西——等到他回來,就會看到全新的我,冷靜且沉穩,散發著和平與秩序的氣場。

9 月 5 日星期五

54 公斤,菸 0 根(勝利),沒有性生活的秒數 14774400(災難),(必須將兩者同樣視為假象)。

8:15 a.m. 好,起得很早。看,這很重要:要搶先一步迎接新的一天!

8:20 a.m. 哦,有我的包裹。說不定是禮物!

8:30 a.m. 嗯,是禮盒,上面印有玫瑰圖案。說不定是馬克・達西寄的!也許他回來了。

8:40 a.m. 是一支刻有我名字的金色切頭原子筆。說不定是 Tiffany 的!尖端是紅色的,可能是口紅。

8:45 a.m. 奇怪,裡面沒有字條。說不定是公關公司提供的宣傳口紅?

8:50 a.m. 但它不是口紅,它是實心的。可能是原子筆?上面還刻了我的名字!也許是某種前衛的公關公司寄來的邀請,可能是一本叫《Lipstick》的新雜誌發布會!說不定蒂娜・布朗[13]會是總編輯!接下來可能就會收到華麗派對的邀請函。

沒錯,看吧。我要去銅板咖啡店喝杯卡布奇諾。不過當然了,不會點巧克力可頌。

---

[13] 蒂娜・布朗(Tina Brown, 1953-),英國記者、雜誌編輯、專欄作家。

9 a.m. 在咖啡店了。嗯,收到小禮物很高興,但也不確定是不是原子筆。如果是的話,那它的功能未免太過隱晦了。

稍後。哦,我的天啊。剛端著卡布奇諾和巧克力可頌坐下來,馬克・達西就這麼走進來了,彷彿他從未離開過似的:穿著上班的西裝,剛刮過鬍子,臉上的小傷口還貼著一小片衛生紙,就像他早上慣有的模樣。他走到外帶櫃檯,放下公事包,看似在找某樣東西或某個人,他看到我了。在長長的對視片刻裡,他的眼神柔和下來(但當然沒有柔軟到像果凍那樣融化)。他轉身去拿卡布奇諾,我迅速讓自己顯得更冷靜沉穩。然後他走到我這桌,神情看起來比剛才還要嚴肅。我好想立刻抱住他。

「妳好,」他粗聲粗氣地說。「妳手上拿的是什麼?」——他朝著禮物點了點頭。

我心裡滿是愛和幸福,幾乎講不出話,就把盒子遞給了他。

「我不知道這是什麼,我覺得可能是一支原子筆。」

他從盒子裡拿出那支小巧的原子筆,**轉了轉**,又迅速地放回去,說道,「布莉琪,這不是什麼宣傳用的原子筆,這他媽的是一顆子彈。」

更晚。哦,我的老天。沒時間討論泰國、蕾蓓嘉、愛,或任何其他的事。

馬克抓起一張餐巾紙,拿起盒蓋,把盒子蓋上。

「如果眾人失去理性責難於你,而你仍能保持冷靜⋯⋯」我小聲對自己說。

「什麼?」

「沒什麼。」

「妳留在這裡。不要碰它。這是實彈。」馬克說。他走到街上,像電視上的偵探四處張望。有趣的是,現實生活中若發生跟警察相關的戲劇化事件,總讓人聯想到電視劇,就像風景如畫的度假場景會讓人想起明信片,或是⋯⋯

他回來了。「布莉琪?妳結帳了嗎?妳在做什麼?來吧。」

「去哪?」

「警察局。」

我在車上開始語無倫次地感謝他所做的一切,還告訴他那首詩在我坐牢期間對我的幫助有多大。

「詩?什麼詩?」他說,一邊轉入肯辛頓公園路。

「就是那首〈如果〉,你知道的——鞭策你的心、勇氣和筋骨⋯⋯哦天啊,我真的很抱歉讓你大老遠跑去杜拜,我很感恩,我⋯⋯」

他在紅綠燈前停下來,轉過頭看著我。

「沒事的,」他溫柔地說。「現在妳先停止胡言亂語的自動模式。妳剛受到很大的驚嚇,需要冷靜下來。」

哼。整個計畫原本是要讓他注意到我多麼冷靜和沉穩,而不是讓他叫我冷靜下來。我試著冷靜,但實在太困難了,我的腦袋裡只有一個念頭:有人想殺我。

到了警察局,場景瞬間就跟電視劇不一樣了,因為一切都破舊又髒亂,也沒人對我們表現出絲毫的興趣。值班的警察想讓我們在候客室等,但馬克堅持他們該直接帶我們上樓。後來,我們被安排坐在一間空曠又陰暗的辦公室,裡面空無一人。

馬克要我把泰國發生的一切全告訴他,他問我傑德有沒有提過他在英國認識誰、那個包裹是不是跟著普通郵件一起寄到,以及我回來後有沒有注意到任何陌生人在家附近徘徊。

當跟他說到我們多麼信任傑德的時候,感覺自己像個笨蛋,以為他會訓我一頓,但他其實很溫和貼心。

「妳和小雪所犯下最糟糕的事,最嚴重也只是愚蠢到很了不起罷了,」他說。「我聽說妳在監獄裡表現得很好。」

雖然他很溫和貼心,但卻顯得……嗯,一切都像公事公辦,完全不像是他想要復合,或討論任何感情方面的事。

「妳是不是該打個電話給公司?」他說,看了看手錶。

我猛然用手摀住嘴。我試著跟自己說,要是命都丟了,有沒有工作不是重點,但現在都已經 10:20 了!

「別擺出一副不小心誤吞了一個小孩的表情,」馬克笑著說。「至少這次,總算有個像樣的理由能解釋妳的慣性遲到了。」

我拿起電話撥了理查・芬奇的專線,他立刻接起來。

「哦,是布莉琪啊?禁慾小姐?才回來兩天就蹺班。妳在哪啊?逛街呢?」

如果眾人對你心存猜疑,而你能相信自己,我努力告訴自己。如果⋯⋯

「在玩蠟燭啊?小心燭火,女孩們!」然後他發出一個誇張的「砰!」。

我驚恐地盯著電話。搞不清楚是我變了,還是理查・芬奇一直都是這樣,只是他現在因為毒品而陷入了更嚴重的失控狀態。

「電話給我。」馬克說。

「不!」我緊握著電話,憤怒地低聲說,「我是一個獨立自主的人。」

「當然,親愛的,只是現在的妳腦袋不太清楚。」馬克咕噥說。

親愛的!他叫我親愛的!

「布莉琪?又睡著了是吧?妳在哪裡?」理查・芬奇咯咯笑著說。

「我在警察局。」

「哦,回頭做『柯柯』的生意啊?好極了。我可以來一點嗎?」他竊笑。

「我收到了死亡威脅。」

「哦!這個藉口很讚。我馬上就會對你發出死亡威脅。哈哈哈哈。警察局是嗎?這樣才對。我的團隊只僱用穩定、體面、不吸毒的員工。」

到此為止,夠了。我深吸了一口氣。

「理查,」我隆重其事地說。「你說這種話,就像水壺嫌鍋屁股黑[14]。但是我屁股不黑,因為我不吸毒,不像你。總之,我不幹了,再見。」說完,我直接掛上電話。哈哈!哈哈哈哈!一瞬間為自己感到驕傲,然後馬上想起帳戶透支,還有神奇蘑菇。但嚴格來說,那不是藥物,那是天然的蘑菇。

這時,一名警察匆匆經過,完全沒理會我們。「看看這裡!」馬克說,一拳砸在桌子上。「這女孩收到一顆刻著她名字的子彈。你們可以做點事嗎?」

那個警察停下來,看了看。「明天已經有場葬禮了,」他氣呼呼地說。「肯薩綠地剛發生一起持刀傷人事件。我是說,外頭已經有人被殺了。」他甩了甩頭,怒氣沖沖地走掉。

十分鐘後,負責我們案子的探員拿著一份列印文件走了進來。

「你們好。我是基爾比警探。」他看都不看我們,盯著列印文件看了一會,然後抬頭看著我,挑了挑眉毛。

---

[14] 類似五十步笑百步的意思。原本的用法是「the pot calling the kettle black」,但布莉琪說成「the kettle calling the frying pan dirty bottom」。

「這是泰國的檔案,對吧?」馬克瞄了一眼文件。「哦,我知道了⋯⋯是那個事件⋯⋯」

「嗯,是的。」警探說。

「不,不,那只是塊菲力牛排,」馬克說。

警探用奇怪的眼神看著馬克。

「我母親放在購物袋裡,我忘記拿出來,」我解釋道,「後來爛掉了。」

「你明白了吧?這裡,還有這是泰國的報告。」馬克俯身看著表格說。

警探用手臂護住文件,彷彿馬克要抄他的作業。這時電話響了,基爾比警探接起電話。

「對。我要搭肯辛頓大街的警車。哦,靠近艾伯特音樂廳啊!送葬隊伍出發的時候,我想致上最後的敬意。」他用惱怒的聲音說。「他媽的羅傑斯警探在那裡幹嘛?哦,好,那就白金漢宮。什麼?」

「報告裡面寫了傑德什麼?」我小聲問馬克。

「他說他叫『傑德』是嗎?」馬克嗤之以鼻。「事實上,他叫羅傑・杜懷特。」

「好,那就海德公園角落。但我想在隊伍的前面。抱歉,」基爾

386 | Bridget Jones: The Edge of Reason

比警探掛上電話,立刻過度補償地擺出很有效率的神情,讓我想起自己上班遲到時的模樣。「羅傑‧杜懷特,」警探說。「看來一切確實都指向他,對吧?」

「如果是他自己設法策劃一切,那我會非常驚訝,」馬克說。「他還待在阿拉伯的拘留所。」

「哦,總會有辦法的。」

馬克這種無視我的存在、跟警探說話的態度真是氣死我,好像我是什麼無腦花瓶或傻瓜一樣。

「不好意思,」我生氣地說。「我可以參與對話嗎?」

「當然可以,」馬克說,「只要妳不要提到什麼水壺或鍋子就好。」

警探困惑地看看我又看看他。

「我想他可能確實安排了某人寄送包裹,」馬克轉頭對著警探說,「但這似乎不太可能,甚至有點魯莽,考慮到⋯⋯」

「嗯,是的,就這種案子而言——抱歉。」基爾比警探拿起電話。「好。哦,通知哈羅路,他們的路線上已經有兩台車了!」他暴躁地說。「不,我想在值班前去瞻仰靈柩。哦,叫雷明頓警探滾吧。抱歉,先生。」他放下電話,露出一切都在掌握中的微笑。

「就這種案子而言⋯⋯?」我說。

「對,有意行凶的人不太可能會公開宣傳他的⋯⋯」

「你的意思是說,他們會直接對她開槍,對吧?」馬克說。

哦,天啊。

一小時後,包裹已經送去做指紋和DNA檢測,而我還在接受盤問。

「這位年輕小姐,除了泰國那邊相關的人,還有其他人可能對妳心懷不滿嗎?」基爾比警探問。「像是前男友,或是被拒絕的追求者?」

很高興被稱呼為「年輕小姐」。就算不是年輕正盛,但⋯⋯

「布莉琪!」馬克說。「專心點!還有其他人可能想要傷害妳嗎?」

「很多人都傷害過我啊,」我看著馬克,一邊絞盡腦汁地回想。「理查・芬奇,還有丹尼爾,但我不覺得他們之中有誰會做這種事。」我沒把握地說。

難道是丹尼爾?他是不是以為我會到處講原本要一起晚餐那晚的事?他會因為被拒絕而惱怒嗎?這樣也太反應過度了吧?但也許雪倫說的有道理——世紀末的男性正在失去自己的角色定位。

「布莉琪?」馬克溫柔地說。「無論妳想到什麼,我認為妳都應該告訴基爾比警探。」

真是太尷尬了。最後只好把丹尼爾、內衣、夾克和那晚的事全部

講出來,基爾比警探面無表情地記錄細節。我陳述的時候,馬克一句話都沒說,但他看起來非常生氣。我注意到那位警探一直緊盯著他。

「妳最近有沒有接觸到什麼來路不明的人?」基爾比警探問。

我只想到傑佛瑞叔叔可能找的那個男妓,但這太荒謬了,因為他根本不認識我。

「妳必須**搬離**妳的公寓。妳有其他什麼地方可以暫時借住嗎?」

「妳可以跟我住,」馬克突然說,我的心雀躍了一下。「住在其中一間客房。」他迅速補充。

「能否給我們幾分鐘時間,先生。」警探說。馬克看起來有些吃驚,然後說,「當然。」隨即起身離開房間。

「小姐,我不確定待在達西先生那裡是不是明智之舉。」警探瞥了一眼門口說。

「對,你說的可能沒錯。」心裡覺得他像個父親一樣給我建議,告訴我該保持點神祕感,要讓馬克追求我,但接著我又想到,我不該再這樣思考。

「妳跟達西先生過去確切是什麼關係?」

「這個嘛!」我說,然後開始講故事。

基爾比警探似乎對這整件事感到異常可疑。就在他說出「所以妳收到子彈的那天早上,達西先生剛好出現在咖啡店?」的時候,

門再次打開了。

馬克走進來，站在我們面前。

「好吧，」他語氣疲憊，看著我的眼神彷彿在說，「妳就是與寧靜完全相反的源頭。」「來吧，採我的指紋，採我的DNA，先解決這個。」

「哦，我不是說寄包裹的是你，先生，」警探急忙說。「我們只是要排除……」

「行了，行了，」馬克說。「走，快點開始吧。」

13／啊！
Gaaah!

還是 9 月 5 日星期五

54.4 公斤,沒有性生活的秒數:不在乎了,自從收到死亡威脅以來還活著的分鐘數 34800(非常好)。

6 p.m. 小雪的公寓。正看著窗外。不可能是馬克・達西,這太離譜了,不可能。肯定跟傑德有關,我的意思是,他在這裡大概有一整個販毒集團的藥頭等著拿貨,而我剝奪了他們的生計。還是丹尼爾?但他應該不會做出那種事。說不定只是個瘋子?可是竟然有個瘋子知道我的名字和地址?有人想要殺我。有人特意準備了一顆實彈,還在上面刻了我的名字。

必須保持冷靜。冷靜,冷靜。對。當周遭失控時,必須保持冷靜……不知道 KOOKAÏ 有沒有賣防彈背心?

真希望小雪趕快回來,我都昏頭了。小雪的公寓很小,平常就已經很亂了,尤其又是開放式格局,而現在有兩個人住在這裡,地板和所有的平面似乎完全被 Agent Provocateur 的胸罩、豹紋短靴、Gucci 購物袋、仿冒的 Prada 手提包、很小件的 Voyage 開襟羊毛衫和各種奇怪的繫帶高跟鞋所覆蓋。非常混亂,找個地方躺下好了。

他們帶走馬克之後,基爾比警探一再強調我不該待在我的公寓,然後帶我回去收拾一些東西,但麻煩的是,我沒有別的地方可以住。老媽和老爸還在勒戒中心。湯姆的公寓原本是最理想的選擇,但我找不到他在舊金山的電話號碼。打去茱德和小雪的辦公

室,但她們都出去吃午餐了。

這一切真的太糟糕了。我到處留言的同時,看著警察踏過來踏過去,忙著採指紋、找尋線索。

「小姐,牆上怎麼會有個洞?」其中一個警察走來走去採指紋的時候說。

「哦,那個,是有人打的洞,」我含糊地說。這時電話響了,小雪打來說我可以住她家,還告訴我備用鑰匙藏在哪裡。

我想我得先睡一下。

11:45 p.m. 真希望晚上不要一直睡睡醒醒的,但有茱德和小雪陪我一起睡在房間裡,讓人很安心,她們睡得跟嬰兒一樣熟。她們下班回來以後,感覺很溫馨,我們吃了披薩,然後我很早就上床睡覺了。沒有任何關於馬克・達西的消息,他也沒跟我聯絡。不過,至少現在我有個緊急呼救按鈕,真不錯,可以用一個小手提箱來遙控。只要按下去,穿制服的年輕警察就會衝過來救我!嗯。好可口的想法⋯⋯好睏⋯⋯

9月6日星期六

54.9公斤,菸10根,酒3單位,卡路里4255(既然還有幸活著,就好好享受生活),沒有性生活的分鐘數1600512400(因此必須採取行動)。

6 p.m. 茱德、小雪和我整天都在看戴安娜王妃的葬禮轉播。我們都認為，這很像參加一場熟人的葬禮，只是規模比較大，所以結束之後，感覺自己筋疲力盡，但同時也有種釋然的感受。我只慶幸一切都處理得很得體，辦得很好。莊重又美麗，彷彿王室終於明白了民眾的想法，我們的國家又有能力好好做事了。

整件事簡直就像莎士比亞的悲劇或古老傳說，尤其是史賓賽和溫莎兩大貴族世家之間的對立。突然覺得以前在愚蠢的日間電視節目工作真丟臉，節目還曾經花整個下午討論黛安娜的髮型。我要改變生活，如果王室可以做出改變，我也可以。

不過，現在有點孤單。茱德和小雪說她們在室內悶太久，決定出去走走。我們試過打電話去警察局，因為我不能沒有警察陪同就出門，但試了四十五分鐘才打通總機，接電話的女士說大家都在忙。最後，我跟茱德和小雪說，我不介意她們自己出門，只要替我帶一個披薩回來就好。啊。電話。

「哦，哈囉？親愛的，是媽咪。」

媽咪！任誰聽到都會以為我好像要便便在她手上一樣。

「媽，妳在哪裡？」我問。

「哦，我出來了，親愛的。」

有一瞬間，我還以為她要告訴我她是女同志，還打算跟傑佛瑞叔叔成家，組成一個方便的無性婚姻。

「我們回到家了。一切都安排妥當，妳爸會沒事的。誰知道！我

以為他是在照顧番茄,結果他一直都在小屋裡喝酒。不過啊,戈登‧高梅薩也有一模一樣的問題,而喬伊完全不知情。現在他們都說,這是一種疾病。妳覺得葬禮怎麼樣?」

「非常好,」我說。「所以現在怎麼樣了?」

「哦,親愛的⋯⋯」她剛要開始說,就傳來一陣騷動,然後老爸接了電話。

「沒事,親愛的。我只是得戒酒,」他說。「他們打從第一天起,就想叫潘姆離開勒戒中心。」

「為什麼?」我問,我的母親誘惑一群十八歲毒蟲的可怕畫面浮現在我眼前。

他笑了一聲。「他們說她太正常了。我把電話還給妳媽。」

「我說真的,親愛的。向名人收一大筆錢,告訴他們一些大家早就知道的事,真是荒唐又沒道理!」

「像是什麼事?」

「哦,等一下。我把雞翻面。」

我把電話拿遠,試著不去想需要翻面的雞會是什麼詭異的料理。

「呼。好了。」

「他們都告訴了妳什麼?」

「嗯,早上我們得圍坐成一圈,說一些各式各樣的傻話。」

「像是⋯⋯？」

「哦，還不就那些！妳知道的。我的名字是潘姆，我是怎樣怎樣的人！」

怎樣？我心想。自信爆棚的惡夢？看到肉汁有結塊會抓狂？擅長折磨女孩的母親？

「那些人說的什麼啊！『我今天會對自己充滿自信，不擔心他人對我的評價』之類的，講個不停。我說真的，親愛的。如果一個人沒有自信，那是不會有任何成就的，不是嗎？」她大笑起來。「哎喲！對自己沒自信！真搞不懂！為什麼會有人成天擔心別人對自己的看法？」

我左右張望了一下，有點擔心。「那妳的自我肯定句是什麼？」

「哦，我不能講。嗯，但是我有說啦，親愛的。」

「什麼？妳到底說了什麼？」

我聽見老爸在後面笑。總之，他聽起來狀態不錯。「跟她說啊，潘姆。」

「哎。這個嘛，我得說『我不會讓過度的自信蒙蔽眼前的現實』，還有『今天我將認識自己的缺點，而不只是看到自己的長處』。真是太荒唐了，親愛的。好了，我要掛了，有人在按門鈴。那我們星期一見。」

「什麼？」我說。

「別說『什麼？』，要說『請再說一遍』。親愛的。我幫妳約了在德本漢姆百貨做色彩諮詢。我跟妳說過了！下午四點鐘。」

「可是⋯⋯」她沒有啊。她什麼時候告訴我的？一月？

「我要掛了，親愛的。恩德伯里夫婦到門口了。」

9月7日星期日

55.3公斤，沒有被胸罩、鞋子、食物、酒瓶或口紅覆蓋的地板面積：0。

10 a.m. 萬歲！又是新的一天，我還活著。不過昨晚過得很糟。跟老媽講完話以後，感覺非常累，於是在檢查了所有門鎖後，鑽到一堆由小雪的褲子、背心和豹紋毯子構成的衣服堆裡頭睡覺。沒聽見她們進來，結果半夜醒來的時候，發現她們已經睡著了。這裡真的開始發臭了。而且麻煩的是，半夜醒來只能靜靜躺著，盯著天花板，以免打翻東西而吵醒她們。

哦，電話。最好快接起來，以免吵醒她們。

「嗯，他們終於明白了，我不是被分手的恐怖情人。」萬歲！是馬克・達西。

「妳好嗎？」他體貼地問，儘管因為我的關係，他在警察局待了七個小時。「我早就想打給妳了，但他們在排除我的嫌疑前，不肯告訴我妳在哪裡。」

我想讓語氣開朗一點,但最後還是壓低聲音告訴他,小雪的公寓有點擠。

「嗯,我的提議仍然有效,妳可以來我這裡住。」他漫不經心地說。「房間很多。」

真希望他不要一直強調他不想跟我上床。開始變得有點像羊絨披肩的情況了,從小雪和賽門的經驗來看,一旦陷入這種情況就很難脫離,因為只要有一絲性暗示,雙方就開始擔心會不會「破壞友誼」。

就在這時,茱德打了個哈欠,**翻身踢倒了一堆鞋盒**,裡頭一堆珠子、耳環、化妝品滾出來,連帶推倒一杯咖啡倒進了我的手提包裡。我深吸了一口氣。

「謝謝,」我輕聲對著電話說。「我很樂意過去。」

11:45 p.m. 馬克・達西的家。哦,天哪,事情進展得不太順利。我現在一個人躺在一間陌生的白色房間,裡面只有白色的床、白色窗簾,和一把令人焦慮的白色椅子,高度是正常椅子的兩倍高。這裡很可怕,就像一座空蕩蕩的巨大宮殿,連食物都沒有。每件事似乎都要耗費很多心力才能完成,因為每個電燈開關、馬桶沖水手把等,都偽裝成其他東西。而且,這裡跟冰箱一樣冷得要命。

奇怪又朦朧的一天,半睡半醒地度過。好幾次,發現自己本來好好的,卻突然陷入昏昏欲睡的狀態,就像飛機突然驟降五十英

尺。無法確定是因為時差,還是我單純想逃避一切。雖然是星期天,但馬克今天還是得上班,因為他週五請了一整天的假。小雪和茱德在下午四點左右過來,帶了《傲慢與偏見》的錄影帶,但由於柯林‧佛斯的災難訪問,我實在看不下去湖邊的那場戲,所以我們就只是聊聊天,翻翻雜誌。後來,茱德和小雪開始在屋裡到處打量,還咯咯笑個不停。我迷迷糊糊地睡著了,醒來的時候,她們已經離開。

馬克晚上九點帶了兩人份的外賣餐點回來。我原本滿心期待我們能浪漫地重修舊好,但因為太專注在不想讓他以為我想跟他上床,或是怕他誤以為我住在他家,除了警方建議的法律安排之外,另有其他目的,所以最後我們只是彬彬有禮地對待彼此,就像醫師跟病患,或是《藍色彼得》的居民[1]一樣。

真希望他現在會走進來。我覺得很挫折,明明離他那麼近,卻無法觸碰他。也許我該主動說些什麼,但我又怕造成不必要的麻煩,因為如果我坦白自己的感受,可是他並不想復合,那麼考慮到我們還住在一起的情況,這就會變得非常丟臉。而且現在是半夜。

可是,我的天啊,也許真的是馬克寄的。也許他會走進房間,射殺我,然後鮮血會濺滿這間純白色的房間,如同處女的鮮血,只不過我不是處女。只是個該死的禁慾者。

我不要那樣想了,當然不是他。至少我有緊急呼叫按鈕。睡不著

---

[1] 《藍色彼得》(*Blue Peter*)是英國 BBC 電視台的長壽兒童節目。

真的很糟糕，馬克就在樓下，搞不好沒穿衣服。嗯。嗯。真希望能下樓去，摧殘他。沒有性生活已經……算不出來了。

也許他會上來！我會聽到樓梯上的腳步聲，門會輕輕地打開，他會走進來坐在床邊，而且沒穿衣服！然後……哦天啊，真的好挫折。

要是我能像老媽那樣自信，不去在意別人怎麼想，那該有多好。但當你知道有人正想到你的時候，真的很難做到。他們正在想該怎麼殺了你。

9月8日星期一

55.8公斤（嚴重危機），警方逮捕到的死亡威脅者0個（不太好），沒有性生活的秒數15033600（災難性的危機）。

1:30 p.m. 馬克・達西的廚房。剛剛無緣無故吃了一大塊起司。來檢查卡路里。

哦幹，每盎司100卡路里。這包是8盎司，已經吃了大約2盎司，還剩下一些，所以在三十秒內吃了500卡路里。也許應該讓自己生病，作為對戴安娜王妃的敬意。唉！為什麼會想到這種無禮的念頭？算了，乾脆把剩下的都吃掉，就當作對整個糟糕的事件畫下句點。

也許我真的不得不接受醫師們所說的事實——節食沒有用，因為

你的身體只會覺得正在挨餓，所以一看到任何食物，就會像菲姬一樣暴飲暴食。現在每天早上醒來，都發現脂肪出現在奇怪可怕又沒看過的地方。如果某天發現，像披薩麵團般的脂肪懸在耳朵和肩膀之間，或在膝蓋側邊突出一塊脂肪，風吹過的時候，如大象耳朵般微微飄動，我一點也不會意外。

和馬克的關係仍然尷尬且未解決。今天早上我下樓時，他已經去上班了（沒什麼好意外的，因為已經是午餐時間），但他留了一張紙條，叫我「當自己家」，想找誰過來都沒問題。比如誰？大家都在上班。這裡好安靜，我好害怕。

1:45 p.m. 嗯，一切都好，絕對沒問題。我意識到我沒工作、沒錢、沒男友，我的公寓有個洞而且也不能回去，現在又以一種奇怪的柏拉圖式管家身分，跟我愛的男人同居在一座大冰箱裡，還有人想要殺我，但這狀態肯定只是暫時的吧。

2 p.m. 真的好想要老媽在旁邊。

2:15 p.m. 打了電話給警察，請他們送我去德本漢姆百貨。

稍晚。老媽太棒了。嗯，算是啦，但總算來了。

她遲到了十分鐘，一身櫻桃紅，蓬蓬頭經過精心打理，提著大約十五個約翰路易斯百貨的購物袋。

「親愛的，妳絕對猜不到發生了什麼事！」她坐下來的時候說，購物袋攤放四處，讓其他逛街的人很不快。

「什麼？」我顫抖地說，雙手緊握著咖啡杯。

「傑佛瑞跟尤娜說他是『同性戀』,但其實他不是,親愛的,他是『雙性戀』,要不然他們就不會生下蓋和艾莉森。總之,尤娜說,既然他坦白說出來了,她一點也不介意。畢竟住在薩福倫沃德赫斯特的吉莉安‧羅伯森就跟一個同志結婚多年,婚姻一直非常美滿。當然啦,後來還是不得不結束,因為他老在公路休息區的漢堡餐車附近打轉,然後諾曼‧米道頓的太太過世了,妳認識的,就是那個男校董事會主席。所以後來,吉莉安……哦,布莉琪,布莉琪。怎麼了?」

她一發現我有多麼心煩意亂,就變得反常地親切,把購物袋交給服務生,帶著我走出咖啡店,從她的手提包掏出一大堆紙巾,我們走到後面的樓梯坐下來,她叫我把事情全告訴她。

這是她這輩子第一次認真聽別人說話。我講完之後,她像個媽媽一樣給了我一個大大的擁抱,把我裹在一股不知為何令人很安心的 Givenchy III 香水味裡。「親愛的,妳很勇敢,」她低聲說。「我為妳感到驕傲。」

感覺真好。最後,她坐直身子,拍掉手上的灰塵。

「好,來吧。我們要想一想接下來要怎麼做。我要去跟這個警探聊聊,教訓教訓他。那傢伙從星期五到現在還在逃,真是荒唐。他們有充足的時間抓住他。警察都在幹嘛啊?瞎搞?哦,別擔心。我知道該怎麼應付警察,妳要的話可以跟我們住。但我覺得妳應該待在馬克那裡。」

「可是我跟男人真的沒救了。」

「胡說，親愛的。我說真的，難怪妳們這些女孩都沒有男朋友，妳們都假裝自己是不需要任何人的無敵女強人，除了詹姆斯・龐德之外，誰都不要，然後又坐在家裡抱怨自己不會跟男人相處。哦，時間不早了。走吧，色彩諮詢要遲到了！」

十分鐘後，我坐在一間充滿馬克・達西風格的白色房間裡，身穿白袍，頭上纏著白色毛巾，身邊有我老媽、一堆色彩布樣，還有一個叫瑪麗的女人。

「妳啊，」老媽發出噴噴聲。「自己一個人，又胡思亂想一大堆有的沒的理論。試試看粉碎櫻桃紅，瑪麗。」

「不只是我，這是整體的社會潮流！」我憤慨地說。「女性選擇單身是因為有能力自力更生，而且想為事業打拚，可是等到年紀稍長，男人又覺得她們是快過期的翻新貨，男人只想找更年輕的女人。」

「我說真的，親愛的，什麼快過期！別人還以為妳是擺在阿斯達超市的一塊農家起司呢！那些荒唐沒道理的東西只存在電影裡，親愛的。」

「才不是。」

「喲！什麼快過期。男人可能假裝要找年輕女孩，但他們才沒真的這麼想。他們要的是一個好朋友。那個叫羅傑什麼的，他甩掉奧黛麗，跟自己的祕書跑了，結果那女孩又蠢又笨。六個月後，他求奧黛麗回頭，她才不要！」

「可是……」

「哦,她叫莎曼珊,笨得像塊木頭。還有珍‧道森,她老公是比爾,妳知道肉販道森吧?比爾死了以後,她嫁給一個年紀比她小一半的男孩,他對她可是忠心的哦,而且比爾沒留下多少財產,因為肉品行業賺不了多少錢。」

「可是女性主義者不需要……」

「所以女性主義才蠢啊,親愛的。任何有一點常識的人都知道,我們才是優越的那一方,柴堆裡──」

「媽!」

「……唯一的問題是,男人以為退休以後就可以閒坐在家裡,不必分擔任何家務。妳看看,瑪麗。」

「我覺得珊瑚色比較好看。」瑪麗不滿地哼了一聲。

「嗯,沒錯,」我透過一大塊碧綠色的布料說。「不能只有自己下班後還去買菜,然後男人什麼都不做。」

「妳啊!妳們好像都想得很天真,想叫家裡的印第安納‧瓊斯去操作洗碗機。妳要訓練他們啊。妳爸跟我剛結婚的時候,他每天晚上都去橋牌俱樂部!每天晚上!而且他以前還抽菸。」

哎喲。可憐的老爸,我心想。瑪麗拿了一塊淡粉紅色布料擺在我的臉旁,老媽則在鏡子前揮舞著一塊紫色的布。

「男人不喜歡被指揮，」我說。「他們不要妳唾手可得，這樣他們才能追求妳，然後……」

老媽深深嘆了口氣。「妳對事情都沒有自己的看法，妳爸和我以前每週帶妳去上主日學都白去了。妳就堅持做妳認為對的事，然後回馬克那裡，然後……」

「行不通的，潘姆。她是個冬型人。」

「她肯定是春型人，不然我就是一個梨子罐頭。現在，妳就回馬克家……」

「可是情況很糟糕。我們對彼此彬彬有禮，而我整個人看起來像是一塊抹……」

「嗯，所以我們正在處理呀，不是嗎，親愛的？整理妳的髮色。但其實外表一點也不重要，可不是嗎，瑪麗？妳只要做自己就好。」

「沒錯。」高大得像棵冬青樹般的瑪麗笑著說。

「真的嗎？」我說。

「哦，妳知道的，親愛的，就像《天鵝絨毛兔》[2]。妳還記得吧！那是妳以前最愛的一本書，爸跟我在處理家裡化糞池問題的時候，尤娜常常唸給妳聽。好了，看看吧。」

---

[2] 《天鵝絨毛兔》（*Velveteen Rabbit*）是英國作家瑪格利·威廉斯（Margery Williams, 1881-1944）創作的童書。

「妳知道嗎？我覺得妳說得對，潘姆，」瑪麗退後幾步，驚嘆地說。「她是春天型。」

「我不就說了嘛？」

「嗯，妳說對了，潘姆，我剛還以為她是冬天型呢！這就證明了，對吧？」

9月9日星期二

2 a.m. 一個人在床上，還在馬克・達西家。我的人生好像要在全白的房間裡度過了。昨天跟警察從德本漢姆百貨回來的路上迷了路，實在很離譜。我跟警察說，小時候大人都說迷路的時候要問警察，然而不知為何，他似乎沒能看出這種情況的幽默之處。終於回來之後，又陷入昏昏欲睡的狀態，半夜醒來發現房子一片漆黑，馬克的房門關著。

去樓下泡杯茶好了，在廚房看電視。但萬一馬克還沒回來，而他正在跟別人約會，帶她回來的時候，如果看到我像個瘋子阿姨或羅徹斯特太太[3]在那邊喝茶怎麼辦？

一直在回想老媽說的話，還有《天鵝絨毛兔》的事（不過老實說，我在這間屋子裡碰上的兔子問題已經夠多了）。那是我最愛的書（她說的，我完全沒印象），故事說的是小朋友有一個最愛的玩具，即使它的毛已經磨損，變得鬆垮垮的，有些零件還掉了，但

---

[3] 英國作家夏綠蒂・勃朗特《簡愛》裡的角色。

小朋友仍然覺得它是世界上最美的玩具，不願意跟它分開。

「人們真正相愛的時候，就是這樣的，」老媽在德本漢姆百貨的電梯裡悄聲說，好像在透露一個可怕又尷尬羞恥的祕密。「不過，親愛的，這不會發生在那種邊緣銳利、一摔就破，或是用愚蠢的合成材料製成、不能久放的玩具身上。妳要勇敢，讓對方知道妳真正的模樣，還有妳真正的感受。」電梯停在衛浴設備的樓層。「呼！嗯，剛才很好玩吧！」她忽然改變語調，用歡快的聲音說話。這時，三位身穿鮮豔彩色西裝外套的女士，各自提了九十二個購物袋擠進來一起搭電梯。「妳看吧，我就知道妳是春天型。」

她說得簡單。如果我告訴男人我真正的感受，他們肯定會嚇得落荒而逃。以下（隨便列舉）就是我這一刻的感受。

1. 寂寞、疲憊、害怕、傷心、困惑，而且在性方面極度挫折。
2. 覺得自己很醜，頭髮翹成奇形怪狀，臉因疲憊而浮腫。
3. 困惑又難過，因為不知道馬克是否還喜歡我，也不敢問清楚。
4. 非常愛馬克。
5. 不想再一個人入睡，不想再獨自面對一切。
6. 驚恐地意識到，自己已經一千五百一十二萬秒沒做愛了。

所以，做個總結，我就是個寂寞、醜陋、渴望性愛的悲哀女人。嗯，真是充滿魅力又讓人想親近啊。我真的該死的不知道該怎麼做了。好想喝杯酒，下樓好了。不要喝酒，喝杯茶好了。除非有已經開過的酒，搞不好能幫助我入睡。

8 a.m. 我躡手躡腳往廚房走。沒辦法開燈，因為不可能找得到

設計師設計的燈座開關。經過馬克房間時,有點希望他會醒來,但他沒有。我繼續悄悄下樓,然後突然愣住。前面有個像是男人的高大身影,朝著我移動。我發現,那真的是個男人,而且是個高大的男人,我開始尖叫。等我意識到那人就是馬克(而且沒穿衣服!),發現他也在大叫,而且比我叫得更凶,完全是驚恐失措的尖叫。他用一種還沒完全睡醒的狀態尖叫著,彷彿剛碰上這輩子見過最可怕的場景。

太好了,我心想:這就是揭露「真實的我」的後果。所以當他看到我頭髮亂糟糟而且沒化妝的模樣時,就是這個反應。

「是我,」我說。「我是布莉琪。」

有一瞬間,我以為他會叫得更厲害,但後來他癱坐在樓梯上,渾身不住地顫抖。「噢,」他說,試著深呼吸。「噢,噢。」

坐在那裡的他看起來如此脆弱又令人憐愛,我忍不住坐到他旁邊,摟住他,把他拉到我身邊。

「哦天啊,」他的臉緊貼著我的睡衣。「我覺得自己好蠢。」

我突然覺得很好笑,我是說,被自己的前女友嚇得魂不附體,這實在太搞笑了。他也跟著笑了起來。

「哦,天啊,」他說。「夜裡怕成這樣,不太像個男人吧。我還以為妳是那個子彈男。」

我輕輕撫摸他的頭髮,親吻他那塊被歲月與愛意磨禿的地方。然

後告訴他我的感受，我真實的感受。奇蹟發生了，我說完以後，他說他的感覺幾乎跟我一樣。

我們像康寶濃湯廣告上的小孩，手牽手走到廚房，千辛萬苦從不鏽鋼櫥櫃後面找到好立克和牛奶。

「妳知道嗎？問題是，」馬克說，我們圍著烤箱，雙手握著馬克杯取暖，「那時妳沒回應我的便條，我以為就這樣了，所以我不希望妳覺得我又給妳壓力。我——」

「等等，等等，」我說。「什麼便條？」

「就是那張，我從詩歌朗誦會離開前給妳的紙條啊。」

「可是，那不只是你爸抄的那首〈如果〉嗎？」

不可思議。原來馬克把藍色海豚撞倒的時候，他不是在立遺囑，而是在寫便條給我。

「我媽說，我唯一能做的就是誠實說出自己的感受。」他說。

部落長老，萬歲！他的便條是要跟我說他仍然愛我，他沒有跟蕾蓓嘉在一起，如果我的感覺跟他一樣，請我當晚打電話給他，如果沒打，他以後不會再提，就做我的朋友。

「那你為什麼離開我，跟她在一起？」我問。

「我沒有！是妳離開我！我甚至該死的不知道我正在跟蕾蓓嘉交往，一直到夏天的時候，去參加她家的派對，才發現我跟她被安

排在同一個房間。」

「但是⋯⋯所以你從頭到尾都沒有跟她上床?」

我真的、真的大大鬆了一口氣,至少他沒冷血到穿著我送的紐卡索聯隊四角褲,答應蕾蓓嘉事先安排好的上床邀約。

「嗯。」他低頭竊笑。「那天晚上。」

「什麼?」我大叫。

「我是說,我只是凡人嘛。我是客人,那樣才禮貌。」

我開始要槌他的頭。

「就像小雪說的,男人時時刻刻受到這些慾望的侵蝕,」他一邊閃避拳頭一邊說。「她就一直邀我參加各種活動:晚宴、有農場動物的兒童派對、度假——」

「最好是啦。然後你完全對她沒興趣!」

「嗯,她是很有魅力的女人,如果完全沒感覺,會有點奇怪⋯⋯」他突然不笑了,握住我的手,把我拉向他。

「每一次,」他用堅定的口吻低聲說,「我都希望妳會在場。在格洛斯特郡的那天晚上,我知道妳就在五十英尺外。」

「兩百碼外的僕人宿舍。」

「那就是妳該待的地方,也是我打算讓妳待到老死的地方。」

幸好他還緊緊抱著我,所以我沒辦法再打他了。然後他說,沒有我在,屋子又大又冷清,又孤獨。他還說,他最喜歡在我溫暖舒適的公寓裡待著。然後他說他愛我,他也不確定是為什麼,但沒有我在身邊,做什麼事都沒意思。然後……天啊,石磚地面有夠冰。

我們上樓去他的臥室,我注意到床邊有一小疊書。「這些是什麼?」我說,不敢相信我的眼睛。「《如何在愛過與失去之後保持自尊》?《如何追回你愛的女人》?《女人要什麼》?《火星與金星去約會》?」

「哦。」他靦腆地說。

「你這個混蛋!」我說。「我把我的都丟掉了。」我們又開始扭打起來,最後一發不可收拾,然後我們就做愛了,**一整夜!**

8:30 a.m. 嗯,好喜歡看著他睡覺的樣子。

8:45 a.m. 可是,真的很希望他現在醒來。

9 a.m. 我不會真的叫醒他,不過或許可以透過思想感應把他叫醒。

10 a.m. 馬克猛然坐起來看著我。我以為他要訓我或又要尖叫,但他只是睡眼惺忪地微笑,又倒回枕頭上,用力把我拉進他懷裡。

「抱歉。」我後來說。

「對,妳應該道歉,」他慾火中燒地低聲說。「妳幹嘛那樣?」

「用凝視來叫醒你。」

「妳知道嗎?」他說。「其實我還滿想念的。」

後來我們又在床上待了很久,反正馬克沒什麼急迫的會議,而我這輩子再也不會有任何會議。但就在這個關鍵時刻,電話響了。

「不要接,」馬克喘息著繼續。電話答錄機啟動。

「布莉琪,我是理查·芬奇。我們要做『新時代禁慾』專題。原本想找個已經六個月沒性生活的可愛年輕女性,但到處都找不到,所以我想將就找個沒人要跟她上床的女人,那就是妳了。布莉琪?快接電話。我知道妳在,妳那個瘋癲朋友小雪告訴我了。布莉琪。布莉琪。布莉琪!」

馬克暫停動作,像羅傑·摩爾一樣挑起一邊眉毛,接起電話低聲說,「她就來了[4],先生。」然後把電話扔進水杯裡。

9月12日星期五

距離上次性生活的分鐘數 0(萬歲!)。

夢幻的一天,最精彩的是和馬克·達西一起去特易購城市店。他不停把東西放到購物車裡:覆盆子、香草太妃糖口味的哈根達斯

---

[4] She's just coming 也有「她就要高潮了」的意思。

冰淇淋，還有一隻標籤上寫著「雞腿脂肪含量較高」的雞。

結帳的時候，帳單總額是 98.7 鎊。

「這太不可思議了。」他不敢置信地搖著頭，拿出他的信用卡。

「我知道，」我懊惱地說，「要不要我出一點？」

「天哪，不用。太棒了，這些食物可以吃多久？」

我懷疑地看了看。「大約一個星期？」

「但這太不可思議了啊。太意外了。」

「怎麼了嗎？」

「嗯，還不到 100 鎊。比在 Le Pont de la Tour[5] 吃一頓晚餐還便宜！」

跟馬克一起煮了雞，他真的很激動，切菜的空檔一直在屋裡走來走去。

「這個星期太美好了。人們平常就是這樣過生活的，對吧？他們去上班，然後回家，家裡有個人在，然後他們就聊天、看電視，還一起煮東西。太驚人了。」

「對啊。」我左顧右盼，心想他是不是真的瘋了。

「而且妳知道嗎？我到現在竟然還沒急著去檢查答錄機，看看是

---

[5] 位於泰晤士河畔，可看到倫敦塔橋的法式餐廳。

否有人還記得我的存在!」他說。「我不用拿著一本書,獨自坐在餐廳裡,想著自己最後會不會孤獨地死去,然後⋯⋯」

「⋯⋯三個星期後被發現時,已經被德國狼犬啃掉了一半?」我幫他把句子講完。

「沒錯,沒錯!」他看著我,好像我們剛剛同時發現了電力的存在。

「等我一下。」我說。

「當然好。呃,怎麼了?」

「我馬上回來。」

我衝上樓想打給小雪,告訴她這個石破天驚的消息:也許男人不是遙不可及的外星戰略對手,他們也跟我們一樣。這時,樓下的電話響了。

我聽到馬克在講電話。他好像講了很久,所以我沒辦法打給小雪,最後我只好下樓回廚房,心裡想著,「真該死的不為別人著想。」

「找妳的,」他把電話遞給我。「他們抓到他了。」

感覺肚子像被揍了一拳。我顫抖著接起電話,馬克握著我的手。

「喂?布莉琪,我是基爾比警探。我們拘留了寄子彈的嫌犯。郵票上和杯子上的 DNA 吻合。」

「是誰？」我低聲說。

「妳聽過蓋瑞‧威爾蕭這個名字嗎？」

蓋瑞！我的天啊。「他是我的裝潢師傅。」

原來蓋瑞是個多次在裝修的房子裡行竊的慣犯，警方今天下午逮捕他時，採集了他的指紋。

「我們已將他拘留了，」基爾比警探說。「他目前還沒招供，但從關聯性來看，我有把握就是他。等我們確認後會再通知，到時妳就可以放心回到妳的公寓了。」

午夜。我的公寓。哦，天哪。半小時過後基爾比警探回電，他說蓋瑞已經流著眼淚招供，我們可以回公寓了，不用擔心任何事情，還提醒我臥室裡裝有緊急呼叫按鈕。

我們把雞肉吃完，然後回到我家，點了壁爐，一起看《六人行》。後來，馬克決定去泡個澡。就在這時，門鈴響了。

「喂？」

「布莉琪，我是丹尼爾。」

「呃。」

「我可以上去嗎？這很重要。」

「等等，我下去開門。」我說，瞄了一眼浴室的方向。雖然我覺得應該和丹尼爾把事情講清楚，但不想冒著激怒馬克的風險。然

而,我一打開大門就知道不對,丹尼爾喝醉了。

「妳報警抓我,是嗎?」他醉醺醺地說。

我開始慢慢後退,同時跟他保持眼神接觸,就像他是一條響尾蛇。

「妳那天,夾克底下什麼都沒穿。妳⋯⋯」

樓梯間忽然傳來急促的腳步聲,丹尼爾一抬頭,馬克‧達西砰地一拳打在他嘴上,他整個人撞到大門,鼻子流血不止。

馬克看起來也有點震驚。「抱歉,」他說。「嗯⋯⋯」丹尼爾試著站起來,馬克急忙過去扶他。「剛才真是不好意思,」他再次禮貌地說。「你還好嗎,需要我幫你拿點什麼嗎⋯⋯?」

丹尼爾只是揉了揉鼻子,一臉茫然。

「我走了。」他憤恨地喃喃說。

「對,」馬克說。「我覺得這樣最好。務必不要打擾她。要不然,嗯,我可能需要,嗯,再來一次。」

「嗯。好。」丹尼爾順服地說。

回到公寓裡,關好門,臥室裡的場景變得相當狂野。該死,我不敢相信門鈴竟然又響了。

「我去,」馬克的口氣充滿了男人的責任感,他把毛巾裹在身上。「一定又是克利弗。妳留在這裡。」

三分鐘後，外面傳來急促的腳步聲，臥室的門猛然被推開。基爾比警探探頭進來時，我差點沒尖叫出聲。我把毯子拉高到下巴，漲紅了臉，順著他的視線，看著衣物和內衣一路到延伸床邊。他關上門，轉過身來。

「現在妳沒事了，」基爾比警探的語氣冷靜又令人安心，彷彿我剛打算從高樓一躍而下。「有事可以告訴我，妳現在很安全，我的人在外面押著他。」

「誰，丹尼爾？」

「不，馬克·達西。」

「為什麼？」我說，徹底感到困惑。

他回頭瞥了一眼那道門。「瓊斯小姐，妳按了緊急呼救按鈕。」

「什麼時候？」

「大約五分鐘前。我們收到不斷重複且越發緊急的信號。」

我抬頭找掛在床頭的緊急呼救按鈕，不在那裡。我尷尬地在床單下摸索了一陣，掏出那個橘色的裝置。

基爾比警探看了一眼按鈕，又看向我，目光再掃向地上的衣物，然後露出了意味深長的微笑。

「好的，好的。我明白了。」他打開門。「你可以進來了，達西先生，如果你，呃，還有精力的話。」

外面的警察聽完委婉的情況說明後，都在竊笑。

「好，我們離開了，祝你們愉快，」基爾比警探說，警察們踩著重重的步伐下樓。「哦，還有一件事。關於最初的嫌疑犯，克利弗先生。」

「我不知道丹尼爾是最初的嫌疑犯！」我說。

「嗯，我們好幾次試著問訊，他似乎都憤怒地抗拒。或許妳可以打通電話給他，緩和一下情況。」

「哦，謝謝啊。」馬克用挖苦的語氣說，雖然他的毛巾快掉下來了，但他還是盡量維持莊重。「謝謝你現在告訴我們。」

馬克送基爾比警探出去，我聽到他說明了剛才的出拳事件，基爾比警探說要跟他保持聯絡，如果後續有任何問題，或是要不要對蓋瑞提告，都記得通知警方。

馬克回來的時候，我已經開始啜泣。不知道為什麼，一開始就停不下來。

「沒事了，」馬克緊緊抱著我，一邊輕撫我的頭髮。「一切都結束了。沒事了。以後都會好好的。」

14／同甘共苦？
For Better or Worse?

12月6日星期六

11:15 a.m. 克拉里奇飯店[1]。啊！啊！啊啊啊啊啊啊啊！婚禮就要在四十五分鐘後舉行，但我剛剛不小心把一大滴 Rouge Noir 指甲油潑在禮服正前方。

我到底在做什麼？婚禮根本是瘋狂酷刑的概念。受虐的賓客（當然不是需要國際特赦組織拯救的那種受虐程度）必須盛裝打扮，穿著平常絕對不會穿的奇裝異服，例如白色褲襪。星期六一大早、幾乎凌晨時分就得起床，在屋裡亂竄，大喊「幹！幹！幹！」，試圖找到上面有銀色裝飾的舊包裝紙，用來包裝冰淇淋機或麵包機那種奇怪又沒用的禮物（注定會在『沾沾自喜已婚人士』之間不斷流轉，畢竟誰會想在晚上累得東倒西歪、終於到家之後，還花一個小時把麵粉篩過，放進超大塑膠機器裡，早上醒來，在上班途中吃掉一整條麵包當早餐，而不是在買卡布奇諾時順便搭配巧克力可頌？），然後開四百英里的車，路上吃著加油站買的紅酒軟糖[2]，開車開到在車上嘔吐，最後還找不到教堂？看看我！為什麼是我，主啊？為什麼？現在這禮服看起來就像我在參加婚禮前先倒著來了一次生理期。

11:20 a.m. 感謝上帝。小雪剛回來了，我們決定最好的解決辦法是把禮服上沾到指甲油的部分剪掉，反正布料硬挺又閃亮亮的，也還沒滲透到同樣顏色的內襯上，我可以拿捧花遮住前面。

---

[1] 克拉里奇飯店（Claridge's Hotel），倫敦的五星級飯店。
[2] 紅酒軟糖（wine gums）是一種英式傳統軟糖，名稱雖有 wine 但不含酒精。

好,這樣一定沒問題。沒有人會注意到。說不定還以為是設計的一部分,因為整件禮服就像是一大片蕾絲。

好。冷靜,沉著,內在安定。衣服上是否有洞不是這個場合的重點,重點在別的地方,幸好如此。我確信一切都會平安無事。小雪昨晚真的喝得很醉,希望她能撐過今天。

稍晚。天哪!到教堂時,只遲到了二十分鐘,立刻在現場尋找馬克。從他的後腦勺就看得出他很緊張。管風琴開始奏樂,他轉過身來看到我,結果卻一副像是快爆笑出來的樣子。也不能責怪他,因為我今天穿得雖然不像沙發,但像一顆巨大的蘑菇。

我們莊嚴地沿著走道往前走。天啊,小雪看起來簡直慘不忍睹,臉上掛著那種努力不讓別人發現她宿醉的專注神情。這條路怎麼這麼長,我們好像走個沒完沒了,還伴隨著樂曲:

> 新娘來了,身材圓胖。
> 看她走得左右搖晃。[3]

我說,這到底是為什麼啊?

「布莉琪。妳的腳。」小雪低聲說。

我低頭一看,小雪的 Agent Provocateur 紫色絨毛胸罩,正黏在我

---

[3] 這兩句歌詞的原文是:Here comes the bride, sixty inches wide. See how she waddles from side unto side. 但一般正常的版本是:Here comes the bride, all dressed in white, sweetly, serenely in the soft glowing light. (新娘來了,身穿潔白禮服,甜美而寧靜地沐浴在柔和的光輝中。)

的緞面低跟鞋的鞋跟上。我想過要不要直接把它踢掉，但這樣胸罩會礙眼地留在走道上，直到婚禮結束。於是我試著把它勾到禮服底下，但沒有成功，結果反而尷尬地躍起一小步，毫無效果。走到前方時，總算鬆了一口氣，終於可以趁著唱讚美歌時，把胸罩撿起來塞到捧花後面。卑鄙李察看起來帥極了，非常自信。他只穿了一套普通的西裝——幸好沒穿那種瘋狂的晨禮服[4]，像電影《孤雛淚》裡的臨演，一邊唱著「誰願意買這美妙的早晨？」，一邊跳著高踢腿的排舞。

不幸的是，茱德犯了一個（逐漸看起來是）關鍵的錯誤，就是沒有將年幼的小孩排除在婚禮之外。婚禮才剛正式開始，教堂後方就傳來寶寶的哭聲，而且是最頂級的哭聲，那種寶寶一開始先放生大哭，然後停頓一下，深吸口氣，就像雷聲總在閃電之後出現，隨之而來的，就是震耳欲聾的原始嘶吼。我真的不懂現代中產階級母親的心態。四處看了一下，看到這位女士正抱著寶寶上下晃動，沾沾自喜地對大家翻著白眼，好像在說，「不然呢！」她就沒想過可以把寶寶帶出去，讓所有賓客清楚聽見茱德和卑鄙李察交換永結同心的誓詞。教堂後方，一頭閃亮的長髮引起了我的注意：那是蕾蓓嘉。她穿著一套完美無瑕的淺灰色套裝，伸長脖子朝著馬克的方向看。她身邊的賈爾斯・本威克看起來一臉憂鬱，手裡拿著綁有絲帶的禮物。

「李察・威爾弗雷德・艾伯特・保羅……」牧師用響亮的語調朗

---

[4] 晨禮服（morning suit）是在婚禮等場合穿著的最正式禮服，包含黑色或灰色外套、條紋長褲及大禮帽。

讀。我不曉得卑鄙李察竟有那麼多卑鄙的名字。他爸媽到底在想什麼？

「……你是否願意愛她、珍惜她……」

嗯。我愛結婚典禮，非常溫馨。

「……安慰並照顧她……」

咚。一顆足球沿著走道滾到茱德的禮服後面。

「……同甘共苦……」

兩個小男孩從教堂座席衝出來追著球跑，我發誓，他們還穿著踢踏舞鞋。

「……終生不渝？」

這時，傳來一陣壓抑的聲音，接著兩個小男孩開始嘻嘻哈哈，聊得越來越大聲，而寶寶又再次開始放聲大哭。

在一陣吵吵鬧鬧中，我隱約聽到卑鄙李察說「我願意」，但也可能是「我不願意」，要不是他和茱德兩人正濃情蜜意地笑著凝視彼此，我還真有點難以判斷。

「茱蒂絲・卡洛琳・瓊奎爾……」

為什麼我只有一個名字跟姓氏？是不是除了我以外，所有人的名字後面都還有一長串莫名其妙的中間名？

「……妳是否願意接納李察‧威爾弗雷德‧艾伯特‧保羅……」

我隱約感覺到小雪手上的祈禱書在我左眼餘光裡開始搖晃。

「……哈帕克……」

她的祈禱書現在真的在搖晃。我驚慌地四處張望,正好看到賽門穿著晨禮服衝上前來。小雪彷彿做了一個慢動作屈膝禮,然後直接倒在賽門的懷裡。

「……妳是否願意愛他,珍惜他……」

賽門現在正慢慢把小雪拖往教堂聖器室,她的腳伸在紫色泡泡裙外跟著移動,看起來就像一具屍體。

「……尊敬與服從……」

服從卑鄙李察?我短暫考慮了一下要不要跟進聖器室確定小雪沒事,但現在是茱德最需要我們的時候,要是她轉過身來,發現我和小雪都不見了,她會怎麼想?

「……終生不渝?」

這時傳出一連串碰撞聲響,賽門終於把小雪拽進了聖器室。

「我願意。」

聖器室的門砰然關上。

「我現在宣布你們……」

兩個小男孩從洗禮盆後探出頭，又一路沿著走道回來。天啊，寶寶現在真的在大哭大鬧了。

牧師停頓了一下，清清嗓子。我轉身看見小男孩把足球踢向教堂座席，馬克也注意到了。他突然放下祈禱書，走出座席，兩隻手一邊拎著一個，把他們帶出教堂。

「我現在宣布你們正式結為夫妻。」

整間教堂響起熱烈的掌聲，茱德和理查開心地相視而笑。

等到新人完成登記走出來之後，五歲以下的小朋友們已經進入歡樂模式，祭壇前幾乎變成一場兒童派對了。我們沿著走道，跟著氣呼呼的瑪格姐走出教堂，她抱著尖叫的康絲坦絲，一邊說「媽咪要打人了，真的要打人了」。

教堂外頭是強風凍雨，我聽見兩個足球男孩的母親惡狠狠地對著一臉困惑的馬克說，「讓小孩在婚禮上表現出小孩的樣子，不是很好嗎？我是說，這不就是婚禮的目的？」

「我不清楚，」馬克愉快地回應。「吵得要命，我根本什麼都聽不見。」

／

回到克拉里奇飯店，發現茱德的爸媽闊氣地擺出盛大排場，宴會廳裡裝飾著金銅色、掛滿葉子和水果的流蘇裝飾品，還有紅棕色水果塔跟大得跟驢子一樣的小天使。

走進去的時候,聽到有人說,「25 萬鎊。」

「哦,拜託。至少 30 萬鎊。」

「你在開玩笑嗎?這是克拉里奇飯店耶,我看要 50 萬。」

我瞄到蕾蓓嘉發狂似地東張西望,臉上掛著假笑,像頭插在木棍上的娃娃。賈爾斯緊張地跟著她,他的手一直放在她腰上。

茱德的父親——拉夫・羅素爵士聲如洪鐘,一臉「別擔心,我是個非常富有又事業成功的商人」模樣,正站在隊伍裡與雪倫握手。

「啊,莎拉,」他大喊。「感覺好多了嗎?」

「是『雪倫』,」茱德開心地糾正他。

「哦,好多了,謝謝。」小雪說,輕輕地把手放在喉嚨上。「只是因為太熱了⋯⋯」

我差點笑出聲,因為現在冷得要命,大家都穿著保暖內衣。

「妳確定不是因為塑身衣太緊,再加上白酒的關係,小雪?」馬克問,她對他豎起中指,然後笑了。

茱德的母親冷冷微笑著。她骨瘦如柴,穿著像是 Escada 那種鑲滿裝飾的禮服,臀部周圍還有些鰭狀裝飾莫名突出,大概是為了增加她的身材曲線(多開心啊!竟然有這種需求!)。

「賈爾斯,不要把錢包放在褲子口袋裡,親愛的,這樣會讓你的

大腿看起來很粗。」蕾蓓嘉厲聲說。

「親愛的,妳變得過度依賴了。」賈爾斯說,把手放在她的腰上。

「我才沒有!」蕾蓓嘉不耐煩地推開他的手,隨後又擺出微笑。「馬克!」她大喊。她看著他的模樣就彷彿她以為人群都散開了,時間靜止,葛倫・米勒大樂團[5]即將演奏〈非你莫屬〉[6]。

「哦,嗨。」馬克隨口回應。「賈爾斯,老傢伙!第一次看到你穿西裝背心!」

「妳好,布莉琪,」賈爾斯說,給了我響亮的一吻。「好可愛的洋裝。」

「就是有個洞。」蕾蓓嘉說。

我無奈地別過頭,看見瑪格姐站在室內一角,神情痛苦不堪,不停將一絲根本不存在的頭髮從臉上撥開。

「哦,那是設計的一部分,」馬克微笑自豪地說。「在『Yurdish』文化裡,象徵多子多孫。」

「失陪一下。」我說,然後湊近馬克的耳邊低聲說,「瑪格姐不太對勁。」

我發現瑪格姐心煩意亂到幾乎說不出話來。「親愛的,別這樣,

---

[5] 葛倫・米勒(Glenn Miller, 1904-1944),爵士搖擺年代長號手、樂團指揮,二戰時期志願參戰,不幸在一次勞軍行程死於空難。原文做 Glen Miller 應為誤植,或布莉琪記錯了。

[6] 〈非你莫屬〉(It Had to be You),原唱為法蘭克・辛納屈(Frank Sinatra)。

住手。」她心不在焉地說,而康絲坦絲正試圖把一根巧克力棒塞進她的開心果色套裝口袋裡。

「怎麼了?」

「那個……那個……去年跟傑瑞米外遇的女人。她來了!他要是他媽的敢跟她說話……」

「嘿,康絲坦絲?妳喜歡剛才的婚禮嗎?」馬克來了,遞了一杯香檳給瑪格姐。

「什麼?」康絲坦絲瞪大著眼睛,望著馬克說。

「婚禮啊,在教堂的時候?」

「派對嗎?」

「對,」他笑著說,「教堂裡的派對。」

「嗯,媽咪把我帶出去了。」她看著他說,彷彿他是個笨蛋。

「該死的賤人!」瑪格姐說。

「本來應該是派對的。」康絲坦絲臭著臉說。

「你可以把她帶走嗎?」我小聲對馬克說。

「來吧,康絲坦絲,我們去找那顆足球。」

我沒想到康絲坦絲竟然牽起他的手,開心地一起走了。

「他媽的賤人,我要殺了她,我要……」

我順著瑪格姐的視線，看到一個穿粉紅色衣服的年輕女孩正跟茱德聊得熱烈，她正是我去年在波多貝羅路的餐廳裡，看到跟傑瑞米在一起的女孩，後來某個晚上又在常青藤餐廳外面看到兩人一同上計程車。

「茱德怎麼會邀請她？」瑪格姐憤怒地說。

「嗯，茱德不知道是她吧？」我注視著她們。「也許她們是同事之類的。」

「婚禮！你們只屬於彼此！哦天啊，小琪。」瑪格姐哭了起來，手忙腳亂地試著找紙巾。「對不起。」

我看到小雪也察覺了危機，急匆匆地朝我們走來。

「來吧，姊妹們，快點！」茱德什麼都不知道，她被爸媽的熱情友人圍繞著，正準備拋出捧花。她浩浩蕩蕩向我們走來，後面跟著一群人。「來囉，準備好哦，布莉琪。」

整個過程像慢動作一樣，我看見捧花飛向我，稍微接住之後，又看了一眼淚流滿面的瑪格姐，然後把花束推給小雪，她讓捧花掉在地上。

「各位女士、先生，」一名穿著寬鬆燈芯絨服裝、模樣滑稽的管家，正用一把天使形狀的錘子敲著布滿花卉的青銅講台。「請安靜起立，迎接新人和主桌嘉賓入座。」

幹！主桌！我的捧花呢？我彎腰從小雪腳邊撿起茱德的捧花，接

著露出燦爛笑容,高舉捧花,擋在禮服的破洞前面。

/

「我們搬到大米森登的時候,茱蒂絲就展現了她在自由式和蝶式方面的傑出天分⋯⋯」

到了五點,拉夫爵士已經講了二十五分鐘。

「⋯⋯不僅對於確實『偏頗』的(他抬起頭等待大家盡責地假笑)爸媽而言相當明顯,對整個南白金漢郡地區也是。那年,茱蒂絲不僅連續第三年在南白金漢郡海豚聯賽十二歲以下組別贏得蝶式和自由式冠軍,而且她在第一次年度考試的三週前,還獲得個人生存金級獎章!⋯⋯」

「妳跟賽門怎樣了?」我用氣音問小雪。

「沒怎樣。」她用氣音回我,眼睛看著賓客。

「⋯⋯在這麼忙碌的同一年,茱蒂絲在二級聯合委員會單簧管考試中獲得了優異成績,早早就顯露了她未來會成為『世界級的傑出女性』[7]⋯⋯」

「但他在教堂裡肯定一直在看妳,否則不可能來得及衝過去接住妳。」

「我知道,但我在聖器室裡吐在他手上了。」

---

[7] 原文為 Famma Universale。

「⋯⋯不但泳技精湛,還擔任過副班長,老實說,校長曾私下向我承認應該讓她當班長才對,因為班長凱倫・詹金斯的表現實在⋯⋯嗯。今天是慶祝的場合,不聊憾事,而且我知道,呃,凱倫的父親今天也在場⋯⋯」

發現馬克在看我,我覺得自己快笑出來了。茱德簡直是超然的典範,一邊對著眾人微笑,一邊摸著卑鄙李察的膝蓋還親他,彷彿身邊可怕的喧鬧聲都不存在,彷彿她從來沒有多次醉倒在我家地板上,嘴裡念念有詞,「害怕承諾的混蛋。名叫卑鄙,人也卑鄙,呃,酒都喝完了嗎?」

「⋯⋯在學校樂隊擔任第二首席單簧管手,也熱衷於體操,茱蒂絲從過去到現在都是無價之寶⋯⋯」

大概可以聽出結論了,不幸的是,拉夫爵士又花了三十五分鐘回顧茱德的休學年、劍橋的輝煌歲月,以及她在金融業如何迅速躍升。

「⋯⋯最後,我只希望,呃⋯⋯」

每個人都屏住呼吸,拉夫爵士低頭看他的小抄,半天沒吭聲,超出一切合理的理由、禮儀和良好的英式風度可接受的範圍。

「李察!」他終於說,「知道要心存感激,接受這一份無價的禮物,無價之寶。」

李察詼諧地翻了個白眼,全場隨即響起如釋重負的掌聲。拉夫爵士似乎還有四十頁的內容要講,幸好掌聲不斷,他最終只好放棄

了。

卑鄙李察做了簡短但相當討喜的演說，唸了幾封電報，除了湯姆從舊金山拍來的那封之外，其他都乏味地跟磚塊一樣。只不過，湯姆的電報內容是：「**恭喜——希望未來還有許許多多次。**」

然後茱德站起來。她先說了幾句感謝的話，接著——萬歲！——開始朗讀我和小雪昨晚跟她一起完成的部分。以下就是她說的內容。萬歲。

「今天，我告別了單身生活。雖然我現在已婚，但我保證不會變得沾沾自喜，我保證絕不會折磨任何單身人士，不會問他們為什麼還沒結婚，也不會問：『你的感情生活怎麼樣了？』我會永遠抱持尊重，因為這是他們的私事，就像我和我老公還有沒有性生活也是我們的私事。」

「我保證她跟老公還是有性生活。」卑鄙李察說，所有人大笑。

「我保證絕不會暗示單身是個錯誤，也不會因為某人是單身，就認為他有什麼問題。因為我們都知道，單身在現代社會是一種正常的狀態，我們在人生的不同階段都有可能單身，這種狀態與神聖的婚姻同樣值得尊重。」

一陣讚賞。（至少我覺得是這樣啦。）

「我也承諾會跟我的摯友布莉琪和雪倫保持聯絡，她們活生生證明了，由都會單身人士組成的家庭，也可以提供堅定的支持，就跟任何血緣家庭一樣值得信賴。」

小雪在桌下用腳趾勾住我的腳趾,我靦腆地咧嘴笑。茱德轉頭看向我們,舉起酒杯。

「現在我想邀請大家舉杯,敬布莉琪和雪倫,世上最好的姊妹淘。」

(這段是我寫的。)

「各位女士、先生,敬伴娘!」

響起了一陣熱烈的掌聲。大家都站了起來,我心裡想著,我愛茱德,我愛小雪。

「敬伴娘!」所有人齊聲喊。受到大家關注的感覺真是太美妙了。我看到賽門對著小雪微笑,於是轉頭看向馬克,發現他也對著我微笑。

/

那之後的一切都有些模糊,但我記得看到瑪格妲和傑瑞米在角落裡笑得很開心,後來找了機會攔住她。

「怎麼回事?」

結果那個蕩婦跟茱德在同一間公司工作。茱德跟瑪格妲說,她只知道那女孩跟一個還愛著老婆的男人有段痛苦的婚外情。當瑪格妲告訴她那人就是傑瑞米的時候,她差點昏倒,但我們都同意不該對那女孩太刻薄,因為傑瑞米才是混蛋。

「該死的老傢伙。總之,他現在知道教訓了。沒有人是完美的,

我真的很愛那個老傢伙。」

「想想賈桂琳‧歐納西斯[8]呀。」我安慰她說。

「嗯，沒錯。」瑪格姐說。

「或是希拉蕊‧柯林頓。」

我們兩人看著對方，開始大笑。

當晚最棒的部分是我去洗手間時，看到賽門正在親吻小雪，還把手伸進了她的伴娘禮服裡！

有時候，你看到一段關係的開始，馬上就會知道：就是這樣，他們是完美的一對，兩人會長長久久地走下去。但這種關係呢，通常會發生在你很想復合的前任，和另外一個人身上。

我在雪倫和賽門看到我之前溜回了宴會廳，臉上揚起微笑。小雪，好樣的。這是她應得的幸福，正當我這麼想著，我的腳步忽然停住了。蕾蓓嘉正抓著馬克的西裝翻領，激動地對他說些什麼。我立刻躲到一根柱子後，豎起耳朵偷聽。

「你不覺得嗎？」她說。「你不覺得兩個明明智力、體格、教育背景和社會地位都完美契合、應該在一起的人，卻可能因為誤會、防衛心和自尊心而被拆散嗎？……」她停頓了一下，然後啞著嗓子低聲說，「因為其他人的干涉，導致他們和錯誤的人在一

---

[8] 賈桂琳‧歐納西斯（Jackie Onassis, 1929-1994），美國前第一夫人，丈夫為遇刺身亡的甘迺迪總統。甘迺迪生前曾與多名女子外遇，包括影星瑪麗蓮‧夢露。

起。你不覺得嗎?」

「嗯,對,」馬克咕噥說。「但我不太確定妳的標準⋯⋯」

「你不覺得嗎?不覺得嗎?」她聽起來像是醉了。

「這差點就發生在我和布莉琪身上。」

「我知道啊!我知道。她不適合你,親愛的,就像賈爾斯不適合我⋯⋯哦,馬克。我跟賈爾斯在一起,只是為了讓你明白你對我的感情。也許這麼說不好,但⋯⋯他們比不上你和我!」

「呃⋯⋯」馬克說。

「我知道,我知道。我感覺得到你被困住了。但這是你的人生!你不能跟一個以為韓波是席維斯・史特龍飾演的人[9]一起生活,你需要刺激,你需要⋯⋯」

「蕾蓓嘉,」馬克緩緩地說,「我需要布莉琪。」

聽到這話,蕾蓓嘉發出了一種恐怖的聲音,介於憤怒的哀嚎和生氣的怒吼。

我溫柔地決定,我不要任何膚淺的勝利感,也不要幸災樂禍,不需要因為那個虛偽、竹節蟲腿、傲慢無禮的勢利婊子得到報應而沉溺於世俗的快樂。我悄然離開,臉上是得意的燦笑。

---

[9] Rimbaud 是法國詩人,法文發音「韓波」,布莉琪大概用英式發音唸成「藍波」(Rambo),於是以為是《第一滴血》的主角。

後來，我倚靠在舞池邊的柱子旁，看著瑪格妲和傑瑞米緊緊相擁，他們的身體以十年養成的默契相互貼合著舞動，瑪格妲的頭靠在傑瑞米的肩膀上，閉著眼睛，神情寧靜，而傑瑞米的手漫不經心地在她的屁股上遊走。他對她低聲說了什麼，她沒睜開眼睛就笑起來。

忽然感覺有隻手環住了我的腰，是馬克。他也在看著瑪格妲和傑瑞米。「想跳舞嗎？」他說。

15／聖誕氣氛過剩
Excess Christmas Spirit

12月15日星期一

58.5公斤（唉，體重果然會回到自己的位置），寄出的卡片0張，購買的禮物0件，牆上大洞出現後的修復進度：多了一根冬青樹枝。

6:30 p.m. 一切都很美好。通常在聖誕節前一週，我會因為宿醉而變得歇斯底里，氣自己沒有逃到森林深處的小木屋，待在壁爐旁靜靜坐著，反而卻在一個喧囂、越來越焦慮狂躁的大城市醒來。城市居民為了工作、卡片、聖誕禮物的最後期限而咬著拳頭，像烤雞般困在堵塞的街道上，又像熊般對著剛受雇用的計程車新手司機怒吼，因為他試著用阿迪斯阿貝巴市中心的地圖來找蘇活廣場。到了派對現場，看到的是已經連續三天晚上都見面的朋友，只不過他們喝得更醉、宿醉也更嚴重，這時你只想大喊──「通通給我滾開！」然後回家。

但那種態度很負面，而且是不對的。我終於找到如何過著平靜、純潔和美好生活的方法，幾乎不再抽菸，也只在茱德的婚禮上稍微喝醉過一次。就連週五派對上，有個醉漢對著我和雪倫大喊「油嘴滑舌的媒體婊子」，也沒有打破我的內在平衡。

今天也收到非常棒的信，包括老媽和老爸從肯亞寄來的明信片，上面說老爸騎威靈頓的水上摩托車玩得很開心，還在自助餐之夜和一位馬賽姑娘一起玩凌波舞，他們也希望我和馬克不會因為他們聖誕節不在而感到太孤單。然後老爸補充說，「我們不是睡雙

床房,這床超過六英尺,彈性十足,令人滿意!哈庫納馬塔塔。」

萬歲!所有人都快樂且心境平和。舉例來說,今晚我要懷著喜悅而不是不情願地寫聖誕卡!正如《佛教:富僧的戲劇》所說,心靈快樂的祕訣不是為了把碗洗好而洗碗,而是要專注於洗碗的過程。就跟寫聖誕卡一模一樣。

6:40 p.m. 但已經是聖誕節了,整個晚上坐著寫聖誕卡好像有點無聊。

6:45 p.m. 也許先吃個巧克力聖誕樹裝飾好了。

6:46 p.m. 也許喝一點葡萄酒來慶祝聖誕節好了。

6:50 p.m. 嗯,酒真好喝。不如也來抽一根菸,一根就好。

6:51 p.m. 嗯,菸真是不錯。自律不是一切。不然你看波布[1]。

6:55 p.m. 等下喝完酒就開始寫卡片。還是再讀一次信好了。

肉桂製作公司
《早安英國》/《五號現場》/《盲目接吻》

來自行政總裁——格蘭特・D・派克

親愛的布莉琪,

---

[1] 波布(Pol Pot, 1925-1998),柬埔寨政治人物,死因可能是謀殺。

如您所知，過去一年來，肉桂製作公司一直在進行一項員工追蹤計畫，監控員工的表現及創意的流動。

您一定會很高興知道，《早安英國》節目尾聲的趣味環節有68％都是由您發起的，恭喜！

我們知道您九月辭職的原因是與《早安英國》執行製作人理查·芬奇出現了意見分歧。理查在十月因為「個人問題」已被停職，這件事您應該有聽說。

我們目前正在重新組織節目的工作人員，想邀您再次加入團隊，可能晉升為助理製作人，或以顧問身分參與，以自由工作者的形式提供創意。您辭職的這段時間，將被視為帶薪休假。

我們相信，注入了正面能量和進取精神的《早安英國》節目，將成為肉桂製作公司的旗艦節目，在二十一世紀擁有光明的未來。誠摯希望您能成為全新重整團隊中的主要創意推動力。請致電我的祕書安排會面，我將很高興與您討論修改後的條款和條件。

誠摯問候，
格蘭特·D·派克
<u>肉桂製作公司行政總裁</u>

看吧！看吧！而且《獨立報》的麥克也說，達西先生的訪問見報後收到不少讀者來信，可以讓我再試試採訪名人。他說，只要收到來信，不管寫得多差都是好事。所以我可以當自由工作者了。萬歲！然後我就再也不會遲到，我要再倒杯酒來慶祝一下。哦，好耶！門鈴！

好極了，太棒了。聖誕樹送到了。看吧！聖誕節一切準備就緒。

馬克明天過來，會發現這裡是個聖誕城！

8 p.m. 送樹來的三個人氣喘吁吁地上樓，我擔心我可能低估了樹有多大，尤其當它嚇人地填滿了整個門口，樹枝爆裂出來，像《馬克白》裡麥克德夫攻入了當西林森林那一段。地板上落了一層土，兩個年輕人接著說，「這棵樹真他媽的有夠大，妳想放哪？」

「火爐旁邊，」我說。不幸的是，根本放不下，一部分樹枝伸到火焰裡，其他部分被沙發逼迫向上彎，其餘的擴展到房間中央，樹頂則以奇怪的角度彎曲，抵住了天花板。

「可以試試那邊嗎？」我說。「哦，那是什麼味道？」

他們聲稱那是一種芬蘭發明的技術，可以防止針葉掉落，但事實上，樹很明顯已經枯了。然後他們又努力將樹擺在臥室和浴室之間，結果樹枝伸展開來，完全堵住了兩邊的門。

「還是放房間中央？」我極力維持著尊嚴說。

他們對著彼此竊笑，把樹妖推到房間中央。這時我已經看不見他們兩人了。「可以了，謝謝。」我繃著喉嚨提高聲音說。他們一路大笑著下樓離開。

8:05 p.m. 嗯。

8:10 p.m. 嗯，沒問題的。我就讓自己從樹的問題抽離，開始寫卡片。

8:20 p.m. 嗯。我愛這美味的酒。問題是，沒寄聖誕賀卡有關係嗎？有些人我從來沒寄過聖誕卡片給他們。這樣會不會不禮貌？我每隔幾天就會見到茱德或小雪，總覺得寄聖誕卡給她們有點滑稽。但如果不寄的話，就不會收到別人回寄的卡片了。當然了，就算寄了也要等到隔年才能收到回應，除非你在十二月的第一週就寄出，但這會被認為是無聊已婚人士的行為。嗯。不如我來列個寄卡片的優缺點清單。

8:25 p.m. 來看一下聖誕節的東西好了。先看《Vogue》。

8:40 p.m. 喜歡《Vogue》的聖誕節內容，卻同時又大受打擊。我知道我的穿著風格和送禮的想法已經嚴重過時，現在流行的是騎自行車，穿著飄逸的 Dosa 襯裙，上身搭配羽絨外套，肩膀上還要掛一隻小狗。在派對上跟前青春期的網紅女兒一起自拍，送朋友熱水袋羊絨布套，送香氛洗衣產品以蓋掉送洗服務的臭味，或是送 Asprey 銀色手電筒，然後聖誕樹的燈光會照在潔白的牙齒上閃閃發亮。

我才不要管這些。這跟心靈生活非常不搭調。想像一下，如果斯勞南區發生像龐貝火山爆發的事件，所有人都在騎自行車、身上掛著小狗、羽絨衣和女兒之類的，當下被石化，未來世代一定會嘲笑我們的精神空虛。我也拒絕送毫無意義的奢華禮物，因為那種禮物只是送禮者的炫耀，而不是對收禮者的用心。

9 p.m. 但我自己真的滿想要一個熱水袋羊絨布套。

9:15 p.m. 聖誕節禮物清單：

老媽——熱水袋羊絨布套。

老爸——熱水袋羊絨布套。

哦天啊。我沒辦法再忽視那個味道了：超臭又刺鼻，好像使用了好幾個月的松樹香味鞋墊，那味道穿透了牆壁和實心木門，該死的樹。我現在唯一能穿越房間的方法，是像野豬一樣在樹下嗅著過去。我再讀一次蓋瑞寄來的聖誕卡好了，寫得真好。卡片捲成子彈的形狀，上面寫著「抱歉！」。裡面內容則是：

親愛的布莉琪，
子彈的事很抱歉。我不知道自己怎麼了，但我因為錢的事、還有釣魚事件，一直不太順利。布莉琪，我們之間的關係很特別，是有意義的。我本來打算在拿到錢之後完成修繕工作，但那封律師信真的很差勁，我失望到沒能控制自己。

他還附了一份翻到第 10 頁的《漁夫郵報》，標題為「鯉魚世界」頁面的對頁，是一篇名為「顆粒飼料精選」的文章，旁邊有六張漁夫舉著黏糊糊灰色巨魚的照片，其中一張照片是蓋瑞，上面蓋了一個模擬印章寫著「取消資格」，下方的欄位寫著：

怒火中燒

三屆東亨登冠軍蓋瑞・威爾蕭因魚類掉包事件，遭到東亨登釣魚協會停賽。37 歲的威爾蕭來自西榆木路，以 32 磅 12 盎司的普通鯉魚奪得冠軍，據稱他使用的是四號釣鉤，15 磅蛇咬鉤鏈和 14 毫米魚餌。

後來透過線報得知，那條鯉魚來自東希恩的養殖場，推測是在

夜裡被放在四號釣鉤上。

東亨頓釣魚協會發言人表示：「這種做法使整個庫釣運動蒙上惡名，東亨頓釣魚協會絕不會容忍。

9:25 p.m. 你看，他感到無能為力，就像丹尼爾。可憐的蓋瑞和他的魚。他被羞辱了，他那麼喜歡魚。可憐的丹尼爾。面臨風險的男性。

9:30 p.m. 嗯。酒真美味。我自己慶祝起來了。想到今年生命中出現過的所有可愛的人，甚至是那些做過壞事的人。我心裡只有愛與寬恕，心懷怨恨只會傷害自己。

9:45 p.m. 我辣寫卡片了。先列七單。

11:20 p.m. 好了。現栽七郵筒。

11:30 p.m. 回辣了。嘎死的樹。我滋道。七拿剪刀。

午夜。哈的。哈多了。唷。好睏。唷。跌倒了。

12月16日星期二

62.6公斤，酒6單位，菸45根，卡路里5732，巧克力聖誕裝飾132個，寄出的卡片——哦天啊，見鬼了，魔王和他所有的頑靈助手。

8:30 a.m. 有點困惑。我剛花了一個小時又七分鐘來換衣服卻還

沒換好,還發現裙子前面有一塊汙漬。

8:45 a.m. 脫掉裙子了,要改穿灰色的,但它到底在哪裡?呼。頭好痛。好,我暫時不喝酒了⋯⋯哦,也許裙子在客廳裡。

9 a.m. 在客廳,到處都很亂。吃點吐司好了。菸是邪惡的毒藥。

9:15 a.m. 啊啊!剛看到了聖誕樹。

9:30 a.m.。啊!啊!剛剛找到一張漏掉沒寄的卡片。上面寫著:

> 聖誕快樂,親愛的肯。承蒙你今年的大力協助。你是個非常非常出色的人,堅強又有洞見,而且對數字非常擅長。雖然我們經歷過起起伏伏,但如果想要成長,就不要心懷怨恨。我現在感覺與你非常親近,無論是作為一位專業人士,還是作為一個男人。
> <u>獻上愛,布莉琪。</u>

肯是誰?啊啊啊!肯是會計師。我只見過他一次面,然後我們因為我遲繳增值稅而吵了一架。哦天啊。我得趕快找到清單。

啊啊啊!除了茱德、小雪、瑪格姐、湯姆等,清單還包括:

英國駐曼谷領事助理

英國駐泰國大使

波因頓雨果爵士閣下

達西上將

基爾比偵緝警司

理查・芬奇

外交大臣

傑德

《獨立報》的麥克

格蘭特・D・派克

東尼・布萊爾

卡片已經寄出去了,不知道裡面寫了什麼。

12月17日星期三

寄出的卡片沒有回音。也許其他卡片的內容還好,只有肯這張特別怪異而已。

12月18日星期四

9:30 a.m. 正要出門時電話響了。

「布莉琪,我是蓋瑞!」

「哦,嗨!」我緊張地高聲說。「你在哪裡?」

「還好妳還沒出門,謝謝妳的卡片。真的真的很貼心。對我而言意義重大。」

「哦,哈哈哈。」我緊張地笑。

「所以妳今天會來看我嗎?」

「什麼?」

「妳知道⋯⋯卡片上寫的。」

「嗯？」我用高亢緊繃的聲音說。「我不太記得寫了什麼了。你⋯⋯？」

「那我唸給妳聽好了？」他害羞地說。他開始唸，整段過程結結巴巴的。

> 親愛的蓋瑞，
> 我知道身為裝潢師傅，你的工作內容跟我的工作內容非常不同，但我完全尊重這一點，因為那是真正的技藝。你用雙手創造事物，每天一大早起床，雖然擴建還沒完工，但我們作為一個團隊，已經共同建造了一件偉大而美麗的作品。我們是兩個如此截然不同的人，牆上大洞雖然依然存在（已經快八個月了！），但我可以透過它看到計畫的進度，真的很棒。我知道你正在服刑，但很快就會刑滿出獄的。謝謝你寄給我關於子彈和釣魚的卡片，我真的真的已經原諒你了。
> 我現在感覺與你非常親近，無論是作為一位工匠，還是作為一個男人。如果有誰在來年應該得到快樂和真正的創意活力（就算在監獄裡），那個人就是你。
> 獻上愛，
> 布莉琪

「創意活力。」他用沙啞的聲音說。我找藉口說上班要遲到了才掛掉電話⋯⋯但天啊。我到底還寄給誰了？

7 p.m. 回到家。第一次進辦公室做諮詢會議，其實相當順

15／聖誕氣氛過剩 | 447

利——尤其是可怕哈洛被降職為事實查核員（因為他這人太無聊了）——直到帕楚莉大喊她接到理查・芬奇從修道院打來的電話，她用免持聽筒叫大家聽。

「團隊的大家好！」他說。「我打來只是想增添一些節日氣氛，因為我只能享受這個。我想讀個東西給大家聽。」他清清喉嚨。「『親愛的理查，祝你聖誕快樂。』很親切吧？」哄堂大笑。「『我知道我們的關係一直都起起落落，但現在是聖誕節，我意識到我們的關係如此強大——充滿挑戰、活力、誠懇而真實。你是一個迷人的人，充滿活力與矛盾。現在是聖誕節，我感覺我們之間非常親近。無論是作為製片人，還是作為一個男人。獻上愛，布莉琪。』」

哦，哦，真的是……啊！門鈴。

11 p.m. 是馬克。他臉上露出一種非常奇怪的表情。他走進公寓，驚愕地環顧四周。「那是什麼奇怪的味道？那到底是什麼鬼東西？」

我順著他的目光看去。聖誕樹沒有我記憶中那麼好看，我切掉了頂部，試著把剩下的部分修剪成傳統的三角形，但現在房間中央是一個高而瘦的東西，邊緣鈍鈍的，看起來像折扣商店買的劣質假樹。

「它有點……」我開始解釋。

「有點怎樣？」他的語氣帶有一絲趣味與懷疑。

「太大了。」我尷尬地說。

「太大是嗎？我明白了。好吧，現在先別管那個。我讀個東西給妳聽，好嗎？」他從口袋裡拿出一張卡片。

「好。」我無奈地說，身體埋入沙發。馬克清清喉嚨。

「『親愛的奈吉，』」他開始唸。「布莉琪，妳記得我的同事奈吉吧？公司的資深合夥人。那個不是賈爾斯的胖子？」他又清清喉嚨。「『親愛的奈吉，我知道我們只在蕾蓓嘉家見過一次面，那次你把她從湖中救起。但現在是聖誕節，我意識到，作為馬克最親近的同事，這一整年裡，你也以某種奇怪的方式與我非常貼近。我感覺——』」馬克停頓了一下，看了我一眼，「『——現在與你很親近。你是個了不起的人：健美，迷人，』妳說的是胖奈吉，對吧？『充滿活力，』」他停了下來，眉毛挑起，「『充滿創意，因為律師其實是一份非常有創造性的工作，我總是懷著愉快的心情想著你，你閃閃發光——』」馬克在笑，「『——在陽光和水中皆然……如此勇敢。聖誕快樂，最親愛的奈吉。布莉琪。』」

我癱倒在沙發上。

「好了，」馬克笑著說。「大家都知道妳是喝醉時寫的。很好笑。」

「我必須離開這裡，」我悲傷地說。「我必須離開這個國家。」

「其實，」他跪在我面前，握著我的手說，「妳這麼說很有意思。公司要派我去洛杉磯待五個月，處理墨西哥卡拉布雷拉斯的

案子。」

「什麼？」情況越來越糟了。

「妳別看起來那麼震驚。我是要問妳……妳願意跟我一起去嗎？」

我仔細思考，想到荼德和小雪，想到威斯本園[2]的 agnès b.、銅板咖啡店的卡布奇諾，還有牛津街。

「布莉琪？」他溫柔地說。「那裡天氣非常溫暖，陽光普照，還有游泳池。」

「哦？」我說，被燃起了興致，眼神從左看到右，又從右看到左。

「我會負責洗碗，」他承諾。

我想到子彈和魚、毒品走私販、理查・芬奇、我老媽、牆上大洞和聖誕卡片。

「妳可以在屋裡抽菸。」

我看著他，如此認真、嚴肅又貼心，心想無論他在哪裡，我都不想跟他分開。

「好，」我開心地說。「我願意。」

---

2 威斯本園（Westbourne Grove），諾丁丘的購物街。

12月19日星期五

11 a.m. 萬歲！我要去美國重啟人生，就像早期拓荒者一樣。自由之地！昨晚真的很開心，我和馬克再次拿出剪刀，把樹修剪成一個小小的聖誕禮炮。然後列了清單，明天要去採購物。我愛聖誕節。慶祝充滿樂趣的美好生活，而不是追求完美。萬歲！加州有陽光，有幾百萬本勵志書，一定很棒（當然會避開所有約會類書籍），加上禪修、壽司和所有健康的東西，像是綠色……哦，好耶，電話！

「呃，布莉琪。我是馬克。」他的聲音聽起來不太妙。「計畫有些變動，卡拉布雷拉斯的案子延到六月了。不過，還有另一份工作我挺感興趣的，我在考慮……」

「什麼？」我懷疑地說。

「妳覺得……」

「覺得什麼？」

「泰國怎麼樣？」

我想我先喝杯酒、抽根菸好了。

BJ 單身日記 2——理性邊緣／海倫.費爾汀 (Helen Fielding) 著；李佳純譯 . -- 初版 . -- 台北市：時報文化, 2025.2；456 面；14.8 × 21 公分．（藍小說；362）
譯自：Bridget Jones : the edge of reason
ISBN 978-626-419-215-6（平裝）

873.57   114000478

BRIDGET JONES: THE EDGE OF REASON BY HELEN FIELDING
Copyright © Helen Fielding 1999
This edition arranged with Aitken Alexander Associates Limited through Big Apple Agency, Inc. Labuan, Malaysia.
Traditional Chinese edition copyright: 2025 China Times Publishing Company
All Rights Reserved.

藍小說 362

BJ 單身日記 2——理性邊緣
Bridget Jones: The Edge of Reason

作者 海倫・費爾汀 Helen Fielding ｜譯者 李佳純｜責任編輯・企劃 石璦寧｜主編 陳盈華｜封面設計 張閔涵｜內文排版 薛美惠｜校對 簡淑媛｜董事長 趙政岷｜出版者 時報文化出版企業股份有限公司／108019 台北市和平西路三段 240 號 發行專線—(02)2306-6842 讀者服務專線—0800-231-705 (02) 2304-7103 讀者服務傳真—(02)2304-6858 郵撥—1934-4724 時報文化出版公司 信箱—10899 臺北華江橋郵局第 99 信箱 時報悅讀網—http://www.readingtimes.com.tw 創造線 FB 　https://www.facebook.com/fromZerotoHero22 ｜法律顧問 理律法律事務所 陳長文律師、李念祖律師｜印刷 勁達印刷有限公司｜初版一刷 2025 年 2 月 28 日｜定價 新台幣 580 元｜版權所有 翻印必究（缺頁或破損書，請寄回更換）

時報文化出版公司成立於一九七五年，並於一九九九年股票上櫃公開發行，於二〇〇八年脫離中時集團非屬旺中，以「尊重智慧與創意的文化事業」為信念。